投票記

喬賽・薩拉馬戈 JOSÉ SARAMAGO

ENSAIO SOBRE A LUCIDEZ

彭玲嫻——譯

CONTENTS

每一天都獻給琵拉

獻給不死的曼努埃・凡奎茲・蒙塔班[1]

1 Manuel Vázquez Montalbán，1939-2003，西班牙作家。

那隻狗說，我們嚎叫吧！

——《聲音之書》（*The Book of Voices*）

投票日這種天氣真是太糟了，第十四號投票所的主任一面啪一聲闔上濕透的雨傘，脫下雨衣，一面說。他剛剛從停車的位置跑了四十米短跑，上氣不接下氣衝向投票所，而後心跳如鼓地走進大門，這段路程中，雨衣毫無用處。希望我不是最慢到的一個，他對書記說。書記站得離門有些遠，躲開滂沱的雨勢，雨被風拍打進屋，地板淹成一片汪洋。副主任還沒到，不過時間還早，書記安慰道。雨這麼大，大家都到得了就算不錯了，兩人一同走進一會兒就要舉行投票的房間時，主任說。他先和負責監票的選務人員打招呼，接著又與各黨派代表和副代表招呼。他謹慎地採用完全相同的字眼迎接每一個人，絕不允許自己的表情或語氣透露出任何的政治傾向或意識形態傾向。當個主任，縱使是在這樣平凡的投票所當主任，無論如何也都應恪守最嚴格的中立原則，換句話說，就是表面工夫要做足。

投票所僅有兩扇窄小窗戶，開向縱使晴天也陰暗幽森的庭院，屋裡的氣氛原本就沉鬱，空氣的潮濕又加重了窒悶感，除此之外，室內還瀰漫著一股不安，套句俗語來說，這屋裡像是籠罩著低氣壓。選舉應該要延期才對，中間派政黨的代表說，我是說，這雨從昨天開始就沒停過了，到處都發生了坍方和積水，這次的投票缺席率想必會飆得半天高。右派政黨的代表贊同地點點頭，但感覺自己對這場對話的貢獻應當以審慎評論的形式來表達，於是說，我當然不會低估這種風險，但我想本市市民的公民責任感在先前的多次場合已經展露無遺，他們深刻瞭解這場市長選舉對於首都的未來有不可忽視的重要性，人民的公民責任感值得我們信任。中間派和右派的黨代表各發表了一番議論後，兩人帶著半懷疑、半譏諷的神態，轉向左派政黨代表，好奇地想知道他能有什麼高見。然而不早不晚就在這一刻，投票所副主任衝進屋子，一身的雨水滴得到處都是，可想而知，由於工作人員已全數到齊，他所受到的不僅僅是善意的招呼，而是不折不扣的熱烈歡迎。我們因此始終沒能聽到左派黨代表的意見，雖說根據已知的先例，我們可以推估他無疑會根據歷史而展現出高度的樂觀，說出類似以下這樣的話，我黨的支持者不會為這種小小的不便而延誤行程，不會因為天上落下了區區幾滴小雨，就待在家裡不出門。然而天上落下的並不是區區幾滴小雨，而是整桶整桶、整罐整罐、整條整條尼羅河、整座整座伊瓜蘇瀑布[2]、整道整道長江那樣的雨，但信心不僅能為懷抱信心者移去路徑中的高山險阻，還能使他們置身於滔滔洪流中而半點不溼身，我們應永遠稱頌讚嘆信心。

　　桌旁該到的人全數到齊，每位工作人員都各就各位了，投票所主任於是簽下正式公告，並請書記依據法律要求，將公告張貼於投票所外牆，但書記展現出了一定程度的理智判斷力，指出這張紙在外牆斷斷撐不過一分鐘，要不了兩秒鐘，字跡就會被雨打散，到第三秒，整張紙就會被風吹走了。那就貼在雨打不到的室內吧，法律沒說碰到這樣的狀況應該怎麼辦，重點是要張貼起來讓人看得到。他詢問同仁是否同意這做法，大夥兒都沒有異議，但右派政黨代表提出的但書是，這決議要記載在會議紀錄中，以免日後遭到質疑。書記完成任務，溼淋淋地回來，投票所主任問他外頭情況如何，他苦著臉聳聳肩，一樣啊，就是一直下雨。有選民來投票嗎。一個人影也沒有。投票所主任站起身，邀請選務人員和三位政黨代表跟著他走進投票室，確認房間裡沒有任何東西會玷污這天將在這裡舉行的政治抉擇的純淨度。這道手續完成後，這些人又回到各自的位置去檢查選舉人名冊。選舉人名冊同樣毫無問題，沒有任何可疑的跡象。現在來到一個嚴肅時刻，投票所主任要將票匭開封，並展示給選民看，選民可以藉此認證票匭是空的，有必要的話，明天他們還可以見證夜深人靜時，並沒有發生任何犯罪行為，並沒有破壞人民神聖自由意志的假選票被投入票匭，也因此當年被生動形容為做票的舞弊事件並未再度發生，而我們也別忘了，根據犯罪者及其共犯不同的行事效率及可下手的時機，這種事可能發生在選舉之前、之中或之後。票匭空空如也，清潔溜溜，無懈可擊，但屋子裡一個選民也沒有，沒有人可以觀看展示。說不定有某個選民此刻正將證明他完全具有公民投票權的證件緊緊拽在胸前，抵著強風，頂著豪雨，迷失在外，但依此刻的天空狀況看來，他還要好一段時間才能到達，這是說假使他不會半途折返，將城市的命運交由有黑頭車把他們載到門口，完成了公民職責後又搭上黑頭車後座離去的人來決定。

這個國家的法律規定，各類資料設備都檢查過後，投票所主任、選務工作人員、黨派代表及副代表如果是該投票所選民，應當立即投下他們的選票。這所投票所的人員確實都是該投票所的選民，但縱使慢吞吞拖延時間，把最初的這十一張選票投進票匭，四分鐘也綽綽有餘。而後除了等待，就沒有什麼別的可做了。投票所主任愈來愈焦躁，半小時不到，他就要求其中一名選務人員到外頭去看看有沒有人正在前來，說不定有選民來到，發現門被風吹得關上，便怒氣沖沖地離開，一面走還一面抱怨，選舉延後了，政府好歹也該尊重一下人民，通知一聲，廣播和電視不正是傳播這類訊息用的嗎。書記說，但誰都知道如果風把門吹得關上了，會有砰的一聲響，但我們沒聽到那樣的聲音。選務人員躊躇了，那我是要去還是不要去呢。但投票所主任堅持。去吧，麻煩你，還有小心點，別淋濕了。門是開著的，門擋安安穩穩在它該在的地方。選務人員探出頭去，只花了一霎的時間往左看了看，又往右看了看，再縮回頭，已經一頭一臉濕成落湯雞，猶如剛剛用蓮蓬頭沖了頭。他想表現得像個優秀的選務人員，討投票所主任的歡心，這是他頭一回獲選擔任這個職務，同時他也希望自己執行任務的速度和效率能受到讚賞，誰知道呢，說不定有了經驗和資歷後，有朝一日他也會成為投票所主任，這也不是太離譜的願望，天底下志向更高更遠的也大有人在，也不曾見誰為此驚駭過。選務人員回到屋裡，投票所主任既愧疚又感到好笑，驚呼，老天，你不需要淋成這樣啊。沒關係的，主任，選務人員一面用外套袖子揩去臉上的水，一面這麼說。你看見什麼人了嗎。就我看得見的範圍內，什麼人也沒有，外頭像一座水的沙漠。投票所主任站起身，繞著桌子猶疑地踱了幾步，走進投票室，往裡望了望，又回來。中間黨派的代表發言提醒大家別忘了，他預言投票缺席率想必會飆得半天高，右派政黨的代表再度扮演安撫者，他說，選民有一整天可以投票，他們可能只是在等雨小一些。左派政黨的代表這回選擇三緘其口，他心中真正想說的話是，就這區區幾滴小雨，是澆不熄我黨支持者的熱情的。投票所副主任此時恰好走進房間，他想他若是在此時說出自己心中想說的話，會呈現出多麼可悲的形象。大夥兒將期待的目光落於書記身上，書記選擇提出務實的建議，我想也許我們可以考慮打個電話給部裡，問問城市裡其他地區以及全國其他區域的選舉狀況如何，我們可以得知這個公民斷電的現象是普遍的狀況，還是只有我們這裡的選民拒絕用選票來把燈點亮。右派政黨的代表憤慨地從座位一躍而起，我要求這段話要寫入會議紀錄，因為身為右派政黨代表，我對書記剛才提及選民時表現出的不尊重態度以及令人難以接受的嘲諷語氣表達嚴正的抗議，選民是民主的最高守護者，沒有選民，我們的國家老早之前就會被世界上眾多暴君中的隨便哪一個給佔領了。書記聳聳肩問，主任，我要把右派政黨代表方才的言論記錄下來嗎。不用，我想沒有必要，只是我們大家都有點緊繃、困惑，而且不知所措，我們都知道，在這樣的情緒下，很容易會說出有欠考慮的話，我相信書記無意冒犯任何人，他自己就是個很清楚自身責任的選民呀，他和我們所有人一樣，頂著強風豪雨來履行他的職責，這就是明證，但是我的感激之情無論多麼真摯，都無法阻擋我懇請書記要恪遵職責，自我克制，不要說出會傷害到在場其他人士無論是個人或政治方面敏感神經的話語來。右派政黨代表做了某種不太客氣的手勢，投票所主任決定要將那手勢詮釋為同意，爭論於是沒有繼續擴大，這很大部分是多虧中間派政黨代表附和了書記的意見，他說，我們的確就像受困汪洋的船難受害者，沒有船帆也沒有羅盤，沒有桅杆也沒有船槳，油艙裡也沒有油。對，你說得沒錯，投票所主任說，我現在就來打電話給部裡。另一張桌子上有一支電話，他拿著前幾天發給他的工作手冊走向那張桌子，工作手冊裡登載了許多有用資訊，內政部的電話號碼也列在其中。

雙方的通話非常簡短。我是第十四號投票所的投票所主任，我們這裡情況非常詭異，投票所已經開放一個多小時了，目前為止沒有任何選民前來投票，什麼人也沒有，我很擔心，是的，長官，我知道天要颳風我們也擋不了，是的，長官，我知道，有風，有雨，有積水，是的，長官，我們會有耐性，我們會堅守崗位，我們來這裡就是為了克盡職責啊。自此開始投票所主任對這段談話就不再有貢獻，而僅僅是點了幾個表達同意的頭，發出了幾聲壓低嗓門的感嘆，起了三、四個句子的頭最後卻沒說完。放下話筒後，他往同仁們望去，卻並沒有真正看見他們，彷彿他眼前呈現的是一間間空蕩蕩的投票室、一本本潔淨無瑕的選舉人名冊、一個個等待中的投票所主任與書記，以及互相投以不信任眼神、盤算著眼前狀況誰能獲益誰將落敗的政黨代表們，遠方則有被雨打成渾身溼透的選務人員從門外回來宣告外頭沒有人來。部裡的人怎麼說，中間派政黨的代表問。他們也不知道要如何解釋，畢竟天氣不好大夥兒就不出門，是天經地義的事，但是很顯然全城大體上都發生一樣的現象，他們對這點無法解釋。大體上一樣的現象是什麼意思，右派政黨的代表問。有些投票所有一些選民去投票，但非常少，這是前所未見的現象。那國內的其他地區呢，左派政黨的代表問，畢竟不是只有首都下雨呀。這就是奇怪的地方，有些地區雨下得和這裡一樣大，但還是有人出門投票，不過天氣好的地區投票人數當然是比較多，說到這個，天氣預報說，接近中午的時候，天氣可能會好轉。說不定反而會轉壞，你知道的，俗話說，雨到了中午不是會加大就是會放晴，至此之前都沒開過口的第二名選務人員說。大夥兒一陣靜默，書記將手伸進外套的一個口袋，拿出手機來撥了一個號碼。等待對方接聽時，他說，這有點像山不轉路轉，路不轉人轉，既然我們不能去問選民為什麼不來投票，因為我們不認識他們，那我們就問問自己的家人吧，家人我們總認識的，喂，是我啦，對呀，妳怎麼還在家，怎麼沒來投票，我知道下雨啊，我的褲管都還是溼的，喔，對，抱歉，我忘記妳跟我說過妳吃完午飯才會來，當然，我打來只是因為情況有點麻煩，妳一定想不到，如果我跟妳說沒有一個人來投票，妳恐怕不會相信，對，好，那晚點見，愛妳唷。他掛上電話，諷刺地說，起碼有一個選民一定會來投票，我老婆下午會來。投票所主任和幾個選務人員互相看了看，他們很顯然應該要仿效書記的做法，但誰也不想率先這麼做，因為那就等於是承認了書記在機智與自信方面毫無疑問地領先群倫。方才走到門邊去看外頭是否下雨的那位選務人員沒花多久就得到了結論，他還需要多吃很多麵包和鹽，才能達到這位書記的水準，這書記以世上最輕鬆的手法，從手機裡拉到一張選票，就好像魔術師從帽子裡抓出一隻兔子。他看見投票所主任此刻在角落用手機打電話回家，其他所有人也都用各自的電話輕聲細語慎重其事地做著同樣的事，這位選務人員暗中為同仁們叫好，他們沒有使用原則上應作為公務使用的電話，高貴地為國家省下了不少錢。唯一沒有手機的那個人不得不等待其他人的消息，這人是左派政黨的代表，我們必須說明，這位可憐人的家人都在鄉下，他獨自一人居於城市中，因此無人可致電。這些交談逐一結束，其中談得最久的是投票所主任，他似乎正在命令與他交談的人立刻趕赴投票所，這命令能否奏效仍在未定之天，但是他應該要是頭一個說話的人，卻被書記捷足先登，願他捷足掉進坑，書記是個自作聰明的傢伙，他若同我們一般對階級稍有尊重，便應該向上級提出建議，而不是逕自採取行動。投票所主任嘆出一口在胸臆鬱積已久的悶氣，將手機放進口袋收好，問，所以說，你們問到了什麼嗎。這問題不僅多餘，而且怎麼說呢，還有那麼一絲絲不當，首先，歸根結底，不管問出的結果多麼八竿子打不著，每個人多少總會問出一點什麼，其次，問這個問題的人很顯然是在利用自己職務上特有的權威性質來規避責任，因為任何資訊的交換都該要由他出聲或出面發起。如果我們沒忘記他發出的那一聲嘆息，以及電話交談中某個時刻他所依稀流露出的憤懣語氣，就可以合理認定，對於他身為公民或身為投票所主任所合情合理感到的興趣而言，他和可能是家中某成員所進行的那場交談不夠溫和，提供的資訊也不夠多，因而他心情不夠平靜，無法倉促擬出一段即席評論，於是邀請下屬先提出他們的看法，以逃避自己所遭遇的困難，而如我們所知，邀請下屬先發言是較為現代的管理之道。除了左派政黨代表由於毫無資訊可提供，在場只能純粹聆聽之外，所有選務人員和政黨代表們所說的內容不外乎他們的家人要不就是不想淋得渾身溼透，想要等待天氣徹底放晴，要不就是如書記的妻子一般，打算下午再出門投票。唯有稍早到門口去的那位選務人員似乎洋洋得意，臉上流露出一股甚有資格為自己的功勞感到自豪的志得意滿神情，這神情若翻譯成文字是這樣，我家沒人接電話，這唯一可能意味的，就是他們正在前往此地的途中。投票所主任回到座位，大夥兒重新開始等待。

將近一個小時過後，首位選民來到。與大夥兒的期待相反，稍早到門邊探看的選務人員更是大感吃驚，此人是個陌生人。他把溼淋淋的雨傘留在門口，沒有脫下閃著水光的塑膠雨衣及塑膠靴，就來到桌旁。投票所主任嘴角含笑地起身迎接，因為這位頗有年紀但依舊硬朗的人意味一切將回歸正軌，盡責的公民將如平時那樣排成長龍，懷著耐心緩慢前進，如右派政黨代表所說的那樣，深刻瞭解這場市政選舉多麼關係重大。那人將身分證及選舉通知單交給投票所主任，投票所主任於是以渾厚且近乎歡樂的嗓音宣讀出身分證上的號碼及身分證主人的姓名，管理選舉人名冊的選務人員翻著名冊，找到了該號碼與該姓名，大聲地重複宣讀，並在該條目畫上一個記號，以顯示此人已投票，接著這位身上仍滴著水的人士握著他的選票走進投票亭，不久後走出來，將已經對摺再對摺的紙交給投票所主任，投票所主任鄭重其事地把那紙塞進票匭，那人拿回他的證件，帶著雨傘離開投票所。過了十分鐘才又出現第二個選民，但那之後，雖說有一搭沒一搭，猶如秋葉從樹枝徐徐剝落，選票終於還是一張張投進了票匭。無論投票所主任和工作人員如何慢條斯理地仔細檢視身分證件，選民都沒有形成人龍，無論在什麼時刻，等待的民眾頂多都只有三、四個，而三、四個人無論如何努力，都形成不了一條足以稱得上是人龍的人龍。中間派政黨的代表說，我剛才說投票缺席率會高得驚人，一飛沖天，說得還真沒錯，這樣的投票結果絕不可能得到各方認可的，唯一的解方是重辦一次投票。投票所主任說，暴風可能會過去的。接著他看了看手錶，祈禱一般地低聲呢喃，快中午了。我們一直稱之為稍早到門口去過的選務人員毅然決然對投票所主任說，主任，既然現在沒有選民來投票，如果您同意，我到門外去看看天氣如何了。他只花了一瞬，前腳一出去，後腳又回來了，回來時臉上帶著笑，捎來了好消息。雨現在小多了，幾乎沒什麼雨了，雲也開始散了。選務人員和政黨代表們簡直就要相擁慶賀了，但他們的快樂十分短暫。選民涓涓細流一般單調緩慢出現的狀況沒有改變，來了一個，之後又一個，走出門探看的那位選務人員的妻子、母親和阿姨來了，右派政黨代表的哥哥來了，投票所主任的岳母也來了，這岳母對選舉程序毫無尊重，她告訴垂頭喪氣的女婿，她女兒要稍晚才會來，並且殘酷地補上一句，她說她可能要去看場電影。投票所副主任的父母來了，還來了一些不是他們任何人家庭成員的人，這些人進來時顯得漫不經心，出去時也顯得漫不經心。兩名右派政黨的政治人物出現時，氣氛稍稍熱絡了些，幾分鐘後，中間派政黨也來了一位政治人物，之後，猶如變魔術般，有架電視攝影機憑空出現，拍了幾張畫面後又憑空消失，有個記者詢問他可否問個問題，投票進行得如何呢。投票所主任回答，不算很好，但天氣似乎好轉了，前來投票的選民人數想必會多一些。我們從城市裡其他投票所得到的印象是，這次的投票缺席率可能會相當高，記者說。嗯，我比較喜歡抱持樂觀態度，正面看待氣象對選務機制運作造成的影響，只要下午不下雨，上午暴風造成的流失很快就可以彌補回來了。記者心滿意足地離開，這一番話說得真好，說不定可以用來當報導的副標題。由於祭五臟廟的時刻來到，選務人員和黨派代表們做了一番工作分配，一面緊盯選舉人名冊，一面留意著自己的三明治，輪流就地吃起飯來。

雨停了，但沒有跡象顯示投票所主任的公民願望能在票匭上得到滿足，因為票匭中的選票目前為止連箱底都沒有鋪滿。在場所有人都有同樣的思緒，這場選舉目前為止是一場嚴重的政治挫敗。時間一分一秒過去，鐘樓的鐘敲響三點半時，書記的妻子前來投票。夫妻倆小心謹慎地相視微笑，但有一股無可言喻的默契暗藏其間，引得投票所主任內心一陣糾結難受，可能是由於深知自己永遠不會與任何人如此這般地相視一笑，而感到痛苦的欽羨。半小時過後，他往時鐘望了一眼，想著妻子不知最後是否真去看了電影，那欽羨仍然令他肌肉的某個皺褶和心靈的某個角落發疼。她會來的，他想，如果她果真來的話，會在最後一小時、最後一分鐘來到。抵擋命運的方法很多，但幾乎每種方法都毫無作用，而強迫自己往最壞的方向去想，卻期待著最好的情況能發生，是最常見的一種方法，可能甚至值得考慮嘗試，但這方法不適用於眼前的情況，因為我們有絕對可靠的消息來源，指稱投票所主任的妻子確實去看了電影，並且至少截至目前為止，還沒有決定是否要來投票。幸好，有一種平衡保持著行星不偏離正軌，宇宙能正常運作，我們經常對這種平衡有所需求，這意味當我們在東隅失去了某樣東西，總能在桑榆獲得某種約略相似、性質相同，可能的話連大小也相當的替代物，因此不致於產生太多有關待遇不公的抱怨。除此之外，還有什麼能解釋這是怎麼一回事呢，那些迄今為止都安安穩穩待在家中，顯然完全把這場選舉拋諸腦後的無憂無慮的選民們，在下午四點這個不早也不晚、不倫也不類的時間，開始來到大街上，大半是憑著自己的力量出來，但也有些是多虧了消防員及志工值得嘉許的一臂之力，因為他們所居住的地方仍然積水未退，不能通行，而所有的這些人，絕對是所有人，不分健壯孱弱，健壯的憑著雙腿，孱弱的乘著輪椅或擔架或救護車，猶如河水除了奔流入海外不知還有其他什麼路徑可走一般，這些人個個直奔各自所屬的投票所。對於心有猜忌或生性多疑的人，也就是唯有期待能從奇蹟中獲取利益時才願意相信奇蹟的那類人而言，眼前的狀況顯示前面所說對於平衡的需求完全是錯的，投票所主任的妻子會不會來投票的這個虛擬問題從宇宙的觀點來看太無足輕重，不需要以地球上眾多城市當中某個城市裡成千上萬不分老少不分社經地位且先前並未就政治或意識形態歧異達成共識卻終於決定走出家門去投票的市民突如其來的動員來彌補。但持這種論點的人，忘了這個宇宙不僅擁有自己的運作法則，而且這些法則對於人類互相矛盾的夢想與慾望漠不關心，我們除了以文字笨拙地為這些法則命名外，對這些法則的形成毫無貢獻，而一切跡象都顯示，宇宙利用這些法則來達成過去超乎我們理解，未來也超乎我們所理解的目的，儘管在這個特定的時間點，票匭可能會缺乏某種東西，目前僅是可能而已，這缺乏的東西在眼前的案例中是投票所主任那據說不討人喜歡的妻子所投的選票，這缺憾與此時湧現的人潮令人難堪地不成比例，倘使我們根據最基本的公平分配法則，感到這種不成比例難以接受，審慎告訴我們，我們暫時不該做最後的判斷，應該以充滿信心的專注繼續看下去，看看這個才剛剛展開的事件將如何發展。被職業熱情以及對新聞無可抑遏的渴望沖昏頭的報紙、廣播及電視記者此時此刻所做的正是如此，他們跑上跑下，將錄音機或麥克風堵上人們的臉蛋，問著你為什麼會在四點鐘離開家門出來投票，人人都在同一時間上街來，你是否覺得很不尋常。這類問題則獲得十分不悅甚或凶悍的回應，諸如我就是剛好在這個時候決定出門投票。身為自由公民，我們愛什麼時間做什麼事就在什麼時間做什麼事，不需要解釋什麼。你們問這種愚蠢的問題是可以得到多少酬勞呀。我什麼時間出門或不出門關誰什麼事了。有法律規定我一定要回答這個問題嗎。抱歉，我只願意在律師在場的時候說話。也有些人較為溫和有禮，回答起問題不似前面所舉的例子那樣語帶尖酸責備，但他們同樣無法滿足記者貪得無厭的胃口，而僅是聳聳肩說，聽好，我對你們的工作有崇高的敬意，我很樂意幫助你們發表一些好新聞，但是很不幸，我只能告訴你，我看看我的錶，發現時間是四點，就對我的家人說，好，我們出去吧，現在不去，就永遠別去了。為什麼現在不去就永遠別去了。你知道嗎，這就是問題的所在呀，我的話就是這樣出口了。想想看嘛，絞盡腦汁想一想。不要，這問題不值得我想，你去問別人吧，說不定別人會知道。可是我已經問了五十個人了。然後怎樣呢。誰也沒辦法給我答案。我就說吧。可是幾千個人在同一時間走出家門去投票，你不覺得是很奇怪的巧合嗎。當然是巧合，但是不見得很奇怪。怎麼不奇怪。啊，這個我不知道。在各個電視節目上密切觀察選舉過程的名嘴們由於缺乏確切的事實作為分析的基礎，於是忙著根據知識或經驗猜測，從鳥兒的飛行與啁啾中推斷神的意旨，哀嘆動物獻祭已不合法，以致他們無法細細觀看動物仍在抽動的內臟，以破解時間與命運的奧祕。原本選情的前景一片晦暗，使名嘴們昏昏欲睡，如今他們從昏倦中赫然醒來，而想必是由於浪費時間來討論巧合太辜負他們的教育使命，他們於是一個個餓虎撲羊一般爭先恐後前仆後繼地聲稱，就在投票缺席率恐將在我們的民主史上創下新高，對於不僅僅是政府的穩定，甚至更嚴重的是對民主制度的穩定都形成嚴峻的威脅之際，首都市民傾巢而出前去投票，為國家的其他地區樹立了良好的公民典範。內政部所發的聲明並沒有這樣誇大，但句句都透露出政府的如釋重負。至於參與選舉的三個政黨，右派、左派及中間派，先就突然湧現的選民可能帶來的得失做了一番快速估算後，各自發出了祝賀聲明，聲明除了文筆優美外，一致認定這是民主的勝利。總統在總統府內，總理在總理官邸內，背後牆上懸掛著國旗，各自都發表了內容相似的談話，措辭大同小異。投票所內人龍排了三排，一路繞過街角，極目望不見盡頭。

如同城市裡其他所有的投票所主任一般，第十四號投票所的主任非常清楚自己正置身於一個空前絕後的歷史性時刻。內政部將投票截止時間延後了兩個小時，之後又不得不再延長半小時，好讓湧進投票所的選民得以行使投票權，最後在夜深時分，飢腸轆轆又疲累不堪的選務人員及政黨代表終於站在自兩個票匭所倒出的堆積如山的選票面前，其中第二個票匭還是臨時向內政部借調來的。他們眼前的任務艱鉅龐大到令他們哆嗦，這情緒我們必須毫不猶疑地形容為偉大而壯烈，彷彿國家的先賢先烈都神奇地死而復生，化身為那些選票了。其中一張選票是投票所主任的妻子所投下的。她被某種奇異的衝動所驅使，走出電影院，在以蝸牛步伐緩慢移動的隊伍中排了數個鐘點，到終於與丈夫正面相對時，她聽見丈夫呼喚她的名字，心中隱隱閃現一股昔日的幸福感，不過是隱隱，縱使僅是隱隱，她感覺來這一趟也不虛此行了。計票結束時已超過午夜。有效票的張數幾乎不到百分之二十五，右派政黨獲得百分之十三，中間派政黨獲得百分之九，左派政黨獲得百分之二點五。廢票極少，沒有投票的也極少，其餘的超過總投票數的百分之七十，都是空白票。

2 Iguazu，又拼作Iguacu，位於巴西與阿根廷邊界的大瀑布。

困惑與驚愕的情緒從北到南橫掃整個國家，但嘲諷與鄙夷也同樣四處瀰漫。地方政府的選舉除了偶然遭壞天氣拖延外毫無異狀，投票結果也與常態相去不遠，正常投票的人數和打死不投票的人數與平時相當，廢票及空白票的數量都並不突出。過去，擁戴中央集權的人士耀武揚威地吹噓首都的選舉風氣最為規矩純淨，足以作為國家其他地區的表率，地方政府深感受辱，如今對於那些只因自己居住於首都便自覺高人一等的先生們，他們可以狠狠打臉，並且大肆嘲笑一番。他們捲著雙唇說出上述那句有關先生們的話，字字流露鄙夷，這些話針對的不是那些在家中一直待到下午四點才忽然猶如接到無可抗拒的命令而衝出家門投票的民眾，而是針對太早張燈結綵慶祝的政府、宛如收割葡萄般對空白選票展開大肆抨擊的政黨，以及原本在山頂鼓掌喝采，卻翻臉如翻書般幡然將人推下山谷，彷彿自己在這場災難的形成中並未扮演積極角色一般的報紙及其他媒體。

地方上的訕笑有其道理，但並沒有他們所自以為的那樣理直氣壯。政治騷動猶如尋找炸彈的火藥線在首都飛竄，在這騷動之下，有一股唯有在同儕間、密友間、政黨機器與政黨成員間以及政府與其自身間才可言說的不安蠢蠢欲動。重辦一次選舉會發生什麼事，人人都以刻意壓低的音量悄悄詢問這個問題，唯恐驚醒沉睡的巨龍。有人認為最佳方案是別拿長矛去刺向巨龍的胸膛，就讓事情保持原樣，讓右派政黨繼續掌握中央政府和市政廳，裝作什麼事也沒發生，就當是政府宣布首都進入了緊急狀態，一切的憲法保障都暫時中止，一段時間過後，待塵埃落定，整起不幸事件成為了不復記憶的過眼雲煙，再行籌辦新的選舉，展開精心策畫的、充滿嚴肅誓言與承諾的競選活動，不計一切代價防止被某位在這類事務方面素有名望的專家不客氣地稱之為政治社會怪象的局面再次出現，而不用太過擔心發生任何或輕或重的違法情節。但也有人抱持不同的看法，聲稱法律是神聖的，法條寫下來就是要給人遵守的，遵守的過程中會傷害到誰不在考慮之列，倘使我們搞手段耍花招，採取密室協商的捷徑，便會直接走向混亂失序，道德良知會灰飛煙滅。簡而言之，倘使法律規定一旦發生天然災害，則選舉應該在八日之後重新舉辦，那麼八日之後，也就是下一個星期日，就應該重新舉辦選舉，上帝既是如此安排，那麼就聽從上帝的旨意吧。然而值得一提的是，當政黨表達意見時，為了避免承擔過多風險，會玩兩手策略，兩面討好，對一方深表認同，對另一方點頭稱是。右派政黨由於既執掌中央政府，又主導市政廳，領導高層認定這張想當然耳的王牌必定會將勝利拱手奉上，因此採取了平靜從容又帶點圓滑手腕的策略，信賴負責保障法律受到尊重的政府具有良好的判斷力，總結說道，在我們這樣一個固若金湯的民主國家，遵循法律才是最合乎邏輯和自然的做法。中間派政黨的領導高層同樣期待政府遵從法律，卻提出了他們也自知絕無可能達成的要求，也就是要政府訂定並且施行嚴格的措施，保證下一次的選舉絕對正常舉行，選舉結果當然也要絕對正常。他們聲稱，這是為了讓本市不再重演此次在全國乃至全球面前丟人現眼的醜態。至於左派政黨，則找來所有的黨內高層齊聚一堂，經過冗長的辯論，草擬並發布了一份聲明，表達他們期待社會進步與發展的新時代到來，並且堅定且真誠地希望不久後即將舉行的選舉能創造出迎接這新時代所必備的政治條件。他們並未明說自己希望能贏得下次大選，從而掌控市政廳，但這樣的意涵呼之欲出。當晚，總理上電視向人民宣告，根據現行法律，市長選舉將在下週日重新舉辦，新一波的競選活動自當晚午夜起跑，至週五午夜結束，為期僅四天。接著總理擺出肅穆的神情，以強化的語氣補充說，政府相信首都市民在被要求重新投票之際，會秉持他們過去一向展現的端正與尊嚴來行使他們的公民責任，先前那場令人遺憾的事件便將因此宣告無效，首都的全體選民向來具有清晰明智的判斷力，這判斷力卻在那場事件中意外地呈現扭曲紊亂，原因尚未明朗，但調查已經大幅展開。總統的談話要留待週五晚間競選活動告一段落後再行發表，但談話的結語已經事先選定。全國軍民同胞，星期天將會是個好天氣。

當天也果真是個好天氣。套句某電視臺記者創意十足的說法，庇佑人的天空壯麗輝煌，金黃色的太陽在晶瑩剔透的蔚藍背景中光華四射，選民們從一大清早就開始出門，前往各自所屬的投票所，並不像一週前那樣盲目地集體行動，而是各自出發，勤勤勉勉一絲不苟，投票所大門還沒開呢，門外等待投票的市民已經排成長長的人龍。可惜的是，這樣的人潮聚集並非全然純淨真誠。在城市許多不同地點形成的四十多條人龍中，每一條都有一個或多個間諜混跡其中，意圖聽取並記錄在場民眾的言談，這是由於警政當局深信，正如同在醫生的候診室中一般，當人們等待過久，舌頭遲早都會鬆弛，即便僅僅是說溜嘴，也會透露出選民私密的意向。這些間諜絕大多數都是專業的情報人員，隸屬於特務機構，但也有一些是志工，業餘的愛國間諜，如他們所簽署的宣誓書中所說的那樣無償工作，出於渴望服務的熱忱自願幫忙，但還有為數不少的一些則純粹是受到舉報他人的病態快感所吸引。我們沒有假以過多思索，就滿足於將這種病態快感稱為人性，但這所謂的人性，其遺傳密碼不能簡簡單單歸納為去氧核醣核酸有機螺旋，又稱為ＤＮＡ螺旋，這種遺傳密碼有更多值得探討之處，也有更多資訊可以告訴我們，但打個比方來說，雖然有眾多門派各異身手不一的心理學家和分析師為了撬開人性的鎖，折斷指甲費盡力氣，這種互補螺旋依然牢牢卡在幼兒園階段。這些科學上的思考無論此時或未來價值如何，都不該容許我們遺忘今日令人不安的現實，例如我們方才所見的現實，這是由於隊伍中不僅僅有情治人員，一面裝作若無其事，一面暗中聆聽並記錄人們的言談，還有車輛從隊伍旁悄然駛過，表面裝作在尋找停車位，車內卻安裝有我們看不見的高解析度攝影機及先進的麥克風，排隊群眾個個自以為沉浸於各自的思慮中，攝影機和麥克風卻能夠將看似暗藏在林林總總竊竊私語中的情緒轉換成圖像。他們所說的話被記錄下來，話語背後的情緒也被記錄下來。沒有誰是安全的。一直到投票所敞開大門、隊伍起步移動之前，錄音機錄下的僅是一些無足輕重的語句，關於早晨天氣多麼美好、氣溫多麼宜人，或是剛才匆匆忙忙吃了什麼早餐之類至為平凡乏味的閒聊，又或是針對諸如母親出門投票時小孩要如何看顧之類重要事項的簡短交談。暫時交給他們的爸爸顧，我們只能輪流，我先投，然後再換他，我是說，我們當然希望一起來投票，可是就沒辦法呀，就像俗話說的，改不了的事就只好接受。我們是讓姊姊看顧小的，姊姊還沒到投票年齡，對了，這是我先生。幸會。幸會。今天早上天氣真好，不是嗎。簡直就像是故意安排好的。嗯，我想這事總有一天會發生的吧。白車、藍車、綠車、紅車、黑車來來回回經過，天線在晨風中搖曳，車裡的麥克風雖然收音敏銳，但並沒有什麼明顯可疑的徵象從這些單純無辜的日常話語底下浮現，或者至少表面看來是如此。但我們不需要在猜疑方面擁有博士學歷，或是在不信任方面拿過文憑，也可以注意到最後兩句話有其不尋常之處，也就是關於有人刻意安排好天氣的話，尤其是第二句，也就是這事總有一天會發生的那一句，意義模稜兩可，或許無意，或許無心，但正因為無意或無心，便有更大的潛在危險性，因此更值得拿來與說這些話時語氣的詳細分析交叉比對，尤其是要與其所產生的共振範圍交叉比對，這共振範圍指的是潛藏的語調，假使我們相信晚近的理論，那麼潛藏的語調也必須納入考量，否則對任何口頭交談的理解都是不足、不完整且有限的。在場的那位情治人員就和他所有的同事一樣，曾被告知遭遇此等狀況時應該採取什麼樣的確切步驟。他不能與嫌犯相隔太遠，必須排在嫌犯之後的第三或第四個位置，為了多一層保障，無論他藏在身上的錄音設備有多敏感，都必須要在投票所主任大聲念出該選民的姓名與身分證號時加以牢記，然後必須假裝忘了什麼東西，小心翼翼從隊伍中退出，走到街上去打電話給總部，報告方才的狀況，完成後又返回獵場，重新排進隊伍中。嚴格來說，這行動與狩獵並不相似，他們所期待的是命運會把獵物放在槍口前，或者不要說命運，說是機會、造化、福分，或隨便你要稱之為什麼都可以。

時間一鐘點一鐘點地過去，行動總部有各類情報如雪片般飛來，但沒有一條能清晰且罪證確鑿地顯現出他們所查緝的這些選民的意圖，表單上所呈現的都是如前述的那類語句，就連看來比其他所有語句更啟人疑竇的那句，嗯，我想這事總有一天會發生的吧，若是放回了它原本的脈絡，話中明顯的詭譎狡詐就大幅消失了，那原本的脈絡是兩個男人談及他們其中一人近日的離婚，雖說並未明顯提及，以防引起近處旁人的好奇，但談話便是結束在這一句話，話中帶了點怨恨，帶了點無奈，離婚的那男人並從胸臆中吐出一口抖抖顫顫的嘆息，若情治人員最頂尖的特質便是敏銳，那口抖抖顫顫的嘆息足以讓任何敏銳的情治人員認定這話以無奈的成分居多。情治人員或許不認為這脈絡值得記錄，錄音設備可能也沒錄下這一段，這只能歸因於人為的疏失和技術上的紕漏，縱使此案的相關文件上並沒有一絲一毫的跡象顯示被告無罪，任何對人性有所瞭解、對機械本質也並不陌生的好法官都會將這種疏失和紕漏列入考量，這麼做乍看之下雖說十分令人驚駭，實際上卻是極度公正的。這位無辜人士明日若是遭到盤問，我們光是想到他可能會遭遇什麼命運，就會禁不住哆嗦。你承不承認你對你的同伴說，嗯，我想這事總有一天會發生的吧。是的，我承認。好，你先想清楚再回答，你當時是在說什麼事。我是在說我和老婆分手的事。分居還是離婚。離婚。你當時或者現在對離婚感覺如何。一半生氣，一半無奈。比較生氣還是比較無奈。應該是無奈吧。那樣的話，你不覺得比較自然的反應是嘆氣嗎，尤其你是在跟一個朋友說話。嗯，我不確定我有沒有嘆氣，我實在不記得了。我們知道你沒有嘆氣。你怎麼知道，你又不在場。誰說我們不在場。說不定我朋友記得聽到我嘆氣，你們應該問問他。你和朋友的感情顯然不太好。這話什麼意思。你要我們約談你朋友，把他捲進一大堆麻煩中。喔，我不希望這樣。很好。那我可以走了嗎。當然不行，不要這麼急，你還沒回答我們問你的問題。什麼問題。你對你朋友說那句話時心裡到底在想什麼。我已經告訴你了呀。換個答案吧，你那個答案行不通。我只有那個答案啊，因為事實就是那樣。那是你自以為的。不然你要我瞎掰一個嗎。對，就瞎掰吧，如果你可以想出一些答案，只要花點時間和耐性，外加適當運用一些特定技巧，就能變成我們想聽的話，我們很樂意的。那就直接告訴我應該怎樣回答，把這事了結了吧。喔，不行，那就不好玩了，你把我們當什麼啦，先生，我們有科學上的尊嚴要考量，有專業良心要捍衛，我們要向上級證明我們沒有騙吃騙喝，沒有白拿薪水，這對我們很重要。抱歉，我聽不懂你在說什麼。別急嘛。

政府辦公室及各政黨黨部並沒有以同樣的心境來反映街上以及投票所內選民出奇的冷靜沉著。他們最擔憂的是投票缺席率這回會是多少，國家陷入棘手的政治社會局面已經超過一週了，他們這樣的擔憂彷彿從這棘手局面脫身的解方就藏在投票缺席率中似的。缺席率若是稍微偏高，或甚至超過前幾次選舉的最高紀錄，只要不是過高，都會顯示一切回歸正常，顯示那些從不覺得投票有什麼意義而因此從不投票的選民，或喜歡利用好天氣和家人到海灘或鄉間去玩耍的選民，以及除了無可抗拒的懶散外不為其他什麼原因而留在家中的選民，都回復了慣有的習性。倘使投票所外與前次選舉同樣龐大的人潮顯示此次的投票缺席率毫無疑問將低至谷底，甚至趨近於零，那麼最令這些官員百思不解甚至瀕臨瘋狂的，是除了極少數的例外之外，選民們以高深莫測的沉默來回應出口民調人員的提問。我們只是要做統計，你不需要表明身分，不需要說出你的名字，他們這樣堅稱。但縱使這麼說，也說服不了心懷疑竇的選民。八天以前，記者起碼還能問出一點什麼，雖說他們回答的語氣充滿不耐、嘲諷或輕蔑，與什麼也不說其實差別不大，但起碼雙方有所對話，一方提出了問題，另一方假裝回答了問題，不像這一次，靜默得無可穿透，彷彿是在人人皆知且人人誓言保守的機密之外築起一堵厚重的牆。數以千計的人彼此互不相識、理念思路不一、社經地位各異、政治傾向可能偏左或偏右或偏中間或哪裡也不偏，卻各自下定決心在計票之前三緘其口，好讓祕密慢點揭曉，如此這般行為上的巧合對許多人來說雖不是絕無可能，卻也相當不可思議。內政部長恨不得要好好表現一番，打算把這消息稟報總理，總理則迫不及待把這消息轉達給總統，總統年紀較長，經驗較豐，心腸較硬，簡單地說是人生閱歷較廣，他僅僅冷冷地回答，如果他們現在沒打算說話，你倒是告訴我，晚一點他們又有什麼原因會想說話。國家的最高首長潑來的這盆冷水之所以沒讓總理或內政部長喪失一切信心並且墜入絕望深淵，是由於他們已經沒有其他東西可以寄託希望了，縱使僅寄託短短的時間也沒有了。內政部長在各個投票所都派駐了兩名來自不同警局的便衣，他原本不想向上面稟報這件事，唯恐選舉過程會發生什麼違法行為，事實證明這個擔憂純屬無稽。他所派駐的兩名便衣都奉命要監督計票，又各自奉命要密切觀察自己的同事，以防兩人暗中勾結，無論是崇高的軍事勾結，或是小小的背叛交易都算在內。如此一來，有情報人員，有警衛，有錄音設備，有攝影機，顯然一切都在他們的掌控之中，選舉過程得以保持純淨，不會遭到任何惡意干預的汙染。如今選舉落幕，他們所能夠做的僅剩雙手抱胸，等待票匭的最終裁決。為了向充滿奉獻精神的市民致敬，我們很開心地將一整個章節奉獻給第十四號投票所，甚至還提及投票所工作人員的一些私人問題。當第十四號投票所以及其他所有從第一到第十三以及從第十五到第四十四號投票所的主任們終於把選票全數倒在充當桌子用的一排排長板凳上時，一則謠言天搖地動般地傳遍了整個城市。這是緊接著將發生的那場政治大地震的前兆。首都的居民有些較冷靜，有些較激動，各自在住宅內、咖啡廳裡、酒吧中、各種有電視或收音機的公共場合，等待著最後的計票結果。沒有誰向身邊最親近的人透漏自己投票給了誰，往來最密切的友人對這事也彼此諱莫如深，就連最多話的人似乎也詞窮語塞了。最後，在晚間十點，總理出現在電視上。他神情憔悴，因為一整週夜不能眠而有著深深黑眼圈，健康紅潤的妝容下面色慘白。他手中握有一張紙，卻不是直接照本宣科，而是不時往稿子瞥一眼，以防忘了演說重點。各位國人同胞，他說，今天在首都舉行的選舉結果如下，右派政黨得票百分之八，中間派政黨百分之八，左派政黨百分之一，投票缺席率，零，廢票，零，空白選票，百分之八十三。他停頓下來，從身旁的水杯啜了一口水，又繼續說，我們瞭解今天的投票重演並且加劇了上週日所呈現出的趨勢，雖然我們一致同意應將導致選舉結果如此令人不安的成因徹底調查清楚，但政府在與總統大人磋商之後，認為政府的合法地位並未受到質疑，這不僅是由於此次選舉僅僅是一場地方選舉，同時也由於政府相信並宣告迫在眉睫的當務之急是對於過去這七天來我們全體國人都驚愕見證且大膽參與的異常現象做一番深入的調查，我是懷著沉痛的悲憤之情說這一番話，因為那些空白選票狠狠衝擊了我們個人及集體生活的民主常態，這些空白選票並非從天而降，也不是升自地底，而是出自本市每一百位選民中八十三人的口袋，這些人以他們缺乏愛國心的手親自將這些選票投入票匭。他又啜了一口水，這一次有較高的必要性，因為他忽然口乾舌燥。要矯正這個錯誤，目前還為時未晚，但我們不是要用另外舉行一場選舉來矯正，依目前情勢看來，再辦一場選舉可能不僅毫無用處，還適得其反，我們是要透過嚴格的自省來矯正，我在這個公共平臺呼籲首都所有的居民都對自己的良心做一番檢視，對部分市民來說，這麼做是為了保護自己不受虎視眈眈的恐怖威脅所侵害，對另一些無論是否懷有犯罪意圖的市民來說，則是為了棄暗投明，脫離他們不知被誰引入的罪惡深淵，否則便可能成為政府即將宣告的緊急狀態下可預見的制裁所直接開鍘的對象，政府自然會先尋求國會的通過，再提請總統大人發布，國會明天將召開特別臨時會，預料將無異議通過此議案。他改變了語氣，雙臂微微展開，手舉到肩膀高度。政府在此要堅定地表達國家其他地區人民渴望團結的同胞之愛，這些國民懷著值得嘉許的公民意識，適切地履行了他們的選舉義務，部分首都市民誤入歧途，偏離了正道，政府願以慈父襟懷告訴這些市民，莫忘浪子回頭寓言所教給我們的崇高教訓，只要有一顆真心悔改誠懇認錯的心，便沒有什麼過失是不能原諒的。總理最後來了一段花稍的收尾，榮耀你的國家吧，因為國家照看著你[3]。這番話是最陳舊的愛國主義濫調，還有連續的鼓聲和響亮的軍號作為伴奏，但這一套花稍的收尾被一句虛情假意的晚安給破壞了，不過這也就是平凡詞語最厲害的地方，它們是騙不了人的。

在各個城鎮、住宅、酒吧、餐廳、社團、咖啡廳，或政黨黨部等各式各樣有右派政黨、中間派政黨，甚至左派政黨選民聚集的地方，民眾熱烈討論著總理的演說，這些討論想當然耳各有不同的角度與討論方式。對總理表現最為滿意的是右派政黨的成員，這裡的粗野用語是出自這些人的口中，而非本敘述者，他們彼此會心地眨著眼，慶賀自家領袖手法出色，這手法往往被冠上一個奇特的名稱，叫胡蘿蔔與棍子，古早時代這手法主要運用於驢子和騾子身上，現代則轉為應用於人類身上，成效甚為顯著。然而有些人，也就是凶悍傲慢的那一型，則認為總理的演說應該在宣告國家即將進入緊急狀態後便結束，其後所說的一切都毫無必要，這些人認為下層民眾唯一懂得的就是那根大棍子，姑息手段毫無用處，對敵人根本不要講情面，或是說一些其他類似的言論。他們的同志則反對他們的看法，主張領袖這麼做必定有其道理，但這些向來天真的和平主義者渾然不知他們那些強硬同志激烈的反應其實是一種戰略操作，目的在於維持黨員的戰鬥精神。他們的口號是，無恃其不來，恃吾有以待也。中間派政黨是主要的反對黨，這個政黨的成員認同這場演說的主旨，也就是認同應該盡快找出罪魁禍首，並且對主事者及其同謀加以懲罰，但他們認為宣布緊急狀態完全不符合比例原則，尤其緊急狀態也不知要持續多久，何況人民所犯的唯一罪行就是行使他們的權利，這會兒又剝奪他們的權利，一點道理也沒有。他們想，萬一有哪個市民忽然決定要聲請釋憲，那可怎麼辦呢。他們又補充說，真正聰明且愛國的做法，是成立一個由各黨派代表所組成的救國政府[4]，因為此時若果真是集體的非常時刻，宣告國家進入緊急狀態並非解決之道，右派政黨這會兒病急亂投醫，很可能會把自己醫死。左派政黨的成員對於他們竟有可能加入聯合政府的想法大加奚落，他們所真正關心的是要如何對選舉結果提出解釋，才能掩蓋他們支持率慘跌的事實，因為上次選舉他們獲得了百分之五的票數，本次選舉的前一回合他們獲得百分之二點五，如今他們僅存悽慘的百分之一，前景堪憂。左派政黨分析到最後，草擬起一份聲明，聲明中將指稱，由於沒有客觀理由顯示空白選票表達了破壞國家安全或制度穩定的企圖，因此可解讀為他們期待改變，這種期待與左派政黨黨綱中的進步倡議恰恰不謀而合，就這麼回事。

也有些人在總理一說完話便關上電視，坐著聊聊生活瑣事後上床睡覺，還有一些人看完演說後，整個晚上都在撕毀和焚燒紙張。他們並不是陰謀分子，而只是害怕而已。

---

3 Honrai a pátria, que a pátria vos contempla. 此為葡萄牙海軍格言。較常見的寫法為A pátria honrai, que a pátria vos contempla.

4 um governo de salvação，一九七四年，葡萄牙爆發非暴力軍事政變，推翻獨裁的第二共和政權，史稱「康乃馨革命」。革命後，多名軍方人士組成過渡政府，稱為救國政府，後因內部保守勢力與激進勢力內鬨而垮臺。

對國防部長這個連兵都沒有當過的文官而言，進入緊急狀態似乎是小兒科，他所期望的是毫不含糊、貨真價實的封城[5]，名副其實、鐵面無私、滴水不漏、寸土不讓的封城，猶如一座移動的城牆，能將煽動叛亂的源頭加以圍堵，並以強力的反擊一舉殲滅。要在瘟疫和壞疽蔓延到國家仍然健康的部位之前加以殲滅呀，國防部長這麼警告。總理承認事態危急，代議民主制度的根基遭到了卑劣的攻擊，國家正深受其害。但國防部長表達異議，我倒認為比較像是這個制度遭到了深水炸彈的攻擊。確實如此，但我認為，我們一方面不能忽視眼前局勢的危急，同時也為了能在必要的時候隨時變換行動的手段和目標，一開始最好是採取較為謹慎、低調的做法，暫且不要派兵上街、關閉機場，或是在所有的出城路線設置路障，這樣可能會比較有效，總統也同意我的看法。那確切是要採取什麼做法呢，國防部長毫不掩飾他的不悅。總之不會是你從前不知道的做法，容我提醒你，軍隊有自己的情報系統。我們的情報系統叫反情報系統。意思是一樣的。啊，我明白您的意思了。很好，我就知道你會瞭解的，總理一面說，一面朝內政部長比劃，內政部長於是接著發言。行動的細節我就不詳述了，因為我相信各位可以瞭解，那屬於機密內容，甚至可以說是最高機密，我們部裡擬定的計畫，概括來說，是由經過特殊訓練的幹員廣泛而有系統地滲入民間，以獲取情報，這些情報可以協助我們找出這起事件背後的原因，也可以協助我們擬定必要手段，在邪惡萌芽時分就將它一舉殲滅。你說萌芽時分，但就我看來，它已經長成樹苗了，司法部長說。這只是一種說法而已，內政部長有些不悅地回嘴，又接著說，恕我發言冗贅，我現在是該在絕對保密的狀況下告知各位部長了，我所指揮的情報工作，或者應該說是由我所負責的部門所指揮執行的情報工作，並沒有排除事情真正的源頭來自國外的可能性，我們所看到的事件可能只是一個龐大全球動亂計畫的冰山一角，想必是受到無政府主義者的煽惑，而由於一些我們目前尚無法掌握的原因，這些無政府主義者挑選了我國作為他們的頭號白老鼠。我覺得聽起來有點怪，文化部長說，就我的瞭解，無政府主義者從未提議過要從事這種性質和這種規模的行動，即使只是理論也不曾提過。那可能是由於，國防部長語帶譏刺地說，我這位親愛的同事頭腦還停留在他阿公那個時代和平美麗的世界裡，雖說聽起來很不可思議，但從那時代到現在，世界發生了不少改變，虛無主義曾經很感性，不太血腥，但我們今天面對的是純粹的不折不扣的恐怖主義，雖然它可能會戴上不同的樣貌、不同的面容，但本質上都是相同的。做這樣輕率的推斷和誇大的指控恐怕得小心點，司法部長說，我認為把幾張空白選票貼上恐怖主義的標籤，甚且還是純粹不折不扣恐怖主義的標籤，雖然稱不上是荒謬絕倫，但我感覺有點危險。幾張空白選票，幾張空白選票，國防部長氣急敗壞，簡直快說不出話來，我倒想問問你，每一百張裡有八十三張，怎麼能算是幾張選票，我們眼前需要考量、需要體認到的是，這每一張選票都像是一顆從水面下發動攻擊的魚雷。我對無政府主義的認識或許過時，這我不否認，文化部長說，雖然我自認為不是海上戰事的專家，但就我瞭解，魚雷都是在水面下發動攻擊的，它們並沒有什麼別的選擇，魚雷製造出來就是要在水面下發動攻擊的。內政部長忽然一躍而起，可能是要捍衛他的同事，也就是國防部長，不讓他受到這種譏諷式言論的攻擊，也可能是要譴責這場會議明顯地太缺乏政治同理心，但總理把手重重拍在桌上，命令大家安靜。文化部長和國防部長熱烈進行的顯然是學術辯論，這種辯論可以另找地方繼續，但我要提醒各位，這個房間比國會更代表了民主力量與民主權威的核心，我們今天在這裡齊聚一堂，是為了訂定決策來拯救國家，我們的國家正遭遇著幾世紀以來最嚴峻的危機，如何拯救國家是我們此刻面臨的挑戰，面對著這樣艱鉅的任務，我深深認為這種沒意義的言論和詮釋上的爭論該停止了，因為這種爭論與我們的職責太不相稱。說完他停頓了一會兒，沒有誰膽敢打破這片寂靜，接著他又繼續說，有一點我要向國防部長清楚說明，在我們處理這個危機的第一階段，總統傾向於採用內政部相關幕僚所草擬的計畫，但這並不意味也永遠不會意味我們完全排除了宣告封城的可能性，一切都取決於事態發展的方向、首都市民的反應、國內其他地區的反應，以及反對黨向來難以預測的行為，這一次尤其是取決於左派政黨的行為，他們已經輸得七零八落了，可能會把所剩的最後一點點籌碼拿去押在高風險的行動上。喔，只得到百分之一選票的政黨，我想我們用不著太過掛心，內政部長不屑地聳聳肩說。你看了他們的聲明了嗎，總理問。我當然看了，閱讀政治聲明是我工作的一部分、職責的一部分，當然有些人會付錢請幕僚幫他們先咀嚼消化一下，但我比較老派，我只相信自己的腦袋，即使我錯了，我還是相信自己的腦袋。你忘記歸根究柢，部長其實是總理的幕僚。報告總理，我很榮幸擔任您的幕僚，但這兩種幕僚的巨大差別在於我們帶給您的是消化完畢的食物。很好，但有關美食或消化過程化學變化的討論我們暫且先打住，回到左派政黨聲明的話題吧，請告訴我，你對這份聲明有何看法。古諺說，打不過對方就加入對方，他們的聲明不過就是用比較粗俗質樸的語言說這句古諺。那運用在現今的狀況呢。報告總理，運用在現今的狀況，就是如果選票不是投給你的，就把它拗成像是投給你的。就算如此，我們最好還是保持警戒，他們的小把戲對比較左傾的人民說不定會有作用。對比較左傾的人民會有什麼作用，我們目前還不知道，司法部長說，但我認為百分之八十三的選民中，有極大部分都是我們或中間派政黨的支持者，這是我們目前還不願意坦白公開去承認的事，我們應該要自問，這些人為什麼要投空白票，這才是問題的核心，左派政黨想出什麼機智天真的論點根本無關緊要。對，總理說，認真去想，我們的策略和左派政黨採用的策略並沒有什麼不同，也就是說，如果多數選民支持的不是你，那就假裝他們也不支持你的對手。換句話說，交通部長突然從桌子的一角發言，我們全都在耍同一套把戲。這樣定調我們置身的狀況未免太過急躁了，請注意我這話純粹是從政治的角度說的，不過倒也不是信口雌黃，總理這麼說，接著便將討論告一段落。

打從第一次選舉開出慘澹成績而第二次選舉結果更加震撼人心以來，各家媒體無不使出或多或少的熟練技巧和或優或劣的靈活手腕，試圖解決一個棘手的難題，報紙媒體尤其是一個頭兩個大，但不分何種媒體，都極力不讓外界注意到他們的這番苦心，而緊急狀態的立即施行則猶如上蒼所做的某種智慧裁決[6]，快刀斬亂麻般除去了這個難題。選民顯然是被某種奇異且危險的變態狀況蒙蔽了雙眼，以致無視於國家整體利益應高於個人利益，而做出了出人意表且不負責任的行為，把國家的政治生活推入前所未有的困境之中，推入了再如何光亮的火花都照不到出口的暗巷裡，媒體有責任在社論或特約撰寫的民意論壇文章中，懷抱著公民的憤慨強力對選民加以抨擊，這是很基礎且顯而易見的事。但另一方面，他們必須字斟句酌，仔細估量每個詞語的敏感性，瞻前顧後，可以說是到了進兩步退一步的程度，以免忠實讀者因為被稱為賣國賊和神經病，而與他們反目成仇，一夕毀去多年來讀者的忠誠以及彼此間完美和諧的關係。一旦宣告緊急狀態，相關的權力就落到了政府頭上，憲法保障的權利暫時中止，籠罩在編輯與報社主管頭上那惘惘的威脅與沉沉的重量就減輕了。由於言論與通訊傳播的自由受到嚴格的管控，審查制度在編輯背後緊迫盯人，報社於是有了最完美的藉口及最完整的理由。他們會說，我們非常希望能為我們可敬的讀者提供獲取新聞與意見的管道，不要受到無理的干涉及難以忍受的限制所束縛，這也是讀者的權利，在我們現今所置身的這個格外敏感的時刻尤其如此，但事情的發展就是由不得人，唯有從事新聞這門光榮行業的人，才懂得在幾近二十四小時緊迫監督之下工作有多痛苦，說句私密話，這件事情該負最大責任的是首都的選民，不是地方的選民，但是糟糕的是，無論我們如何懇求，政府都不允許我們在首都發行經過審查的版本，而在其他地方發行未經審查的版本，昨天才有位內政部的高官告訴我們，真正的審查制度就像太陽，一旦升起，就澤被天下，雨露均霑，我們也懂世間的道理呀，好人總是要替罪人扛責受過。雖然報紙在形式及內容方面都採取了各項預防措施，情況很快就很明顯，大眾對於閱讀報紙的興趣還是大幅下降了。報紙渴望討好大眾，這渴望不難理解，出於這種衝動，部分報紙認為他們可以藉由在版面上刊滿赤裸的胴體來力抗讀者的流失，這些裸體或男或女，或動或靜，或群聚或落單，或雙雙對對或踽踽獨行，在現代版的人間樂園[7]中歡愉嬉戲。但是早在遠古時代，這類在色彩和構圖上少有變化且並不特別引人遐思的圖像就已經被視為是人類在性本能的探索上平凡無趣的事物，讀者對這類圖像失去了耐性，對報紙毫無興致、漠不關心，甚至嫌惡，導致報紙的印量與銷量持續暴跌。同樣地，發掘並展示齷齪低賤的親密行為以及形形色色的醜聞穢事、以公德掩蓋私人惡行的古老遊戲、將私人惡行提升至公德地位的歡樂活動，這些事一直到最近以來都不乏觀眾，也不乏樂於親身參與的人士，但對於報社已經處於絕望低潮的每日資產負債表卻沒能發生正面的影響力。城市大部分的居民似乎已經打定主意要改變生活、改變品味、改變風格。他們很快便將發現，他們所犯的最大錯誤便是投下了空白選票。他們想要剷除積弊，他們會求仁得仁，一切真的會剷除得清潔溜溜。

這是政府堅定的看法，尤其是內政部長堅定的看法。要悄悄潛入群眾核心的探員有些來自祕密的情治單位，有些來自公開的政府部門，選拔幹員的過程快而有效率。為了證明自己是模範公民，所有探員都經過宣誓，透露自己所投政黨的名稱以及所投選票的性質，並且在宣誓過後，簽署一份文件來表明自己主動批判感染多數民眾的道德瘟疫，其後所有探員的第一項任務，由於經常有人聲稱所有壞事皆由男人一手操作，因此我們在此要特別聲明，所有探員包括男性與女性探員，這些探員猶如班級一般，編成了四十人四十人一組，由受過專業訓練、善於鑑定、識別及判讀電子攝錄聲音與影像的教官帶領，我們方才說到一半，他們的第一項任務是爬梳第二次選舉混在隊伍中或是帶著攝影機與麥克風緩緩開車駛過隊伍旁的間諜所蒐集來的大量資訊。這些情報員以在情報堆裡翻找搜索來展開任務，便得以在懷抱著熱忱並帶著獵犬般靈敏嗅覺親身投入實地工作之前，先打下暗中調查的基礎，我們在幾頁之前，曾有機會對這種暗中調查的性質做過一番簡短的實例闡述。簡單而平凡的語句，諸如我通常懶得投票，但今天我來了。不知道來這樣一趟值不值得呀。用水罐汲水太多次，把手也是會掉在井邊的[8]。我上週也有投票，但那天我四點才有辦法出門。這就像買樂透一樣，我幾乎每次都槓龜。但還是要再接再厲。希望就跟鹽一樣，沒什麼營養，但是讓菜有了味道。有許多許多個鐘點，這些對話以及其他幾千個同樣平凡無奇、同樣毫無立場、同樣清白無辜的對話被一個音節一個音節地拆解、碾碎、翻轉、放在臼裡用問題來研磨。你解釋解釋那個水罐是怎麼回事。為什麼把手會掉在井邊而不是掉在路上或家裡。你平常都不投票的話，這次為什麼要投。如果希望像鹽，那鹽要怎樣可以變成像希望。希望是綠色的[9]，鹽是白色的，這個顏色上的差異要怎麼解決呢。你真的覺得選票和樂透彩券是一樣的嗎。你說槓龜是什麼意思。接著問題又繞回來。是怎樣的水罐。你去井邊是因為你口渴，還是想要跟什麼人碰面。水罐的把手象徵什麼。你在菜上面撒鹽的時候，心裡覺得你撒的是希望嗎。你為什麼要穿白襯衫。你告訴我，你說的水罐到底是真的水罐，還是抽象的水罐。那只水罐是什麼顏色，黑的還是紅的。是素色的水罐還是有花樣的水罐。上頭有沒有鑲嵌石英。你知道石英是什麼東西嗎。你買樂透有沒有中過獎。上一次選舉的時候，雨兩點就停了，為什麼你四點才出門。這張照片裡你旁邊那個女人是誰。你們兩個是在笑什麼。你不覺得投票是一件很重要的事，所有負責任的選民表情都應該很嚴肅很認真很莊重嗎，還是你覺得民主是件好笑的事。還是你覺得民主是件讓人想哭的事。你覺得是哪個呢，好笑還是讓人想哭。你再說說那個水罐，你為什麼不考慮用黏膠把把手黏回去呢，有些黏膠就是專門用來黏這種東西的。你談到缺了把手的水罐，是不是表示你想要有一雙像把手一樣的翅膀[10]。你說什麼。你喜歡你生活的這個年代嗎，還是你比較希望生活在別的年代。我們回到鹽和希望的話題，你要在想吃的東西裡加多少鹽或希望，那個東西才不會變成難以下嚥。你累了嗎。你想回家嗎。不要急，欲速則不達，如果沒想清楚就隨便回答問題，後果可是很嚴重的。不對，你沒有迷失，你很顯然沒搞清楚，人在這裡不會迷失自己，只會找到自己。別擔心，我們沒有在威脅你，我們只是不想太急而已。這個時候獵物已經暈頭轉向、狼狽不堪了，他們於是會問出最致命的問題。現在我想知道你是怎麼投票的，也就是說，你投給哪一黨。從隊伍中被挑出來訊問的嫌犯有五百人，這是我們誰都有可能遇到的情境，他們遭到明顯站不住腳的指控，這些指控拙劣地奠基於以定向麥克風和錄音機錄下的言詞，我們剛剛針對那類言詞舉了有力的例證，別忘了我們的統計母體相對而言十分寬廣，因此照理說，得到的回答雖說會有一點小小的合理誤差範圍，但應該會呈現與投票結果相同的比例分布，也就是說，會有四十人自豪地宣稱自己投票給右派政黨，也就是執政黨，另有同樣數目的人會用些微叛逆的口吻，證實自己投票給唯一稱得上是反對黨的黨，也就是中間派政黨，還有五人，僅僅五人，被逼到牆角，走投無路，會堅定地說，我投票給左派政黨，但用的是一種為自己無力矯正頑固性情而表達歉意的口吻說話。根據模態邏輯，其餘的，也就是剩下那數量龐大的四百一十五人應該會回答，我投下了空白票。如果是電腦或計算機，就會給出這樣清晰的答案來，不會有出於推測或出於謹慎算計的模稜兩可，以電腦和機械誠實且死板的性格，他們所能夠容許自己給出的唯一答案也就是這個答案，但我們面對的是人類，眾所周知人類是世上唯一會撒謊的動物，雖說人類有時會因為恐懼而撒謊，或為了自身的利益而撒謊，這是事實，但也有時，他們撒謊是因為他們及時發現撒謊是他們所能用來維護真理的唯一方法。因此表面上看來，內政部的計畫失敗了，確實在最初的一些時刻，幕僚們感到羞愧且徹底地不知所措，除非下令將那些人全數加以刑求，否則出乎意料的障礙似乎無法迴避，但是人人都知道，在有能力不訴諸這種中世紀原始手法也能達到相同效果的民主法治國家，刑求是大眾期期以為不可之事。內政部長是在陷身於這樣複雜的情勢中時，才展露出他高明的政治智慧與戰術及戰略上非凡的靈活性，誰知道呢，這可能意味他的前途大有可為。他下了兩個決定，兩個決定都十分重要。頭一個決定後來會被人譴責為陰險權謀，這個決定是由內政部透過非官方的通訊社向大眾媒體發布官方公告，以全體政府的名義，向五百位模範市民表達誠摯的謝意，政府正對發生於前兩次選舉中的異常現象進行調查，這五百位市民盡其所能提供了政府所需的協助，也於近日向政府表達了忠誠的支持。除了這樣簡單地表達謝意之外，內政部預期到市民可能會有所疑問，因此警告家中有人下落不明的市民切勿驚慌或擔憂，由於這項繁複棘手的行動屬於雙重紅色等級的絕對機密事項，因此音信杳然才能確保他們的人身安全。第二項決定則只准內部人士知悉和操作，這與先前擬定的計畫完全相反，我們一定都還記得，先前擬定的計畫是要派遣大量的調查人員滲透入群眾核心，並且認定這將會是卓越的方法，可以用來解開懸疑、奧祕、難題、疑惑，或者你會想稱之為空白票之謎。此刻開始，探員們將分成數量不等的兩個組，較小的一組將進行田野調查，但是實話實說，他們已經不期待田野調查能獲得多大成果，較大的一組則將繼續訊問被留置的五百名選民，這裡要特別強調，是留置而不是拘留，在必要的時候，這個組並且會加強他們已經對這些人施加的身體與心理壓力的力道。一如多少世紀以來古諺告訴我們的，空中的五百零一隻鳥比不上手中的五百隻鳥。這句古諺很快便得到證實。在運用了高超圓滑的手腕，經過了一次又一次的拐彎抹角與一次又一次的試探摸索之後，田野中的探員，事實上是城市中的探員，終於成功問出第一個問題。

你能不能告訴我你把票投給誰呢。他所得到的答案彷彿是一字一句從法條中背出來的。任何人都不應在任何藉口之下被迫向他人透露自己投票給誰，也不應被任何政府當局詢問此事。探員以漫不經心的淡漠口吻問出第二個問題，請原諒我的好奇，但你會不會剛好就是投了空白票呢。答案給得非常有技巧，把這問題簡化成了一個單純的學術問題。沒有，先生，我沒有，但縱使我有，那也和投給選票上的任一政黨或是在選票上畫總理的漫畫肖像結果把票變成廢票同樣合法，問問題先生，投空白票是一項不受限制的權利，法律別無選擇，一定要容許選民做這件事，法律明文規定，沒有人可以因為投空白票而遭受迫害，不過為了讓你安心，我再重申一次，我不是投空白票的選民之一，我剛剛說的那些只是純粹說說而已，只是一番學術上的假說，如此而已。正常來說，聽見兩、三次這樣的答覆並沒有什麼特殊意義，只是顯示世界上有一些人對法律頗有認識，並且特意要讓你知道，但被迫要從容淡定地聽人像背誦連禱文一樣背誦這話，重複聽個一百次一千次，連眉毛都不能揚一下，這超出了人類耐性所能承受的範圍，以至於他們雖然先前為準備這項棘手任務下足苦功，此時卻發現自己進行不下去了。因此選民系統性的阻撓行為導致部分探員情緒失控，以致口出惡言或動了拳腳，並不是太令人詫異的事，由於探員們為了不嚇著獵物，多是單獨行動，加上其他選民為受委屈的一方拔刀相助的情況並不少見，在所謂治安紀錄不佳的地區尤其如此，而有路人挺身相助的情況，結果可以輕易想見，因此探員與選民發生這類衝突時，未見得都能全身而退。探員傳回行動中心的報告內容貧乏得令人喪氣，沒有一個人承認自己投了空白票，一個也沒有，有的假裝聽不懂問題，有的說急著要趁店鋪還沒打烊前趕到店裡去，改天有空再來談，最糟的是該死的老人，彷彿都染上一種流行性耳聾，全都封閉在一種隔音膠囊裡，當探員運用令人不安的巧思，將問題寫在紙上，這些不要臉的惱人傢伙要不就是說眼鏡壞了，要不就是看不清楚，或者簡簡單單地，就說他們不識字。也有一些精明幹練的探員，兢兢業業執行名副其實的滲透，經常光顧酒吧、請人喝酒、借錢給口袋空空的撲克玩家、到尤其是足球和籃球的運動賽場去觀戰，在運動賽場，人們會在看臺上彼此交流，互相聊天，於是在足球賽場，倘使比出零比零的和局，探員就會以高超的狡詐，意有所指地將之稱為空白結果，看看會得到什麼反應。通常是什麼反應也不會有。於是提問的時刻遲早都會到來。你能不能告訴我你投票給哪一黨呢。請原諒我好奇，你有沒有剛好投了空白票呢。我們熟悉的那套答案就會以獨唱或合唱的方式再度出現。我怎麼會投空白票，你想到哪裡去了。我們哪會投空白票，你別傻了。接著他們會立即提出法律上的理由，還把條款項目一一列舉，熟練流暢到彷彿全市達投票年齡的居民都去上了有關國內外選罷法的惡補課程。

日子一天天過去，白[11]這個字彷彿突然成了淫言穢語，逐漸不再為人所使用，這個情況起初難以察覺，但愈來愈明顯，人們會用各式各樣的方法拐彎抹角地去迴避這個詞。例如他們會將空白的紙說成沒有顏色的紙，白色的毛巾一輩子以來都叫作白毛巾，如今卻成了牛奶色的毛巾，白皚皚的雪再也不能被比擬成白斗篷，而成為了近二十年來最龐大的淡灰色貨物，學生也不再說自己腦中一片空白，而承認自己對這項科目一竅不通，但最有趣的是多少世代以來爸爸媽媽、阿公阿嬤、舅舅叔叔姑姑阿姨以及鄰居都用來刺激孩子智力及推理能力的謎語突然消失了。白球球，母雞生[12]，是什麼呀，由於大家不願意說出白這個字，便發覺這個問題愚蠢至極，因為無論什麼品種的母雞，無論牠如何努力，除了蛋之外，也生不出別的東西。因此內政部長原本看好將步步高昇的前程似乎才剛萌芽，就被硬生生斬斷了，彷彿他受到了命運的支配，在即將碰觸太陽之際，卻又將不幸淹死在達達尼爾海峽中[13]，但這時猶如閃電照亮黑夜，他靈光一閃，福至心靈，於是又再度飛昇起來。一切還沒完蛋。他把派駐田野的探員召回總部，無情地遣散了短期約聘人員，對情治人員做了一番訓斥，然後命令他們上工。

很顯然，這個城市住滿了騙子，而他所掌控的五百人也都從滿嘴的牙齒間吐出謊言，這兩群人間的不同是，前一種人可以像鰻魚一樣滑滑溜溜捉摸不定，可以自由自在出入家門，可以輕易出現也輕易消失，消失不久又重新出現，出現不久又再度消失，而對付後一種人則是天底下最容易的事，只消下到部裡的地下室，當然並非五百人全都在地下室裡，地下室容不下這麼多人，多數人是分散在各個不同的調查單位中，但作為初步嘗試，那五十名左右的人接受持續觀察也已經足夠了。機器是否可靠可能受到持懷疑論的專家質疑，某些法庭甚至會拒絕將此類測試的結果列為證據，但調查工作陷入了黑暗瓶頸，內政部長期盼採用機器至少能激起一些小小火花，協助他在瓶頸中找到曙光。讀者想必已經猜到，內政部長的計畫是要重新導入知名的多種波動描記器，也就是測謊機，或者用更科學的術語來說，是用來同步記錄多種心理與生理功能的機器，再說更詳細一點，是個能夠讀取生理現象的儀器，會將讀取到的現象以電子方式記錄在一張浸泡過碘化鉀和澱粉的溼漉漉紙張上。受測者被用臂環、吸盤和一團電線與儀器相連，受測者並不會感到不舒服，只是需要說實話，坦坦白白據實以告，並且不要再相信一個古老的說法、一個普天之下人人堅信的道理、一個打從宇宙太初就一直灌輸給我們的道理，也就是意志能戰勝一切，因為你不需向遠處尋找，光是以下的這個例證就推翻那個道理，因為無論你多麼信賴你壯盛的意志，無論這意志到目前為止都多麼頑強堅韌，也依舊控制不了肌肉的抽搐，遏止不了不由自主的盜汗，停歇不了眼皮的眨動，調節不了呼吸的節奏。最後，他們會說你說謊，你會否認，你會誓言自己說的是真話，一五一十毫無虛妄的真話，雖然這可能是真的，你確實沒說謊，只不過你恰巧是個容易緊張的人，你的意志堅強，確實沒錯，但你偏偏也是根膽怯的蘆葦，稍稍起點微風就要哆嗦，於是他們再度把你接上測謊機，結果情況更糟，他們會問你，你活著嗎，你會說，我當然活著呀，但你的身體會抗議，會跟你唱反調，你顫抖的下巴會說，不對，你已經死了，這可能是對的，可能你的身體已經比你先知道他們會把你殺了。這種事會發生在內政部地下室的可能性不高，畢竟他們所犯的唯一罪行只不過是投了空白票，何況如果僅是一般的嫌犯，倒也沒有什麼大不了，但問題是嫌犯很多，太多了，幾乎人人都是，他們告訴你，你的權利只能以順勢療法[14]的劑量一點一滴地行使，就算那是你不可剝奪的權利又如何呢，你總不可能帶著一個裝滿空白選票的水罐來這裡呀，難怪水罐的把手會掉下來，我們始終都認為那個把手有什麼蹊蹺，如果有樣東西原本可以承載很多，卻總是只承載一點點就滿足了，這顯示這東西的謙遜令人欽佩，而你呢，你之所以會惹上麻煩，是因為你有野心，你自以為可以飛向太陽，卻一頭栽進達達尼爾海峽，你會想起我們也曾經這樣形容內政部長，但內政部長屬於一個不同的人種，勇武、陽剛、燕頷虎鬚、絕不低頭的那種人，我們來看看你是要如何逃過謊言獵捕機的追緝，看看你大大小小的苦楚會在那張浸泡過碘化鉀和澱粉的溼漉漉紙張上留下什麼樣暴露真相的線條，你以為你不一樣，你以為人類的尊嚴多麼崇高，所謂人類的最高尊嚴，到頭來也不過就是一張溼漉漉的紙。

測謊機不是個配備有磁碟的機器，不能前轉後轉，不能根據情況告訴我們，這人說謊，這人沒說謊，如果測謊機有這種功能，當個判斷人有罪無罪的法官就成了世上最容易的事，警察局就將改制為應用機械心理局，律師由於招不到客戶，將拉下鐵門，法院在找到新的用途之前，將成為廢棄的蚊子館。回到我們剛剛在談的測謊機，測謊機在無人協助下，不會自己運作，它需要有個訓練有素的技師在一旁解讀紙上的線條，但這並不表示這技師對實話有所瞭解，他只看得懂眼前的事物，知道向受測者詢問問題會得出反應，我們或許可以很有創意地將這種反應稱為過敏反應圖像，或是用較富文學氣息但並不缺乏想像力的說法，稱之為謊言的輪廓。但還是能得到一些收穫。至少能夠進行一些初步的篩選，把麥子分到一邊，稗草分到另一邊，讓那些被問到有沒有投空白票時回答沒有，也沒有被機器打臉的人終於含冤昭雪，得以重獲自由，回歸家庭，並且為拘留所騰出空間。至於其餘的人，那些因為在選舉上違背了法律而良心不安的人，任何耶穌會[15]式的心中保留[16]或是禪宗式的精神自省對他們都將毫無用處，因為受測者無論是否認自己投了空白票，或是宣稱自己投給這個黨或那個黨，鐵面無私的冷血測謊機都能在轉瞬間嗅出其中的虛妄。情況有利的時候，說一個謊或許還能脫身，但兩個謊言就會漏餡。為防萬一，內政部長下令無論測試結果如何，一個人也不許放走。他說，若是放任他們，誰也不會知道人性可以卑劣到何種程度。這個邪惡的傢伙說得沒錯。在看過了數十公尺爬滿密密麻麻扭曲線條、記錄著每一位受測人士靈魂顫動的紙張，在重複了上百次千篇一律一成不變的問答後，有個仍是年輕小夥子、對於誘惑仍缺乏經驗的特務幹員在一位接受測謊並被宣告為謊話連篇的年輕美麗女子挑釁之下，因著羔羊一般的純真而栽了跟頭。這位瑪塔．哈莉[17]說，這機器一無是處。一無是處，怎麼會，幹員忘了與受測者對話並不在他被交付的任務之內，開口問道。因為在這樣的情況，人人都有嫌疑的情況，即使受試者是最單純最無辜最清白的人，你只要說出空白這個詞，什麼別的都不用做，連這人有沒有去投票都不用調查，就會引發焦慮、不安之類的負面反應。妳少來，我才不信，幹員信心滿滿地反駁，任何問心無愧的人都可以簡簡單單吐露真相，輕輕鬆鬆通過測謊。幹員先生，我們不是機器人或會說話的石頭，那女人說，人類的每一則真相中都存有一絲絲的焦慮或痛苦，我們是哆嗦搖曳隨時就要熄滅的小小火焰，我不是單指生命的脆弱，我們很恐懼，最重要的就是，我們很恐懼。妳錯了，我不恐懼，我受過訓練，在任何狀況下都能克服恐懼，何況我天生就不是膽小鬼，連小時候都不是，幹員這麼回答。那樣的話，我們何不來做個小小實驗，女人提議，你把自己接上機器，我來問你問題。你瘋了，我是行使公權力的人，何況我不是嫌犯，妳才是。所以你怕了。我才沒有怕。那你就自己接上機器，示範一下誠實的人是什麼樣子。幹員看著女人，女人笑容可掬，他看看技師，技師正努力掩藏他的笑。幹員說，好吧，試一次又不會死，我同意接受這個實驗。技師接上電線，拉緊臂環，貼上貼片。你們準備好就可以開始了。女人深吸一口氣，把氣憋在肺裡三秒鐘，然後急匆匆吐出一個詞，空白。這不是個問題，比較像是一聲感嘆，但指針動了動，在紙上畫出記號。接下來的靜默中，指針沒有完全停頓，持續動著，在紙上畫出細小的痕跡，如石頭扔進水裡激起的漣漪。女人看著指針，而不是看著接在儀器上的男人，但稍後她終於轉過頭來望向幹員的眼睛，以一種近乎溫柔的和藹語調說，請你告訴我，你有沒有投空白票。沒有，我沒有投空白票，我從來沒投過空白票，以後也不會，男人激動地說。指針快速顫動，動得倉促而激烈。又是一陣停頓。怎麼樣，幹員問。技師沒有馬上回答，幹員又問，怎麼樣，機器怎麼說。報告長官，機器說您說謊，技師困窘地說。不可能，幹員嚷，我說的是實話，我沒有投空白票，我是專業的情治人員，是努力捍衛國家利益的愛國人士，這機器一定是哪裡出了問題。不用白費力氣了，不用想辦法替你自己辯解，女人說，我相信你說的是實話，你沒有投空白票，也永遠不會投空白票，但是我要提醒你，那不是重點，我只是要向你證明，我們不能完全相信自己的身體，我也已經成功證明了這一點。都是妳的錯，妳害我緊張了。當然是我的錯，是勾引男人的夏娃的錯，可是我們被接在儀器上頭時，沒有人來問我們緊不緊張。妳會緊張是因為妳有罪惡感。有可能，但你去問問你的長官，為什麼你這個什麼惡事也沒做過的清白無辜的人卻會表現得像個罪犯。我什麼也不會去問我的長官，幹員說，這裡發生的事就當是沒發生過。接著他對技師說，那張紀錄紙給我，記住，不准跟別人說，你要是說了，你會後悔莫及。是的，長官，您放心，我會守口如瓶。我也是，女人說，但是你至少要告訴部長，要手段是沒有用的，我們還是會在說實話的時候說謊，在說謊的時候說實話，就跟你一樣，你想想，如果我問你的是你想不想跟我上床，你會怎麼回答，機器又會如何反應。

5 estado de sitio，英文state of siege，圍城狀態，即戒嚴狀態。又作「封鎖狀態」。為配合後文，此處直譯為「封城」。

6 原文為sentença salomónica，英文solomonic sentence，所羅門王的判決，通常指兩名婦人爭奪一嬰孩時，所羅門王提議要將嬰孩劈成兩半分給二人，其中一婦人因疼惜嬰孩而自願放棄，所羅門王因而得知該婦為嬰孩生母，並將嬰孩判給該婦，此指明快而有智慧的判決。

7 jardins das delicias，早期尼德蘭畫派大師波西（Hieronymus Bosch，本名Jheronimus Bosch，約1450-1516）於一五〇三至一五〇四年間所繪之一幅三聯油畫，左幅代表伊甸園，繪有上帝、亞當、夏娃及各類生物，中間幅最大，為人間樂園，繪有大量的裸裎男女尋歡作樂，右幅則為地獄，呈現酷刑場景。

8 Tantas vezes foi o cântaro a fonte, que por fim la deixou ficar a asa. 葡萄牙諺語，指危險的事做多了，總有一天會出問題的，類似中文諺語的「夜路走多了，總是會遇到鬼」。

9 由於春天萬物萌芽，呈現一片新綠，因此西方普遍認為綠色代表希望。

10 葡文中「把手」與「翅膀」為同一字（asa）。

11 branco，葡萄牙文的「空白」與「白色」為同一字。

12 本句係參考范維信所譯之簡體版《復明症漫記》。

13 達達尼爾海峽（Hellespont），連接馬爾馬拉海（Marmara Sea，又作馬摩拉海）與愛琴海的海峽，屬土耳其內海，為歐洲與亞洲界線的一部分。希臘神話中，女孩赫勒（Helle）與其兄長騎乘會飛的金羊逃離後母的虐待，赫勒從羊背墜落，淹死在海中，該海因此命名為Hellespont，意為「赫勒之海」。另一則神話中，一對男女隔海相戀，男子勒安德耳（Leander）夜夜泳渡海峽與情人相會，但某夜燈火被暴風吹熄，勒安德耳失去方向而溺斃。然而飛往太陽卻墜入海中的應為伊卡洛斯（Icarus），伊卡洛斯與父親被囚於克里特島，父親以蠟和鳥羽製作翅膀供兩人逃逸，行前告誡伊卡洛斯切勿距離太陽太近，以免蠟遭高溫融化，但伊卡洛斯一時忘情，飛得太高，距離太陽太近，蠟翼融化，因此墜海身亡。然伊卡洛斯墜落的海為愛琴海而非達達尼爾海峽。

14 homeopática，英文homeopathy，一七九六年由德國醫師哈尼曼（Samuel Hahnemann）所創，認為將導致疾病的物質加以稀釋震盪後再用於人身便可治癒疾病。此處指稀釋後小量小量使用的做法。

15 Jesuits，天主教修會之一支，創於一五三四年（一說一五四〇年）。

16 reservas mentais，英文mental reserve，又作「內心保留」或「意中保留」，法律上則作「真意保留」，為一種道德理論，主張當正義與真實有所牴觸時，應以正義為準，亦即將真理保留於心中，外在言行與內心真意有所不同，簡言之即為善意的謊言或必要的謊言。一般認為此理論與耶穌會有關，但實際上並非為耶穌會所創。

17 Mata Hari，1876-1907，荷蘭人，歐洲知名交際花，一戰期間遭法國以間諜罪名處決。

此次任務的主要目標是說服投了空白票的城市居民，說更精確些是墮落分子、犯罪分子和顛覆分子，說服他們承認自己行為錯誤，說服他們乞求寬恕、乞求重辦選舉以彌補過錯，到了選定的再次投票時刻，他們會集體前去洗刷自己的罪孽，誓言永不再做相同的傻事。內政部長的計畫雖說也取得了一、兩項小小的成果，但對於整體情勢沒有明顯的意義。國防部長最愛的用語，也就是向制度發射的深水炸彈，有一部分靈感是來自於一趟難忘的潛艦旅程，那趟歷史性的旅程在平靜無波的海下進行，耗時整整半小時。在內政部長的計畫證實對於達成目標力有未逮後，國防部長的深水炸彈說開始壯大聲勢，受到矚目。除了司法部長和文化部長心中存疑外，整個政府逐漸清晰體認到他們亟需加倍拴緊螺絲，尤其他們原本對宣告緊急狀態寄予厚望，結果這宣告並沒有朝他們所期望的方向製造出多少可察覺的變化，這是由於這個國家的公民並沒有要求行使憲法所賦予權利的良好習慣，因此當這些權利遭到暫時撤銷時，他們完全沒發現，這也是十分合理，甚至還是意料之中的事。因此政府宣告正式實施封城，這封城不僅僅是做做樣子，還搭配了宵禁，關閉所有的劇院與電影院，軍隊密集上街巡邏，禁止五人以上的集會，並且絕對禁止任何人進出這座城市，同時解除了國家其他地區仍在實施但嚴格度遠遜於首都的禁制措施，這樣的差別待遇使對首都的羞辱更加清楚而明確。國防部長說，我們所要告訴他們，並且希望他們終於能體認到的，是他們既然顯示自己不值得信賴，就會獲得不受信賴的待遇。內政部長必須設法掩飾自己旗下情治單位的失敗，因此百分之百贊同立即宣告封城，同時為顯示他手中仍有幾張牌可打，尚未完全退出牌局，他告知聚集開會的各部會首長，經過一番透徹調查並且與國際刑警組織密切合作之後，他得到了結論。國際無政府主義運動的存在如果不只是為了在牆上寫幾則笑話。說到這裡他頓了頓，好讓同僚們會心地大笑一陣，接著他對自己及同僚都感到十分滿意，於是把未完的話說完。他們和我們此次深受其害的選舉杯葛事件毫無干係，因此這次的事件只不過是國內事務。恕我冒昧，外交部長說，對我來說，只不過不是個很合適的副詞，我必須提醒在座的各位首長，有幾位他國領袖向我表達了憂慮，擔心發生在此地的事件會如現代黑死病一樣跨越國境蔓延。你是說白死病吧，總理笑嘻嘻地打圓場。是的，外交部長繼續說，所以我們可以正確地說，這枚對民主制度發動攻擊的深水炸彈，不僅僅是射向單一國家的民主制度，這單一國家也就是我國，這枚炸彈是射向了全球的民主制度。近日發生的事件使內政部長躍居全國重要人物，此時他察覺這地位搖搖欲墜，為防徹底跌下寶座，他首先謝過外交部長，大方公正地承認外交部長所言不虛，如今他亟欲表現自己也有能力針對語言文字做細微的詮釋。他說，我們觀察到，字詞的意義在我們不知不覺中有了改變，我們往往用一些字眼去表達與它們原本定義完全相反的意思，而猶如逐漸消逝的回音一般，它們至今也仍然某種程度表達著舊時的意義，這個現象很有意思。這不過就是語意演變的正常結果，文化部長從角落發話。這和空白選票又有什麼關係呢，外交部長問。這和空白選票沒有一點關係，但和宣告封城大有關係，內政部長得意洋洋地說。我聽不懂你在說什麼，國防部長說。很簡單。你說是說簡單，但我聽不懂。譬如說，封城這個詞是什麼意思，沒關係，我只是用這個問題來強調我的論點而已，沒有要你們回答，我們都知道封城的意思是封鎖或包圍，對吧。就像二加二等於四一樣確定。所以說，宣告封城就等於是說，國家的首都被敵人包圍了，封鎖了，圍困了，而其實敵人，如果我可以說對方是敵人，敵人不在城外，而在城內。其他部會首長面面相覷，總理裝作心不在焉，開始整理文件。但國防部長即將要在這場語意學戰役中獲勝。這件事還可以從另一個角度來詮釋。什麼角度。當這個叛亂事件爆發的時候，我把眼前發生的事稱為叛亂可不是誇大，當這事發生的時候，首都的居民被封鎖、包圍、圍攻，是罪有應得，至於要選擇哪一個詞彙，老實說，我一點也不關心。容我提醒一下這位親愛的同僚以及在座的所有首長，司法部長說，市民在決定投下空白票時，只不過是在行使法律明文賦予的一種權利，因此在這樣的情況下使用叛亂這個詞，依我看來，請原諒我貿然涉入一個我一竅不通的領域，但這不僅是語意學上的重大錯誤，從法律觀點來看，還是徹底地胡說八道。權利並不是抽象概念，國防部長反駁，有些人有資格獲得權利，有些人沒資格，這些人絕對是沒資格的，其餘一切都是空談。你說得很對，文化部長說，權利不是抽象概念，縱使權利沒受到尊重，權利還是存在。你這會兒倒談起哲學來了。國防部長對哲學有意見嗎。我唯一感興趣的哲學就是軍事哲學，而且是要能帶領我們獲勝的軍事哲學，各位，我是個務實的大老粗，一根腸子通到底，你喜歡也好，不喜歡也罷，我絕不跟你拐彎抹角，現在為了別讓你把我當個智力低弱的人，瞧不起我，倒是麻煩你給我解釋解釋，如果我們不是要證明一個圓形可以變成面積相等的方形，你倒是解釋解釋，權利若是不受到尊重，要如何繼續存在。很簡單，人對於權利仍然有尊重和遵守的義務，權利就潛藏於這個義務之中。恕我直言，對人民講道理或是煽動他們的情緒不會有什麼效果，不如把封城令直接發布下去，看看他們難不難受。當然啦，如果發生反效果就糟了，司法部長說。會發生怎樣的反效果呢。這我還不知道，我們只能等著瞧了，之前誰也不敢想像如今發生在我們國家的事會在任何地方發生，但它就是發生了，像個誰也打不開的死結，我們這會兒圍坐在這張桌旁，想要做出決策來，但目前為止，我們以為絕對會解決這個危機的方案全都失效了，我們就等吧，要不了多久，我們就會知道人民對封城會作何反應。抱歉，我不能讓這樣的言論不受質疑就過去了，內政部長氣急敗壞地說，就我記憶所及，我們採取的措施當初是獲得在座所有同仁一致同意的，當天參與會議的人，沒有誰表達異議，也沒有誰提出更好的議案，這災難的重擔，是的，我稱之為災難，也稱之為重擔，部分同仁可能認為我在誇大，各位臉上得意的笑容和譏諷的神情清楚顯示了這一點，但我再說一次，災難的重擔首先是落在了總統大人與總理的肩上，這也是天經地義的，其次，基於我們職位上固有的責任，落在了國防部長及我本人的肩上，至於其他諸位，我在此特別是指司法部長及文化部長，這兩位非常善心地用他們的智慧之光照亮我們，但我並沒有聽見有什麼見解是值得花比聆聽更長的時間來考慮的。您所談到我善心照向各位的光芒並非我個人的光芒，而是法律的光芒，不過就是法律的光芒罷了，司法部長回答。至於我卑微的個人以及我在這番大筆揮灑的斥責中所領受到的分量，文化部長說，由於我所獲編列的預算少得可憐，我所能做到的也就只有這樣了。啊，這會兒我瞭解你為什麼會有無政府主義傾向了，內政部長酸溜溜地說，你總是會說出這種揶揄人的話，只是早點說或晚點說而已。

總理已經整理完所有的文件，沒有更多文件可整理了。他用筆輕輕敲了敲玻璃杯，要大家安靜聽他說話。我很不想打斷各位精彩的辯論，雖然我可能有一點分心，但我感覺我從這場辯論中學到了很多，因為經驗告訴我們，沒有什麼比精彩的辯論更能抒發累積的緊張情緒了，尤其是這種情況中的緊張情緒，現今的情況在在提醒我們，這會兒非採取點什麼行動不可，只不過我們不清楚該是什麼行動。他非常刻意地頓了頓，假裝參考了些筆記，接著繼續說，好，既然現在大家都放鬆冷靜了，情緒比較不激動了，我們終於可以來通過國防部長提出的議案，也就是宣告無限期實施封城令，並且在發布的同時立即生效。大夥兒或多或少都低聲地喃喃表達同意，只不過語氣各個不同，然而國防部長眼光掃視了全場，意圖捕捉任何一絲絲心懷異議或缺乏熱情的跡象，但何種語氣來自何人仍然難以辨識。總理繼續說，很遺憾，經驗同時也告訴我們，再如何精良完美的理念，付諸實行時也是有失敗的可能，或許是由於在最後關頭臨陣退縮，或是因為期待與現實間存在差距，或是由於在某個關鍵時刻局勢超出了我們的掌控，或是因為其他一千種不值得花時間探究而我們也沒有時間去探究的可能原因，但無論如何，有一件事非常重要，那便是我們隨時要有個備案或替代方案，以防止眼前局勢中可能會出現的權力真空狀況，或者換一個更驚悚的說法，是權力落入街頭的狀況，這兩種狀況都會帶來災難性的後果。總理的談話向來採取進三步退兩步的模式，或者換個比較時興的說法，是原地踏步的模式，閣員們早已習慣，因此個個都耐心等候他明確的最後結論，這最後結論會將一切說個明白。但最後結論始終沒有出現。總理潤了潤嘴唇，從外套內袋掏出一條白手帕擦了擦嘴，像是要參考他的筆記，最後一刻卻把筆記推到一邊，說，由於立法委員一時輕率不察，制訂的選舉法讓可以歸類為濫用法律的行為有機可乘，而沒有自相矛盾的疑慮，如果封城的結果不如預期，也就是說，如果實施這個狀態也無法讓人民回歸民主的常態，重新明智公允地應用選舉法，我要告知在座的各位同仁，身為總理，我預計要實施另一項措施，這項措施除了會在心理上強化我們原先實施的措施，當然這裡我指的是宣告封城，我很確定新的措施本身就會將我們國家政治磅秤的紊亂指針調回正常，並且一勞永逸地結束我們所陷入的這個夢魘。他又頓了一下，又潤了潤雙唇，又用手帕按了按嘴，然後繼續說，你們可能會問，既然如此，我們何不直接實施那個措施，不要浪費時間實施封城令呢，這樣的疑問也並非無的放矢，因為就我們所知，封城令的實施會造成首都無論有罪或無罪的全體市民生活上極大的不便，然而有些重要的因素我們不能忽略，這些因素有些本質上純粹是邏輯問題，但有些則不是，其中最主要的是驟然採取這種極端措施所造成的效應，我們若稱之為創傷性效應也不為過，這就是為什麼我認為我們應當採取漸進式的動作，先封城，繼而再施行更嚴厲的措施。總理再次整理他的文件，但這回沒再碰觸他的水杯。我理解各位對這個議題的好奇，他說，但我暫時不會再透露更多了，不過我要告訴各位，今天早晨我會見了總統大人，向他稟報了我的這個構想，獲得他無條件的全力支持。各位過些時候將會獲知更多訊息，此時此刻，在結束這場充滿建設性的會議之前，我要籲請各位，尤其是將共同負責實施封城令所需的各項複雜行動的國防部長和內政部長，朝我們所共同期望的目標加緊努力。軍隊與警察無論是在各自的專精領域內行動，或是聯合行動，都要嚴格遵守相互尊重的信條，切勿爭執孰高孰下，這種爭執不利於我們達成目標，容我使用受到我們先祖熱愛且深植於我們田園傳統中的說法，這是帶領羊群返回羊欄的愛國任務，我們將這項任務交付給軍警，請記住，各位必須窮盡一切可能，確保目前仍只是我們對手的人士不要成為國家的敵人，願上帝與各位同在，並引領各位完成神聖的使命，使和諧的陽光能再一次照亮國人同胞的良知，讓和平把失落的融洽重新帶回人民的日常生活中。

總理在電視上宣告，由於顛覆性組織一再妨害人民行使投票權，造成政治社會不安，導致國家安全岌岌可危，因此首都將實施封城令，當此之際，由坦克車及其他戰鬥車輛所支援的步兵與憲兵部隊同時佔領了各火車站，並在首都所有的聯外道路設置了崗哨。位在首都北方二十五公里的主要機場不在軍隊的特定管制範圍內，因此除了在發布黃色警戒[18]的情況外，仍沒有限制地持續運作，也就是說，載運旅客的飛機仍可以正常起落，本國人民的旅行也並未遭到全面禁止，只不過除了少數經個案審查的特殊狀況外，都會受到強力勸阻。這類軍隊行動的影像大舉攻入驚慌失措的首都居民家中，記者形容其力道猶如一記直拳，沛然莫之能禦。這些影像包括有軍官下達命令的影像、中士號令士兵執行命令的影像、工兵設置路障的影像、救護車的影像、發報器的影像、探照燈照亮公路且光線遠達第一個彎道的影像、一批批全副武裝的士兵跳下卡車各就各位的影像，這些士兵身上的裝備足以面對迫在眉睫的硬仗，也足以應付持久的消耗戰。家中有人在首都內就學或就業的人面對這戰爭一般的軍事展演，也僅能搖頭低語說，他們簡直是瘋了。但每天早上送父親或兒子去城郊工業區的工廠上班，傍晚再等著迎接他們回家的人不禁自問，如果他們不能出城或進城，是要如何維持生計呢。也許他們會發安全通行證[19]給在城外工作的人吧，一個老人說。他已經退伍許多年了，因此仍然使用普法戰爭或其他古老戰事時代的術語。不過這位睿智老人的說法倒也不是天馬行空，各產業協會果然隔天便立即將他們這番理由充分的焦慮反應給政府。他們說，我們雖然毫無保留且懷抱著堅定的愛國心支持政府所採取的積極措施，因為為了反制赤裸裸的顛覆行為所造成的有害影響，這樣的救國行動是必要的，但請容我們懷著最大的敬意，懇請主管機關緊急核發通行證給我們的僱員及作業員，若不能立即核發，對於我們的工商活動便會造成嚴重而難以回復的傷害，也就無可避免地會損害到國家整體經濟。同一天下午，國防部、內政部和財政部發布聯合公報，對於企業主合情合理的憂慮表達中央政府的理解與同情，但這類通行證發放的規模不可能達到企業的期望，此外，首都周邊新的疆界由軍事單位戍守，政府方面如此的慷慨寬宏無可避免將危及到這些軍事單位的安全與效率。然而，為顯示政府虛心且樂意避免最嚴重問題的發生，我們有意核發這類文件給企業主評斷對於企業正常運作具有關鍵重要性的管理階層人員及技術人員，企業對於其所挑選可受惠於這項特權的人士在城內或城外的一切違法行為或其他行為負完全的責任。假使此等計畫獲得通過，持通行證者每個工作日早晨須於指定地點集合，搭乘由警方護衛的遊覽車至城市的數個出口，而後再換搭其他遊覽車至工廠或其他工作地點，到了晚上，他們又將從同一地點回來。這些行動的花費，從租用遊覽車到警察提供護衛服務的酬勞都將由企業支付，這項花費將可免稅，但是否確定實施則將由財政部進行可行性評估後再正式拍板定案。你可以想像，百姓的不滿並未就此平息。人民沒有食物和飲水就無法存活，這是生命的基本道理，而別忘了，肉來自城外，魚來自城外，蔬菜來自城外，簡而言之，一切都來自於城外，城市裡所能製造或儲存的物資甚至不足以供應城內居民的一週所需，城市有必要建立類似於企業管理人員和技術人員通行系統的物資補給系統，但由於部分物資具有易腐壞的特性，這類補給系統遠比為企業供應人力的系統更為複雜。醫院和藥房就更不用說了，他們需要長達數公里的繃帶、堆積如山的棉球、成噸成噸的藥丸、數百數百公升的注射藥劑、大批大批的保險套。此外，除非政府裡有哪個人想出了更權謀奸詐的點子，要令首都居民徒步前往各處以加倍懲罰他們，否則還有汽油與柴油要如何運送到加油站的問題要考慮。要不了多少天，政府便理解到，封城並非如表面所見的那樣簡單，尤其當實施這狀態的目的並不似久遠之前常見的那樣，真在於要餓死城內遭圍困的人民，他們理解到封城並非一種三兩下就能急就章施行的措施，縱使不為別的，只為了讓各部會別被突如其來堆積如山的龐大工作壓垮，實施之前也應該要確切清楚目標何在以及如何達成，要考慮後果、分析問題、評估可能造成的反應、衡量利弊得失，如今各部會被排山倒海而來的抗議、抱怨以及敦請說明的要求壓得喘不過氣，他們卻什麼問題也答不出來，這是由於上層下達命令時，只考慮到封城的基本原則，對於詳細的施行細節完全漠視，而紊亂總毫無例外會從這些細節乘虛而入。城市裡詼諧人士的嘲諷心性和挖苦雙眼無法不注意到，這個封城中有一個現象很有趣，那就是法律上與實質上的封城者，也就是政府，同時也是遭圍困的一員，這不僅僅是由於政府機關的會議室與接待廳、辦公室與走廊、部門與資料庫、檔案櫃與圖章全都位於城市的中心，甚且是市中心的重要構成要素，同時也由於其中的部分成員，至少是三位部長、幾位祕書長、副祕書長以及數位局處首長都居住在城郊，更別提那些因為沒有個人交通工具或是不想陷入都市車陣中而早晚搭乘火車、地鐵或公車往返的公務人員了。街坊裡起了議論，述說著獵人遭獵捕或咬人者挨人咬之類人人耳熟能詳的主題，這些議論可不僅是竊竊私語而已，然而孩子氣的天真言詞和美好年代幼兒園的幽默笑話已經滿足不了他們，故事出現了千千百百種不同的變體，有些公然淫穢，以最基本的品味看來，是最該譴責的下流語言。不幸的是，我們再一次證明，所有的打油詩、挖苦言論、嘲弄批評、惡搞模仿、諷刺作品或其他諸如此類人們期望能用來傷害政府的嘻笑怒罵，都有其範圍上的侷限與結構上的無力，在笑罵聲中，封城依舊沒有解除，補給問題依舊懸而未決。

日子一天天過去，困難也一天天增加，如雨後春筍在腳底四處冒竄，倍數成長且益發嚴重，但人民的道德力量並不打算屈服，也不打算揚棄他們所認為的公平正義，他們並且透過了選票來表達這種公平正義，也就是不聽從既定共識的簡單權利。部分觀察家，通常是臨危受命前來採訪的外國記者，用媒體界的術語來說，他們是前來採訪這起新聞事件，這些觀察家對於當地的習性風格尚不熟悉，驚異地指出此城市的居民彼此之間絲毫不起衝突，但他們也觀察到有些人試圖製造爭端，後來證實這些人是滲透民間的密探，他們刻意製造爭端，好讓所謂的國際社會相信尚未採取的重大轉變有其正當性，這重大轉變指的是從封城狀態轉變為戰爭狀態。其中一位評論家為求創新，甚至將此現象描述成意識形態的完全一致，認為是獨特而前所未見的案例，而倘使果真是這樣，首都的居民便成為了饒富趣味的政治怪物，值得加以研究。無論從哪個角度看，這想法都是徹底的無稽之談，與真實的狀況八竿子打不著，因為這裡就和地球上的其他任何地方一樣，人人個個不同，思想有別，貧富有別，縱使是生活寬裕的人當中，也有富足與小康的差別。這些人唯有在一件事情上無須討論便全體意見一致，那便是我們已經熟悉的那件事，我們在此也用不著老調重彈。但我們禁不住會想知道，外國記者與本地記者也不時問起，投下空白票和沒有投空白票的人之間，迄今為止都沒有起過爭執，沒有摩擦，沒有叫罵，沒有鬥毆或更嚴重的衝突，是有什麼特殊的原因嗎。這個問題充分顯示算術知識對於記者這個行業的執行有多麼重要，因為他們只需要記起投空白票的選民占了首都居民的百分之八十三，其餘的僅僅占百分之十七，我們也別忘了左派政黨所提出的富於爭議性的命題，認為空白票與投給他們的選票，用比喻來說，實是水乳交融的，而，以下是我們自己下的結論啦，雖然左派政黨的支持者很顯然在第二次投票中很多都投了空白票，但他們之所以並沒有全部投下空白票，僅不過是由於他們並沒有收到這樣的命令。若我們說十七個人想要與八十三個人一較高下，沒有人會相信的，靠天助就能打贏戰爭的時代已經過去了。人與生俱來的好奇心也會促使我們問兩個問題，那五百個被內政部幹員從選民隊伍中揪出來嚴加拷問並且被測謊機揭露心中最幽密隱私的人後來怎樣了，那些訓練精良的特務及地位較低的助手此刻又正在忙些什麼。關於第一點，我們僅是心存疑竇，卻無法得知真相。有人說，我們用警方的委婉用語來說，這五百名囚犯仍然在與政府合作，以協助釐清事實，也有人說他們正在分批獲釋，但一次僅釋放少許幾個人，以免引起矚目，然而疑心較重的觀察家相信第三種說法，認為他們全都被帶離了首都，目前置身於某個不明地點，且儘管迄今為止訊問一無所獲，卻仍然在接受訊問。誰知道哪一個說法是對的呢。至於第二個問題，也就是特務們在忙些什麼，這個我們是知道的。他們就如同所有勤勤懇懇的勞動者，每天晨起離家，踏遍全城，尋找線索，當他們認為魚兒就要上鉤時，便採取一個新的策略，放棄拐彎抹角旁敲側擊，而直截了當對身旁的人說，我們打開天窗說亮話吧，我投了空白票，你呢。起初，被問這問題的人僅僅提出了我們先前描述過的答覆，也就是沒有人有義務透露自己投票給了誰，沒有誰可以被政府單位詢問這種問題，如果其中有誰想出了絕妙點子，要求那無禮的發問者表明身分，當場宣告他是憑著什麼權力代表哪個單位來問這問題，我們便有幸觀賞到特務幹員夾著尾巴落荒而逃的精采好戲，因為當然誰也不認為他真會掏出皮夾，拿出附有照片、蓋有鋼印、周邊還環繞國旗顏色的證件來表明身分。但就如我們說的，這是開頭的狀況。過了一段時間，大夥兒一般的共識是，若碰到這種狀況，最佳的因應態度就是對發問者完全相應不理，轉過身去，或者倘使他們死纏爛打鍥而不捨，則大聲且清楚地對他們說，別吵我。或者喜歡的話，可以說得更簡單一些，去死吧，這麼說的成功率比較高。特務幹員們向上級回報情況時，自然會將他們所遭受的挫折與拒絕加以隱瞞，僅重申嫌犯界依然頑固且有計畫地表現出不合作態度。你可能會覺得事情到了類似兩個勢均力敵的選手互相摔角的程度，兩個選手一個往這兒用力，一個往那兒用力，雖然雙方從開始到現在都文風不動，但是誰也沒能前進一吋，因此唯有其中一方氣力耗盡，另一方才會得勝。依特務機關首領的看法，只要其中一個選手獲得奧援，這個僵局就能立刻迎刃而解，就此情況來說，所謂奧援，便是指揚棄徒勞無功的誘導手法，而毫無保留地改採嚇阻手法，並且不排除使用蠻力。倘使首都因為自己的許多過錯而陷入了封城狀態，倘使紀律是由武裝部隊來負責維持，在社會秩序發生重大滋擾事件時可以著手進行管制，倘使最高指揮部能以其名譽擔保，負起責任，在做決策時毫不猶豫，那麼特務機關便會擔負起製造動亂的職責，這些動亂將能證明政府搶先一步實施嚴格鎮壓是正當合理的行為，而先前政府已經非常寬大為懷地採用了各種和平手段，容我們再重申一次，是用誘導的手法，來試圖避免嚴格的鎮壓行動。暴動者事後縱使真有心抱怨或有意抗議，也將不能前來抱怨抗議，因為這是他們自找的，誰叫他們敬酒不吃吃罰酒。內政部長向核心內閣會議，或者說是此刻新成立的緊急因應小組，提出這個想法，總理提醒他，還有一項解決衝突的武器尚未派上用場，唯有當這項武器沒能達到效果時，他才會考慮採用這個新計畫或其他碰巧冒出的點子，而這項武器失敗的可能性並不高。內政部長言簡意賅地以七個字表達不認同。我們在浪費時間。國防部長則必須動用比內政部長多得多的字數來保證武裝部隊必將善盡職責。我們的國軍官兵一如亙古以來的傳統，視個人死生於度外。這項棘手議題的討論便如此懸而未決，看來果實尚未成熟。這時反而是另一個摔角選手等得不耐煩，冒險採取了步驟。一天早晨，首都的街道擠滿了人群，人人胸前都貼著貼紙，貼紙上以黑底紅字寫著，我投了空白票。建築物的窗前懸起了巨大的海報，海報上以紅底黑字寫著，我們投了空白票。但最令人嘆為觀止的，是行進中的示威隊伍頭頂上飄揚著綿延不絕的白旗，導致某個思慮不周的通訊記者飛奔到電話旁去告知他的報社，這個城市投降了。警方以大聲公聲嘶力竭地怒吼，五人以上的集會是禁止的，但眼前有五十、五百、五千、五萬個人，在這樣的情況下，誰會五個五個去一一計算呢。警政署長想知道他能不能使用催淚瓦斯和強力水柱，北部師團的將軍想知道他能不能獲准出動坦克車，南部空降師的將軍想知道目前的條件是適合派出傘兵呢，還是傘兵降落於屋頂的風險過大，因此不宜行動。戰爭眼看一觸即發。

政府官員這時全員到齊，召開起全體大會，由總統擔任主席，總理向全體官員揭露了他的計畫。給予反抗勢力迎頭痛擊的時刻來到了，他說，爾虞我詐的心理戰、間諜活動、測謊機或其他的科技裝置都先暫停吧，因為雖說內政部長的賣力值得我們敬重，但這些方法證實無助於解決問題，另外我還要一提的是，由於以武力直接干預極可能造成大量死傷，我們有責任要不計一切代價來避免這種不便，因此我認為以武力直接干預並不妥當，我所要向各位提出的不是別的，就是一種多重的撤退，這種一連串的行動，有些人可能會覺得荒謬，但我深信這些行動會為我們帶來全面的勝利，帶領我們重回民主的常態，我所說的行動，就是立即根據重要性的高低，將政府單位一一撤到另一個城市，那個城市將成為本國的新首都，接著我們要撤除目前所有的軍隊駐紮，撤除所有的警察機構，這個釜底抽薪的辦法意味我們將完全放任這個反叛的城市自生自滅，他們可以慢慢去理解從國家神聖不可侵犯的統一狀態中被切斷是需要付出多大的代價，隨便他們愛花多少時間去理解，就花多少時間，等到這城市再也忍受不了這種孤立、這種羞辱、這種鄙夷，等到城市的生活變成一團混亂，那些罪民便會垂頭喪氣地前來乞求我們原諒。總理環顧四周。這就是我的計畫，他說，我提交給各位檢視和討論，但是不用說，我期待大家全體無異議通過，亂世用重典，沉痾下猛藥，如果我開出的這帖猛藥各位覺得太苦，那是由於我們所罹患的這個沉痾是膏肓之症。

18 alerta amarelo，黃色警戒，一種氣象預警。氣象預警一般分黃、橙、紅三級警戒，黃色代表略有風險，橙色代表中度風險，紅色代表高度風險。

19 salvo-conduto，英文safe conduct pass，戰爭期間發給敵方人員以供其安全出入交戰區域的通行證。

人類的生存原本便岌岌可危，但仍有多種形形色色的疾病威脅著人類的生存，城市裡有些階層的人士教育程度雖不高，但對於這些疾病如何嚴重又多元並非全然無知，用這些階層人士可以理解的話來說，總理所提議的做法不是別的，就是在逃離侵襲了首都多數居民的病毒，由於最壞的狀況總是潛伏在門背後伺機而動，因此這病毒很可能會感染到首都其他居民的身上，誰知道呢，說不定還會感染全國的人民。總理和全體官員倒也不是害怕遭到這種破壞性昆蟲叮咬而染病，因為除了部分特定個人之間起過少許衝突，另有極少數小小的意見分歧，但針對的是手段而非目的，迄今為止，負責掌理這個國家的政治人物之間仍然存在著牢不可破的向心力，而這個國家在毫無預警的狀況下，落入了這個已知世界漫長而艱苦的歷史中前所未見的災禍之中。某些心懷惡意的人士無疑認為或暗示這麼做是膽小懦弱地逃之夭夭，但事實與之相反，這是一個初階的策略性行動，大膽程度無與倫比，其未來的成果猶如樹上成熟的果實，幾乎伸手可探。如今這項任務只差一件事物就能功德圓滿，那便是要投入與達成目標的決心相匹配的力量來實行這個計畫。首先，他們需要決定哪些人要離開首都，而哪些人要留下來。很顯然，整個政府上到總統大人，下至部會次長以及這些人的親近幕僚都要離開，國會議員也要走，如此立法程序才不會中斷，軍隊與警方要離開，包括交通警察也要走，但市政廳的全體成員要留下來，市長也要留下來，消防隊要留下來，以免某個疏失或蓄意破壞就把整個城市燒個精光，同樣地，清潔大隊也要留下來，以免城市發生傳染病，此外不用說，政府也保證水電之類的生活必需品會持續供應。至於食物，有一批飲食專家，或者說營養學家，已經被指派了任務，會草擬一份基本菜單，這菜單不至於把首都居民帶到餓死邊緣，但會讓他們體認到封城的最終後果絕非歡樂假期。政府倒也不相信事情真會走到那個地步，居民要不了多少天就會派出代表團，按照習俗舉著白旗，到戍守聯外道路的某個軍事崗哨去，這白旗是代表無條件投降的白旗，而不是代表叛亂的白旗，兩種旗的顏色相同是個非比尋常的巧合，這個問題我們暫且按下不表，但稍後我們會有充分的理由回頭來談這個議題。

我們在上一章的最後一頁對全體部會首長會議已經做了充分的闡述，在那場全體會議之後，核心內閣成員會議，或者說是緊急因應小組，進行了討論，並做了幾項決策，這些決策在時機成熟的時候會對外公布，當然啦，我們先前也警告過，這是假定事情的發展不會使這些決策失效或必須以其他決策來取代，因為我們始終都該記住，謀事在人，成事在天，人與天只有極少數的時候意見一致，共同謀事，但這樣的情況幾乎全都是以悲劇收場。受到最熱烈討論的議題之一，是政府全面撤出首都的事宜，應該在何時以何種方法撤出，是否要保密，是否要以電視轉播，是否要有樂隊奏樂，汽車是否要以鮮花裝飾，保險桿上是否要有國旗飄揚，以及沒完沒了的種種細節，需要反覆又反覆地查閱國家儀節，打從建國以來，都沒碰過這樣多有關國家儀節的麻煩。撤離行動的最後計畫是一個高明的戰術展現，基本內容在於精心布局了多條不同行程，城市居民對於遭到遺棄而被迫自生自滅可能會懷有種種不悅、不滿或憤怒，這套精心布局的用意就在於讓想要聚集來表達情緒的示威者難以大量集結，多條不同的行程包括有總統的行程、總理的行程、每位部會首長各有一個行程，共有二十七條不同的路線，全都由軍方和警方加以保護，十字路口派駐了戰車，車隊後並有救護車跟隨，以因應各種突發狀況。軍隊指揮官與警方的追蹤專家埋頭苦幹了四十八小時，協助繪製出一張城市的巨幅地圖，用燈光打亮，圖上畫著一顆有二十七道光芒的紅星，其中十四道光芒射向北半部，十三道光芒射向南半部，中央有一條赤道，將首都一分為二。公務機關的黑頭車會沿著這些光芒列隊行走，拿著對講機的隨扈圍繞在車隊周遭，對講機這樣老舊過時的設備這個國家仍在使用，但政府已經核定了預算要將對講機加以現代化。所有參與這項行動的人士，無論參與的是哪一階段或參與程度是深是淺，都必須要宣誓保密，首先要將右手放在聖經上，接著要放在以藍色摩洛哥皮革做封面的憲法上，同時要說出一段取自民間傳統的毒誓，以上的雙重承諾才能算數。若我違背誓言，願懲罰加諸於我頭上，也加諸於我四代子孫的頭上。如此機密性得到保障，不會有任何洩漏後，計畫實施的日期就訂在兩天之後。出發的時間將會同步，也就是所有人將同時出發，出發時間訂於凌晨三點，這時間唯有嚴重的失眠症患者仍在床上輾轉反側，仍在向睡神許普諾斯祈禱，許普諾斯是黑夜女神的兒子，死神桑納托斯的孿生兄弟[20]，失眠症患者祈禱睡神能將罌粟花的油膏塗抹在他們沉重的眼皮上，助他們減輕痛苦。在出發之前僅剩的幾個小時間，已經整批返回田野的特務們唯一的任務便是走遍城市的大街小巷、廣場道路，悄悄勘查城市居民的脈動，打探有無外顯的意圖，蒐集在各個不同處所聽到的言談，以調查首長會議所做出的決策有沒有外洩，尤其是政府即將全體撤出的決策有沒有外洩，這是由於每一個夠資格稱為特務的人士都必須將一個信條視為神聖綱領、黃金定理、不變法則，這個信條便是無論宣誓者為何人，誓言絕對不可信賴，縱使宣誓者是你的親生母親亦然，當宣誓不止宣誓一次，而是宣誓了兩次時，尤其不可相信，當宣誓不止宣誓兩次，而是宣誓了三次時，更加萬萬不可信。然而在本次的情況中，他們別無選擇，僅能懷著幾分在專業上受挫的心情，承認這項官方機密受到嚴密保護，這項根據經驗所得的事實與內政部中央計算系統所顯示的結果相符合，這個系統將數百萬則片片斷斷的對話錄音加以擠壓、篩檢、混合、打亂重組又打亂重組，仍找不出一丁點兒模稜兩可的跡象、一丁點兒可疑的線索，就連那種用力拉扯就會扯出恐怖驚奇的小小線頭都沒有。由特務機關傳送給內政部的消息相當令人安心，效率卓著的軍事情報單位瞞著文職調查單位祕密進行調查，其回傳給國防部資訊心理上校的消息也同樣教人放心，這兩個單位都大可以採用一個已從文學變成經典的句子來做報告，西線無戰事，只不過有一名士兵剛剛死掉。全體政府官員，上至總統，下至最低階的幕僚，都舒了一口氣。撤離行動將可以平平靜靜地進行，而無須對人民造成過多的傷害，真是謝天謝地，這些人民可能已經為自己完全無法解釋的叛亂行為感到悔恨，儘管他們做出了叛亂行為，卻展現出非常值得嘉許的公德心，在這個痛苦卻必要的分別時刻，對於他們的法定領導人和民意代表似乎毫無以言語或肢體傷害的意圖，這預示了未來將一切美好。這是自所有報告得出的結論，實際狀況也的確是如此。

當天的凌晨兩點半，所有人都已經準備好要切斷與總統府、與首相官邸以及與各部會大樓之間相連的繩索。閃亮的黑頭車列隊等候，裝滿檔案的卡車由全副武裝的警衛包圍戒護，雖然難以置信，但這些警衛武裝到能夠口吐毒箭，負責以摩托車開道的警察蓄勢待發，救護車也就位待命，辦公室裡，那些逃亡的領袖，或者說是逃兵，或者若採用較高尚的詞彙，可以將他們形容為亡命之徒，這些人仍在翻箱倒篋，搜尋著最後一個櫥櫃或抽屜，哀傷地收集著最後一些紀念品、一張團體照、寫有獻詞的另一張團體照、一綹頭髮、一尊幸福女神的小型雕像、一只學生時代的削鉛筆機、一張遭退的支票、一封匿名信、一方繡花手帕、一把神祕鑰匙、一枝刻了名字的廢棄鋼筆、一份可能會把醜事外揚的文件、另一份可能會把醜事外揚的文件，只不過後面那份外揚的是隔壁部門同事的醜事。有些人幾乎涕泗縱橫，男人女人難以克制情緒，淚眼婆娑地想著不知今生能否再次回到他們所愛的這個見證了他們官位步步高升的地方，另一些較不受命運之神眷顧的人雖然先前遭遇了不公、承受了失望，如今卻夢想著新的世界新的契機或許終於能使他們爬升到他們實至名歸的地位。兩點四十五分，軍警都已在二十七條路線上各就各位，也別忘了各主要的十字路口都派駐了戰車，政府並且下令調暗路燈的亮度，好遮掩撤退行動。這個詞或許聽來刺耳，但確實就是撤退行動。黑頭車與卡車將會經過的道路兩旁沒有任何穿便服的人，連個鬼也沒有。從城市其他區域不斷傳回的消息也依然沒有改變，沒有人群集會，沒有可疑活動，夜歸或夜行的人看來也不是什麼可怕人物，他們的肩上沒有扛著旗幟，身上沒有藏瓶口塞了破布的汽油瓶，頭頂並沒有揮舞棍棒或腳踏車鏈，縱使偶爾有人看來有些脫序，也沒有理由將之歸因為政治上的偏差，而是完全情有可原的飲酒過量所致。兩點五十七分，車隊的車輛發動了引擎。三點整，一如計畫，撤退行動正式展開。

然後，噢，驚奇，噢，錯愕，噢，前所未見的奇事，先是迷離困惑，然後是不安，然後是恐懼，這種種情緒把指甲戳進了總統、總理、部長、祕書長、副祕書長、次長、警衛、騎摩托車的前導警員的喉頭，甚至也較輕微地戳進了救護人員的喉頭，因為就職業來說，他們是慣於面對最壞狀況的。當車輛沿街行進時，建築物的正面一個個亮了起來，從頂層一路亮到底層，由提燈、檯燈、聚光燈、手電筒點亮，有枝形吊燈的地方點亮了枝形吊燈，甚至可能連古老的銅製油燈也點亮了，每扇窗都大大敞開並且亮著光，亮出了一條洪水一般浩大的光之河，由白色火焰製成的水晶增殖繁衍，指出了道路，照亮了背棄者的逃生路線，好讓他們不致迷路，也不致走岔了路。負責警戒護衛的指揮官們頭一個反應是把謹慎拋到九霄雲外，下令油門催下去，大力往前衝，車隊於是便大力往前衝了，這令官方駕駛們大喜過望，因為人人皆知官方駕駛最討厭擁有兩百馬力的引擎卻要慢吞吞地牛步前行。但這速度上的衝刺並沒有持續很久。這個倉卒魯莽的決定就和其他所有發自恐懼的決定一樣，意味著幾乎在每條路線上，有的前面一點，有的後面一點，都發生了小小的碰撞事故，通常是後車撞上前車，幸好並沒有對乘客造成嚴重的後果，僅是受了點驚嚇、撞瘀了額頭、刮傷了臉、扭傷了脖子，如此而已，沒有什麼足以讓人第二天獲頒傷亡獎章、英勇十字勳章、紫心勳章或其他這類可怕勳章的重傷。救護車飛馳上前，醫護人員急著要幫助傷患，場面一片混亂，無論從哪個角度來看都悽慘可悲，車隊戛然停頓，互相打著電話詢問其他路線情況如何，有人大聲要求屬下報告詳細狀況，而在這一切之外，還有那整排整排燦亮如聖誕樹的樓房，眼前就只缺煙火和旋轉木馬，幸好沒有誰來到窗前觀賞窗下免費的街頭精采節目，沒有誰訕笑、譏諷，或對著碰撞的車輛指指點點。短視近利的低階官員當然都是這麼想的，短視近利是指只關心眼前狀況的那種人，但幾乎所有的低階官員都是這樣的，少數前景黯淡的次長和幕僚可能也是這麼想，但是當總理的人絕不會這麼想，像我們這位已經展現其高瞻遠矚的總理當然絕不會這麼想。正當一位醫生一面把消毒藥水輕輕塗抹在總理的下巴上，一面暗自思忖給這位傷患注射破傷風疫苗會不會太過誇張時，總理心中則不斷回想著當樓房中第一抹燈光亮起時震撼到他骨子裡的那股驚恐戰慄。縱是最冷靜的政治人物也絕對會為此而心煩意亂，這樣的情況無疑是教人心慌、教人煩惱的，但更糟，糟得多的，是那些窗前完全沒有人，彷彿這些官員的車隊正愚蠢地逃離虛無，彷彿敵人對這些軍隊、警察、戰車和水砲車嗤之以鼻，於是他們連戰鬥的對手也沒有了。方才的撞車仍令總理驚魂未定，這會兒下巴貼上了ＯＫ繃，並且堅忍而急躁拒絕了破傷風疫苗的注射，他忽然想起此時的首要任務應當是致電給總統，詢問他情況如何，是否平安，他並且應當刻不容緩地立即做這件事，以防總統使出奸巧的政治權謀，搶先一步打給他。逮到我沒穿褲子。他沒細想這話的字面意義，就咕噥出聲。他請祕書替他打電話，另一個祕書接起電話，電話這頭的祕書說，總理想跟總統說話，電話那頭的祕書說，請稍候，電話這頭的祕書把電話交給總理，總理則只能乖乖稍候。你們那邊情況如何，總統問。撞凹了幾個地方，但沒有嚴重的問題，總理回答。我們這邊什麼問題也沒有。連碰撞也沒有嗎。有撞了幾下。希望不嚴重。不嚴重，我這輛車的鋼板基本上可以防炸彈。總統，很抱歉，我要提醒您，沒有什麼車的鋼板可以防炸彈。這種話不用你告訴我，每一片胸甲都有一種矛可以刺穿它，每一塊鋼板都有一種炸彈可以炸壞它。您有沒有受傷。連個刮痕都沒有。一名警官的臉出現在車窗外，比手勢告知可以繼續向前了。我們重新出發了，總理告訴總統。喔，我們差不多是根本沒停下來，總統回答。報告總統，我可以說句話嗎。當然沒問題。呃，我得承認我有點擔心，比第一場選舉那天擔心得多。為什麼。這些燈光就在我們出發的時候點亮，很可能會一路照亮我們的整條路線，一直照到我們出城為止，而且到處都空無一人，我是說，窗前或街上都一個人也沒有，這很怪，非常怪，一直以來我都不相信這一切後頭是有目標、有計畫的，但我開始覺得應該要考慮這種可能性了，因為事態的發展看起來就好像人民真的在依循某種計畫，好像有人在中央統籌似的。親愛的總理，我可不這麼覺得，你比我更清楚，無政府主義陰謀論根本說不通，而另外一個理論，也就是有邪惡他國意圖擾亂顛覆我國的理論也同樣站不住腳。我們以為我們什麼都掌握在手上了，以為無論出什麼問題我們都能應付自如，結果卻冒出這個誰也料想不到的意外狀況，真的是大爆冷門。你打算怎麼做呢。暫時就按照原計畫繼續走下去，萬一未來的狀況需要我們做什麼改變，不管有什麼新的資料，我們也要先就那些新的資料做一番徹底的檢視之後，再來轉變，至於基本原則，我認為我們沒有必要做任何改變。依你看，基本原則是什麼。報告總統，我們先前討論過，也達成共識了，我們的目標就是把首都市民孤立起來，讓他們細火慢燉，遲早有一天一定會發生爭執鬥毆，利益衝突接踵而至，生活會愈來愈艱難，街道會堆滿垃圾，總統，您想想，一旦下起雨來，這地方會變成什麼樣子，食物的供給和分配一定會發生嚴重問題，這是很肯定的，就像我是總理這件事一樣錯不了，有必要的話，我們還可以去製造問題。所以你覺得這城市撐不了很久。對，而且還有一個很重要的因素，有可能是最重要的因素。什麼因素。無論人們過去如何努力且未來如何持續不斷地努力，要讓所有的人想法完全一樣是不可能的。這一次看來就做到了。這個情況太完美了，不可能是真的。萬一就像你剛剛承認可能發生的狀況，說不定存在著什麼祕密組織，什麼黑手黨啦、竹聯幫啦、四海幫啦、中情局或格別烏之類的呢。報告總統，中情局不是祕密組織，格別烏已經不存在了。我想那沒太大差別，但是我們設想看看，萬一有人創設了類似那樣的組織，或者如果可能的話，更糟一點，萬一有人想出了什麼更奸詐的陰謀，目的就在於製造這種在某個方面幾近於全體一致的狀態，至於是什麼方面呢，老實說，我也不大知道是什麼方面。報告總統，是投空白票的方面，是空白票方面。總理，這個我自己也推斷得出來，我只對我原先不知道的事感興趣。報告總統，那是一定的。請繼續說。即使我被迫要接受理論上，只是理論上，也許有個祕密組織意圖要危害國家的安全，破壞民主制度的合法性，但是要進行這些事，總不可能彼此之間沒有聯繫、沒有開會、沒有基層組織、沒有鼓吹煽動、沒有文件，沒錯，沒有文件，您也知道的，在這個世界上，沒有文件就什麼事也做不成，而我前面所提到的活動，我們不僅是沒有一絲絲情資，甚至也沒找到過哪本日誌的內頁寫著，上呀，同志們，le jour de gloire est arrivé[21]。為什麼這句要用法文說。報告總統，因為法國有革命的傳統。我們生活在多麼特別的國度呀，這個地方發生了地球上其他地方從未發生過的事。但是總統，我想我無須提醒您，這並不是第一次。親愛的總理，我要說的就是這個。這兩個事件之間很顯然一點關連也沒有。當然沒有，這兩件事之間唯一的共同點就是顏色。我們還是沒找到第一個事件的原因。現在這個也還沒找到。報告總統，我們會找到的，會找到的。我們可能會先撞上牆壁。報告總統，我們保持信心吧，信心是最基本的。要對什麼事和什麼人保持信心呢。對民主制度保持信心。親愛的同事，這話留到電視演說再講就好，現在只有祕書聽得到我們說話，我們可以打開天窗說亮話。總理換了話題。報告總統，我們現在要出城了。是的，我們這邊也一樣。總統，您可以回頭看一下嗎。看什麼。燈光。燈光怎樣了。燈光還亮著，誰也沒把燈關掉。你認為我應該從燈光得到什麼結論。報告總統，目前我還不知道，照理說，燈光應該會隨著我們前進而熄滅，可是並沒有，燈光還亮著，我猜想如果從空中俯瞰，這些燈光看起來一定就像一顆有二十七道光芒的大星星。看來我請了個詩人來當總理。報告總統，我不是詩人，但是星星就是星星，就是星星，誰也否認不了。那接下去呢。政府不會束手無策坐以待斃的，我們的彈藥還沒用完，箭袋裡還有箭還沒射出。希望你射箭射得準。只要敵人在我的射程之內就好了。但問題就是在那裡，我們不知道敵人在哪裡，連敵人是誰都不知道。報告總統，他們會出現的，這只是早晚的事，他們總不可能永遠躲著。只怕等他們出現已經來不及了。我們會想出辦法的。我們幾乎到邊界了，到我辦公室再談吧，待會兒見，大約六點見吧。沒問題，總統，我會到您辦公室去。

城市每個出口的邊界都是一樣的，都配備有一個可移動的沉重大型路障、幾頂帳篷，路的兩側各有一輛坦克車，還有穿著軍服、全副武裝、臉上塗了迷彩的士兵。強力聚光燈照得四下通明。總統走下車，用有些隨意但還算客氣的手勢回敬指揮官完美無瑕的軍禮，問，這邊情況如何。報告總統，沒有狀況，一切平靜。有沒有人試圖闖關。報告總統，沒有。我想你指的是開車，或騎腳踏車，或推手推車，或滑滑板車。報告長官，我是指開車。那有沒有人用走路的。一個也沒有。你一定已經想到了，說不定有些人不是從大馬路偷溜。報告總統，我們想到了，但是他們還是出不去，我們和最近的兩個崗哨之間都有巡邏車固定巡邏，此外還有電子偵測器，如果設定成很小的東西都偵測得到的話，連老鼠都逃不出去。很好，我想你一定很熟悉我們在這類情況下常說的話，國家照看著你們[22]。是的，報告總統，我們很瞭解我們任務的重要性。我想你應該已經收到命令，知道萬一有大批人逃亡要如何應對了吧。是的，長官。要如何應對呢。首先，高聲喝令他們站住。這個部分是廢話。是的，總統。萬一他們不站住呢。萬一他們不站住，我們就對空鳴槍。萬一你們對空鳴槍之後，他們還是繼續前進呢。那分派給我們指揮的鎮暴警察隊就會介入。怎樣介入。報告總統，那要看情況，可能會發射催淚彈，或是噴發強力水柱，軍方是不做這種事的。你這話裡好像有一絲絲批評之意呀。報告總統，我只是認為戰爭不是這樣打的。這話有意思，那如果那些人還是不肯撤退呢。他們一定會撤退的，沒有誰受得了催淚彈或強力水柱。假設他們受得了呢，你們收到的命令說這種時候要怎麼做。朝他們的腿部開槍。為什麼是腿部。我們不希望殺害自己的同胞。但是有可能會殺死的。報告總統，是的，有可能。你有沒有家人住在城裡。報告總統，有。萬一你看見你的妻小在逃亡隊伍最前端，你會怎麼辦。軍人的家屬明白他們在各種情況下應有什麼行為。是的，那是一定的，但是假想看看，盡量想想看。報告總統，命令是一定要遵從的。所有的命令嗎。到今天為止，我都以遵從所有下達給我的命令為榮。那明天呢。報告總統，我非常希望明天我不用向您報告。我也希望。總統往他的車走了兩步，猛然又問，你確定你太太沒有投空白票嗎。報告總統，是的，我願意拿命來賭。真的嗎。這只是一句俗語，我的意思是說，我相信她會履行選民義務的。你是指投票。是的。但是你沒回答我的問題。是的，長官。那就快回答。報告總統，我不能回答。為什麼不能回答。因為法律不容許我回答。啊。總統望著那軍官許久，然後說，再見，上尉，是上尉對吧。報告總統，是的。晚安，上尉，我們後會有期。晚安，總統。你有沒有發現我沒問你自己有沒有投空白票。報告總統，我有發現。車子疾馳而去。上尉用手掩面，他的額頭汗水淋漓。

20 Hypnos，為希臘神話中之睡神，其母親為黑夜女神Nyx，孿生兄弟為死神Thanatos。

21 光榮的日子來到了。法國國歌《馬賽進行曲》（*La Marseillaise*）歌詞中的第二句。前一句亦類似《馬賽進行曲》的第一句（Allons! Enfants de la Patrie! 意為「前進吧，祖國的子民們！」），但用字不同。

22 全文應是「榮耀你的國吧，因為國家照看著你們」（A Pátria honrae que a Pátria vos contempla）。此為葡萄牙海軍銘言。

最後一輛軍用卡車及最後一輛警車離開城市時，燈光開始熄滅。星星的二十七道光芒猶如辭別一般，一道一道熄滅，僅存調暗了亮度的路燈勾勒出被遺棄街道的朦朧路線圖，誰也沒記起要把路燈調回正常的亮度。當天空濃重的墨黑逐漸消散成任何視力不差的人都能看見自地平線緩慢升起的深藍浪潮時，我們將會看到這城市如何地生龍活虎，看到住在這些大樓中不同樓層的人會不會出門上班、清晨的第一班公車會不會搭載第一批乘客、地鐵列車會不會轟隆隆疾馳過地道、商店會不會拉開鐵門敞開大門、報紙會不會送到報攤。在這樣的清晨時分，人們一面穿衣，一面喝著平日慣常飲用的拿鐵咖啡，一面聆聽收音機，收音機裡正以激昂的語調宣布，總統、政府機關及國會已在凌晨時分離開了首都，城市裡已不再有警察，軍隊也已撤出，這時他們扭開電視，電視以同樣激昂的語調報告著同樣的消息，收音機與電視每隔很短的時間便預告一次，總統即將於七點整向全國發表重要演說，首都冥頑固執的居民尤其是演說針對的對象。這時報攤尚未開始營業，因此沒有必要上街去買報，可以預期總統即將發表的是一番責難訓斥，部分較新潮時髦的人已經試圖要上網搜尋這番訓斥了，但就和買報紙一樣，這也不值得耗費力氣。正如同幾小時前大樓燈光同時點亮所展現出的情況，官方的機密偶爾也會不幸遭到洩漏，但當牽涉到更高層級的權力當局時，則會使出極其嚴格的手段來保密，眾所周知那些更高層級的權力當局會為了最雞毛蒜皮的瑣事，不僅僅要求力有未逮的下屬立即提出詳盡解釋，有時還會砍下他們的腦袋。時間是六點五十分，許多還在偷懶的人照理說應該要出門上班去了，但這天不一樣，公務員似乎獲准遲到，至於私人企業，多數可能一天都不開門，只為了要看看情況會演變成如何。無論對健康或患病的人而言，謹慎和雞湯都絕對不會有壞處的。世界的動亂史告訴我們，無論是公共秩序上發生了滋擾事件，或僅僅是可能發生滋擾事件，在謹慎方面樹立最佳典範的都是在街道上開設店面的工商行號，這是由於他們的行業可能會蒙受的損失最大，當搶劫、掠奪、蓄意破壞等事件發生時，他們也無可避免真的會蒙受損失，因此我們有責任尊重他們的恐慌。六點五十八分，電視與廣播的主持人終於以這類場合所需的哀淒表情與聲音，宣告總統即將要對全國同胞發表演說。接下來的畫面是作為片頭之用，畫面中有一面國旗有氣無力、沒精打采地飄揚，好像隨時就要從旗桿上癱軟滑落下來。他們拍攝這個畫面的那天顯然沒什麼風，某位居民這麼說。但國歌的合唱聲一響起，具有象徵意義的國徽似乎就活過來了，輕柔和風剎那間轉變成僅可能來自於浩瀚汪洋或奏捷戰場的強風，這風倘使再強一些，只需再強一些些，我們肯定便會看見女武神載著英雄同行的馬上英姿[23]。而後，國歌帶著國旗逐漸隱沒於遠方，也可能是國旗帶著國歌逐漸隱沒於遠方，孰先孰後不重要，總之總統出現在民眾眼前，坐在一張桌前，嚴厲的眼光緊緊盯著讀稿機。他的右側有一面國旗，不是剛才提到的那一面，而是一幅室內的國旗，低調地呈現著皺褶。總統交握著雙手，可能是為了掩飾某種不由自主地抽搐。剛才說沒有風的那個人說，他很緊張，我倒想看看他要用怎樣的臉色來解釋他們對我們開的這種低級玩笑。等待聆聽總統演說的民眾一點兒也想像不到，總統的文膽為了準備這篇講稿，在實際演說的內容上花費的力氣並不大，因為那只需要賣弄賣弄文筆就好，但為了演說開頭的稱謂，他們可是費盡了心思。根據常理，這場演說應該以這類長篇譴責性演說通常使用的標準字眼來起頭，但這場演說性質微妙，若是說親愛的鄉親父老，或是敬愛的全國軍民同胞，侮辱性會低一些，或者倘使這個時機適合運用一點點恰到好處的顫音技巧來撩撥愛國的心弦，可以用最簡單也最高貴的稱謂，各位葡萄牙人呀呀呀呀，在此我們要急切地補充，這幾個字之所以出現，完全出自於無端的假設，假設這起我們所鉅細靡遺描述的恐怖事件或許有可能正發生或曾經發生在前述的葡萄牙國度內，這假設完全沒有客觀事實上的根據，只不過是舉例說明，如此而已，雖然我們立意良善，但我們仍要為舉這個例子事先道歉，尤其這個國家的人民素以令人稱道的公民紀律與虔誠的宗教情懷履行投票義務，這是舉世聞名的。

好，現在回到我們設為觀察站的那個住宅，我們必須說，與一般人自然而然的期待相反，沒有一個聽眾或觀眾注意到總統沒有使用平常慣用的稱謂，沒有用這個，沒有用那個，也沒有用另外那個，這可能是由於總統所吐出的第一批字眼太具有震撼性了吧。我用手捧著我的心對各位說話。這使總統的文膽小組理解到前述那幾個常見的臺詞無論使用哪一個都會顯得多餘且不合時宜。若是開頭先親切地呼喚親愛的鄉親父老或敬愛的全國軍民同胞，彷彿是要宣告明天汽油價格將調降百分之五十，接著卻把一個血淋淋、滑溜溜、仍卜卜跳動的內臟捧到驚恐的觀眾眼前，這的確太不搭調了。總統即將要說的是，再會，再會，後會有期，這個大夥兒心知肚明，但是我們可以理解，大夥兒好奇的是他要如何擺脫困境。以下是演說全文，當然啦，由於有些東西無法轉譯成文字，因此顫抖的嗓音、哀傷的面容、偶爾閃現壓抑不住的淚光並沒有包括在內。我用手捧著我的心對各位說話，我的心被無可理解的疏離撕扯得四分五裂，我懷著這樣的痛苦對各位說話，有一連串離奇的事件毀掉了我們這個大家庭崇高的和諧，我就像一個父親被摯愛的孩子遺棄，我們都感到同樣的困惑不解，請別說是我們，是我，是這個國家的政府以及民選的代表離棄了人民，的確我們在今天清晨撤離到另一個城市，這個城市從今起將成為我們國家的首都，的確我們對已經不再是首都的那個城市實施嚴格的封城，這狀態對於這樣重要、幅員這樣遼闊、涵蓋的社會層面這樣多元的城市的正常運作無可避免會造成影響，的確各位目前都遭到包圍、限制，被困在城市的邊界之內，不能出去，倘使各位試圖出城，便會立即遭到武力伺候，但是大眾透過連續、平和、誠實且民主的競賽，表達其自由意志，將國家的命運交到我們的手中，好讓我們能夠保衛國家不受內憂外患的侵襲，你們絕不能說今天發生的事是我們的錯，這是你們的錯，是的，是你們卑劣地揚棄了國家的和諧，而去走上顛覆和失序的曲折道路，對史上最合法的國家權力展開最邪惡乖張的挑戰。別抱怨我們，要抱怨你們自己，不要向藉由我的聲音來說話的人抱怨，我指的當然是我們的政府，政府一再一再地請求你們，不對，是懇求你們，哀求你們，拜託你們放棄邪惡的固執，雖然政府啟動強力調查，仍然無法參透這邪惡固執的終極意義。多少個世紀以來，你們站在國家的最前端，是民族的榮光，多少個世紀以來，在國難當頭、集體焦慮的時刻，國人總是慣於將目光轉向這個城市，轉向這幾座山巒，因為他們知道，從這裡可以找到補救之道，找到安慰，找到通往未來的正確路徑。你們對不起你們的先人，這是永遠將令各位良心不安的殘酷事實，是的，先人們一磚一瓦築起國家的聖壇，而你們太可恥，竟把那聖壇拆了。我全心全意樂於相信各位的瘋狂僅是一時的，不會長久持續，我但願相信明天，明天，悔恨就會柔柔滲入各位的心中，各位將會與法律義務和解，與最終的根源，也就是我們的民族社會和解，會如浪子回頭一般，回歸父親的家，我向天祈禱，祈禱這個明天很快就會到來。你們如今是一個目無法紀的城市，你們將不會有政府來告訴各位什麼該做而什麼不該做、應該如何舉措而不該如何舉措，道路將會是你們的，由你們所擁有，你們盡可以隨意運用，不會再有管理單位來阻止你們行進或給予忠告，但同樣地，仔細聽好，也不會再有管理單位來保護你們不受竊賊、強暴犯和殺人兇手侵害，這將會是各位的自由，但願各位享用愉快。各位或許會錯誤地以為，你們可以憑著自由意志與任性奇想，將自己組織起來，比我們使用舊的措施和舊的律法更能保衛各位的生命。這是非常嚴重的錯誤。你們必將墜入紊亂失序之中，縱使沒有人野獸一般自那紊亂中崛起，將他們的律法強加於你們身上，遲早你們也必須要找個領袖來管理你們，屆時你們便會瞭解到，這一番欺瞞行為多麼具有悲劇性。或許各位會像極權統治的時代一樣造反，像可怕的獨裁歲月一樣造反，但各位別自欺了，你們會被以同樣的暴力鎮壓，也不會有人召喚你們出來投票，因為不會再有選舉了，縱使有，也不會是如你們所鄙夷的那種自由、開放、誠實的選舉。我和國家政府以及軍隊今天決定遺棄各位，放任各位走上你們自己所選擇的命運，你們將被自己所產出的怪物荼毒，直到我、國家政府以及軍隊前來解救你們為止。你們所受的一切苦楚都將是一場空，你們一切的頑固執拗都會是一場空，屆時你們就會理解，並且太遲地理解，唯有在憲法、法律或規章等表達與記載權利的白紙黑字中，權利才會完整存在，你們將會理解，我們也希望你們將堅信，以錯誤或欠缺思慮的方式行使權利，縱是最穩定的社會也將遭到撼動，你們終將理解，簡單的常識告訴我們，我們應該要把權利看作是純粹的象徵，象徵著可能的狀況，而非具體而有望成真的現實。投空白票是你們不可剝奪的權利，誰也不能否認這一點，但正如同我們警告孩子不可玩火一樣，我們也警告全民，玩炸藥有害安全。我的演說到此為止，請各位不要將我的嚴正警告視為一種威脅，而要視為一種燒灼療法，你們的胸腔長出了惡臭的政治膿瘡，你們浸泡在那惡臭的膿液中，我的這個療法能夠治療你們的膿瘡。在你們有資格獲得原宥之前，各位將不會再看見我或聽見我的消息，儘管發生了這許多事，我們依然希望有朝一日能原宥各位，這裡所說的我們，包括了我，也就是你們的總統，和你們在較美好的時代選出的政府，以及仍然健康純真的人民，你們目前不配與這些人為伍。再會了，我們到那時再見，願上帝保佑你們。總統嚴肅而悲傷的面龐消失了，取而代之的是那面升起的國旗。風吹得國旗瘋狂搖盪，像個傻子，國歌不斷重複著雄壯威武的和弦和勇猛壯盛的音調，這曲調譜寫於愛國情操昂揚豐沛的年代，如今聽來卻有些嘶啞。家庭裡最年長的成員說，是的，這人說得好，他說小孩子不能玩火很有道理，因為誰都知道，小孩玩了火之後肯定會尿床。

在這之前，城市裡的商店大半都關閉了，街道上幾乎空無一人，公共汽車沒有乘客，但幾分鐘之內，人潮赫然湧現，待在家中沒出門的也從窗戶探出頭來觀看比賽，稱之為比賽並不意味街道上的人全都湧往同一方向，而是形同兩條河，一條往上流，一條往下流，兩條河流中的人互相揮手，彷彿城市居民正歡慶著什麼事，彷彿這天是個當地的節日，而與那位落荒而逃的總統不懷好意的預言相反的是，群眾中並沒有小偷、強暴犯或殺人犯。部分建築物的部分樓層還有些零星的窗子仍關閉著，有百葉窗的地方，百葉窗仍冷冷地緊掩，彷彿住在裡頭的人家正受著悽苦的喪親之痛。這些樓層在凌晨時分並沒有點起明亮燈光，最多也僅是揪著一顆心躲在簾後偷窺，因為裡頭的住戶政治立場堅定，他們在第一次和第二次的選舉都投票給他們一向支持的政黨，右派政黨和中間派政黨，他們沒有什麼可資慶祝的理由，反而害怕那些在街上唱歌吶喊的無知大眾會攻擊他們，害怕他們住家神聖不可侵犯的大門會被踢開，家族的紀念品會被玷汙，銀器會被竊走。隨他們去唱歌吧，要不了多久他們就要哭了，他們互相這麼說著，好鼓舞彼此的勇氣。至於投票給左派政黨的人，之所以沒有站在窗前喝采，是因為他們早已經加入群眾，彷彿試探一般時不時自洶湧人潮頭頂升起的旗幟就是明證。沒有人去上班。報攤的報紙賣光了，每份報紙都在頭版刊登總統的演說，搭配著他演說時拍攝的照片，從他臉上痛苦的神情看來，應該是拍攝於他說他手捧著心的那一刻。很少人浪費時間閱讀他們已知的消息，多數人較感興趣的是報社主管、社論作者、評論員們有何看法，或是有沒有什麼最新的訪問。頭條標題吸引了好奇者的注意，這些標題字體碩大無朋，其他內頁的標題則是正常大小，但似乎全都出自同一個下標高手的發想，讓讀者樂於省去閱讀內文的麻煩。標題有的感性，如，首都一夕成棄兒，有的尖酸，如，挑釁者被反將一軍，或，空白選票灰頭土臉，有的富有教育意涵，如，政府教訓叛亂首都，有的懷著報復意念，如，算帳時刻來到，有的預告未來，如，今後局勢丕變，或，一切都將不再如前，有的危言聳聽，如，無政府狀態就要來臨，或，邊境有可疑活動，有的用詞浮誇，如，劃時代時刻的劃時代演說，有的拍馬屁，如，高貴總統挑戰不負責任的首都，有的殺氣騰騰，如，首都遭軍隊包圍，有的客觀，如，政府機關平靜撤出，有的激進，如，市政府應全面接管，有的獻策，如，解決之道就在地方自治的傳統中。只有少數報導提及那顆有著二十七道光芒的星星，這些報導被胡亂塞在其他的新聞之中，連個標題也沒得到，連句像他們居然還抱怨電價太貴之類尖酸諷刺的標題也沒有。部分社論雖然贊同政府的做法，其中一則疾呼，這麼做是對的，但這則社論竟膽敢質疑號稱公平的禁止離城令是否真的公平。社論中寫道，一如以往，正義之士再一次要為有罪之士受過，奉公守法的人再一次要為違法亂紀的人付出代價，這城市裡端正高尚的男男女女兢兢業業履行了義務，投票給合法組成的政黨，這些政黨組構成社會所認可的政治與意識型態選項的架構，如今這些男男女女的行動自由卻遭到了限制，只因為城市裡古里古怪的多數人愛惹麻煩，有人說，他們唯一的特點就是不知道自己要什麼，但是就我們瞭解，他們事實上非常清楚自己要什麼，並且正在準備對權力做最後的一擊。有些社論更進一步，直截了當呼籲廢除不記名投票制，提議未來當情況回歸正常後，畢竟無論是經由武力或是經由其他何種方式，情況終究必須要回歸正常的，當情況回歸正常後，每位選民都該擁有一張投票紀錄手冊，由投票所主任在選民將選票投入票匭之前先加以檢視，依據於公於私的各方面法律目的，記錄下手冊持有人所投的政黨。署名者在此宣告並證實以上紀錄無誤。倘使真有這樣的紀錄手冊，倘使曾經有哪個立法委員意識到竟會有人以如此荒腔走板的方式進行投票，而大膽採取了這樣的步驟，讓民主制度的形式與內容完全透明，那麼投票給右派政黨和中間派政黨的所有人民此刻都會在打包行李，以便移居到他們真正的家鄉，那裡一向以來都展開雙臂歡迎這些較易脅迫的人們。成群成群插著各色政黨旗幟，並且用喇叭聲有節有奏鳴響著右派政黨或中間派政黨名稱的汽車、遊覽車、小巴和搬家用卡車即將跟隨著政府的腳步，駛往邊境的軍隊崗哨，男孩女孩把屁股伸出車窗，對著步行的叛亂分子嚷，你們這些不要臉的叛徒給我小心點。你們這些可惡的土匪，等我們回來你們就好看了。你們這些混帳王八蛋。或是嚷著民主制度術語裡最具侮辱性的字眼，非法居民，非法居民，非法居民。這字眼當然用得不對，因為他們所辱罵的人在口袋裡或家裡有著他們自己的紀錄手冊，上頭如同烙印一般，很可恥地手書或蓋了印章，寫著我投了空白票。唯有猛藥才能治沉痾，社論作者天使般聖潔地下了如此結論。

慶祝活動並沒有持續很久。的確沒有誰抽出時間去上班，但大夥兒逐漸意識到情況的嚴重性，這使群眾的歡欣鼓舞沉寂下來，有些人甚至自問，我們到底是在開心什麼，他們把我們像瘟疫患者一樣隔離起來，還有舉著槍的軍隊隨時準備對有意出城的人開火，我們到底是有什麼理由值得高興。其他人則說，我們一定要組織起來。但他們不知要如何組織，和誰一起組織，以及為什麼要組織。有人提議應派一組人去和市長談一談，向他表達忠誠支持之意，向他說明投空白票的人之所以投空白票，並不是為了搞垮制度奪取權力，因為就算奪了權力，他們也不知要拿權力來做什麼，這些人之所以投空白票，是因為他們的希望幻滅了，且找不出其他方法來清楚表達這幻滅是有多麼深沉，他們大可以發動革命，但革命肯定會死很多人，這不是他們所樂見的，這一輩子他們都耐性十足地將選票投進票甌，但是結果如何大家都看見了。這不是民主，市長先生，差得遠了。另有些人主張他們應該更仔細考量現實，認為由市政府來主動發言會比較好，如果我們跑去找他們，解釋說明這一大堆想法，他們會以為這事件背後有某種政治組織在策畫操縱，而只有我們才知道事實不是那樣，他們的處境也很尷尬，別忘了，政府把燙手山芋交到他們手上，我們可不想把山芋變得更加燙手。有家報社提議市政府應該全面接管，但接管什麼，又要如何接管呢，警察都撤走了，連交通都沒人指揮，我們當然不能指望市府官員跑到街上去做那些他們昔日部屬所做的工作，還有傳聞說垃圾工人要罷工，萬一真是這樣，我們也不該意外，但萬一他們真要罷工，我們也只能把它看作是一種挑釁，要不就是市政府本身對我們的挑釁，更可能是受了中央政府的指使，中央政府千方百計要給我們的生活設下重重障礙，我們要對一切狀況做好準備，包括我們目前想來不可能發生的事，可能尤其是這類的事，因為畢竟整副牌都在他們手中，更別說他們口袋裡說不定還暗藏有錦囊妙計。還有一些人生性膽小悲觀，認為他們已經落入了死胡同，註定要失敗了，情況一定會像一向以來那樣，人人自掃門前雪，哪管他人瓦上霜，我們過去常常說，人類的道德瑕疵不是這兩天才出現的新鮮事，而是老掉牙的歷史事實，我們現在好像互相扶持，但明天就會吵起嘴來，再接下去就會不和、衝突、開戰，他們會好整以暇地坐在場邊隔岸觀火，下注打賭我們能撐多久，我們還撐著的時候一切都很好，但是朋友們，我們絕對會失敗，這是錯不了的，我是說，我們理性一點吧，怎麼可能有人會認為這樣的行動能有什麼成效，這樣一整大批人自動自發地一起投空白票，這麼做太瘋狂了，政府現在是驚魂未定，還在喘氣，但是他們已經旗開得勝了，已經棄我們於不顧，告訴我們我們不過是坨糞，在他們眼中，我們真的就只是一坨糞，然後還有來自國外的壓力要考量，我敢打賭，現在全世界的政府和政黨一定什麼別的也不關注，他們不是笨蛋，他們輕易看得出來，這會變成一條引信，這頭點個火，那頭就等著爆炸，但是話又說回來，如果在他們眼中我們是一坨糞，我們就齊心協力繼續當坨糞，因為我們這坨糞一定會潑濺在他們身上的。

第二天，傳聞得到了證實，垃圾車沒有上街，垃圾工人宣布全面罷工，並且公開要求調漲薪資，市府發言人立刻宣布垃圾工人要求的調漲幅度完全無法接受，在我們的城市面臨前景堪憂的空前危機之際更是絕無可能。有家報社打從創辦之初就以宣傳政府策略與戰術為己任，無論主政的政黨色彩為何，是中間派、右派，或是介於中間與右派之間，都不改其作為，這家報社也加入了危言聳聽的行列，刊登了一則由總編輯本人掛名撰寫的社論，文中指稱首都居民若果如大家所預期的那樣，拒絕放棄其強硬立場，這場叛亂可能終會浴血收場。他指出，誰也不能否認，政府的耐性已延展至難以想像的限度，誰也無法期待政府再做更多，否則我們就會失去權威與服從這和諧的二元組合，甚且可能是永久地失去，最幸福的人類社會都是滋長於這樣的二元組合，而歷史已充分顯示，沒有這種二元組合，幸福的社會就不會存在。讀者閱讀了這篇社論，廣播摘錄了其中的重要片段反覆播送，社長接受了電視訪問，在當天的正中午，正當這一切都仍在進行中，城市中每一戶人家都有婦女拿著掃帚、水桶和畚箕走出來，一言不發地開始打掃自家門前的人行道和街道，從大門一路打掃到路中央，在那兒碰上了從對面房子出來、懷著相同目標、配備著相同武器的其他婦女。字典上說，門前是指建築物前方的區域，這話一點兒也沒錯，但人們也說，至少是有些人說，自掃門前雪的意思是只顧自己的利益。這你就大錯特錯了，你們這些心不在焉的語言學家和詞彙學家，自掃門前雪最初的意思完全就是首都這些婦女此刻正做著的事，正如同她們的母親和祖母從前在村莊裡做的一樣，那些前輩們猶如這些婦女，不僅關心自身的利益，同時也照顧整個社區的利益。可能正是為了同樣的原因，到了第三天，垃圾工人們也上街了。他們沒有穿制服，而是穿著便服。罷工的是他們的制服，不是他們，他們這樣說。

23　女武神（葡語valquiria，英語valkyrie），北歐神話中的女神，傳說她們會將戰場上陣亡的將士帶往英靈神殿（valhalla，北歐神話中的天堂）。

罷工是內政部長的點子，得知垃圾工人自發性地重返工作崗位，內政部長一點兒都不開心，雖然任何公正不偏的觀察家都會毫不猶豫地承認，垃圾工人恢復上工是與那些將清掃街道轉變為榮譽問題的婦女團結一心，但部長以他居於部長地位的理解，認為此舉幾近於共謀犯罪。他一收到這則壞消息，便立即致電市長，命令他對漠視命令的人加以懲罰，並且強迫他們就範，白話來說，就是強迫他們恢復罷工，倘使他們依然不從，便施以從停職停薪到當場解雇等法律和規則中所訂有的各式懲罰。市長回答，問題從遠方來看總是較易解決，但置身於現場的人，實際需要與工人們交涉的人，則必須要仔細傾聽他們的話，才能做決策。例如，部長，想像看看我要對那些工人下命令。我不要想像，我是在命令你。是的，部長，您說得是，但是至少請容我想像一下，譬如說我想像我命令他們恢復罷工，他們卻叫我滾一邊去，少煩他們，如果是您，您會怎麼辦呢，如果您置身於我的處境，您會怎樣強迫他們乖乖聽話呢。首先，沒有人會叫我滾一邊去，其次，我並沒有置身於你的處境，也永遠不會置身於你的處境，我是部長，不是市長，不過現在既然談到這個，我只想要說，我期待市長不僅僅依法律所規定的那樣，全心致力在公務以及制度上與中央政府合作，我也天經地義應該獲得他的合作，同時我還期望他表現出團隊精神，目前團隊精神十分短缺，反而讓人格外注意到了。部長，公務與制度上的合作您大可放心，我很清楚自己的職責，但是至於團隊精神，我們現在最好還是別談，等這個危機過去了，我們再看看大家還剩下多少團隊精神。市長，你是在逃避問題。報告部長，我沒有逃避，我只是需要您告訴我，我怎樣可以強迫工人恢復罷工。那是你的問題，不是我的問題。現在是我可敬的同黨同志試圖要逃避問題。我整個從政生涯中從沒有逃避過問題。您現在正在逃避這個問題，我沒有任何工具可以用來執行您的命令，這是個顯而易見的事實，您現在正在試圖逃避這個事實，除非您希望我出動警察，但是那樣的話，容我提醒您，我們已經沒有警察了，警察和軍隊都跟著政府一起撤出這個城市了，更何況，我相信我們都同意，讓警察去說服工人罷工，不管是用溫厚的手段還是粗暴的手段，都是嚴重不正常的現象，用粗暴的手段尤其如此，警察過去都是用來破壞罷工的，用臥底滲透或其他不那麼隱諱的方法來破壞罷工。右派政黨的成員居然會說出這種話，我可真是驚訝。報告部長，再過幾小時天就要黑了，我得要說現在是晚上了，如果我要說那是白天，我不是腦子笨，就是瞎了眼。這和罷工有什麼關係。部長，不管您喜歡或不喜歡，現在是夜晚，伸手不見五指的夜晚，我們知道有遠遠超乎我們理解、超乎我們貧乏經驗的事正在發生，我們卻好像是在面對用普通麵粉、普通烤箱烘出來的普通麵包，問題是情況就不是那樣。你知道嗎，我將會慎重考慮要求你提出辭呈。您若要求我辭職，那就是卸除了我的肩頭重擔，您絕對會獲得我深沉的感激。內政部長沒有立即回應，花了幾秒鐘鎮定情緒，然後才開口。那你覺得我們該怎麼做。什麼也不做。親愛的朋友，這樣的情況，不能要求政府什麼都不做。恕我直言，這樣的情況，政府根本沒在管事，只是看起來像在管事。這我就不能同意了，這整件事開始之後，我們也成功做到了幾件事。是的，我們就像魚鉤上的魚，左扭右擺，搖晃釣線，猛扯猛拽，卻沒辦法瞭解一根彎曲的小小鐵絲怎麼能把我們卡得死死的不能動彈，我們或許還能逃脫，我並不是說我們逃不了，只是魚鉤最後可能會卡進我們的腸子裡。老實說，我聽不太懂。我們只有一件事可做。是什麼事，你剛剛不是說我們做什麼都沒用了嗎。就祈禱總理的策略會奏效吧。什麼策略。就他說的，讓他們細火慢燉，他說，但我擔心就連這個策略也會產生對我們不利的反效果。為什麼。因為掌廚的是他們。所以我們就什麼也別做。我們說正經的吧，部長，政府打算要派陸軍和空軍來攻打首都，造成一、兩萬死傷，好殺雞儆猴，再把三、四千人以莫須有的罪名關進牢裡，因為根本沒有誰犯下什麼真正的罪，政府要用這樣的方式來結束這場封城鬧劇嗎。我們沒有在發動內戰，我們只是要人民明理，要人民認清他們走上了什麼歧途，或是被引入了什麼歧途，這個我們還要再確認，總之要讓他們明白，無限制地使用空白選票會讓民主制度很難運作。目前為止結果看來並不是很理想。這需要時間，但人民終究會頓悟的。部長，我不知道您有神祕主義的傾向。親愛的朋友，當情況這麼複雜又這麼危急的時候，我們抓到什麼是什麼，我甚至相信如果有幫助的話，政府裡有些同仁會願意帶著蠟燭到廟裡去進香許願。既然說到這個，我們這裡有一些性質頗不相同的廟，希望您可以帶著您的蠟燭來進香。你的意思是。您能不能請報紙、電視和廣播人員別再提油救火了，如果大家再不理性一點、聰明一點，這整個局勢會一發不可收拾，您一定聽說了官方報紙的總編輯笨到承認這事最後有可能會浴血收場。那家報紙不是官方報紙。部長，恕我直言，我會比較希望您說說其他的看法。那小子做得太過火，超出紅線了，人想要表現得比奉命該做的更多的時候，就會發生這種事。部長。什麼事。我要如何處理市府的清潔人員呢。讓他們工作吧，這樣市政府在百姓的眼中形象會好一點，這在未來可能會對我們有利，更何況罷工只是整體策略的一部分，而且當然不是最重要的一部分。如果市政府被用來當作對付市民的一種武器，無論是現在還是未來，對這城市都不是好事。碰到這樣的情況，市政府不能再置身事外了，畢竟市政府也是這個國家的一部分，而並不屬於其他國家。我不是請您讓我們置身事外，我只是希望中央不要再阻礙我行使職權了，我只是希望中央無論何時都別讓人民有錯誤印象，覺得市政府只不過是，請原諒我的措辭，是中央政府迫害人民的工具，因為第一，事實不是這樣，第二，市政府永遠都不會是工具。我好像聽不太懂，也可能是太懂了。總有一天，部長，我不知道是什麼時候，但總有一天，這個城市會再一次成為這個國家的首都。有可能，但不是一定會，這取決於他們造反要造到什麼程度。儘管如此，重要的是，無論是我當市長還是誰當市長，這個市政府永遠都不能被看作是血腥鎮壓的共謀或共犯，無論是多麼迂迴的影射都不行，下令血腥鎮壓的中央政府必須要承擔後果，別無其他選擇，但是市政府，我們這個市政府，是屬於這個城市的，城市不屬於市政府，我希望我表達得很清楚了，部長。你表達得很清楚了，因為這麼清楚，所以我要問你個問題。請問吧，部長。你有沒有投空白票。能不能請您再說一次呢，我沒有聽清楚。我問你有沒有投空白票，我問你投進票匭的選票是不是空白的。這個您永遠也不會知道呀，部長，您永遠也不會知道。這整件事情結束之後，希望我們能碰個面長談一番。沒問題，部長。再會。再會。我真正想做的是到你那邊去揪你的耳朵。可惜呀，部長，我已經不是那年紀的人了。你要是有一天當上內政部長，就會知道，揪耳朵或諸如此類的懲罰方式是沒有年齡限制的。可別讓魔鬼聽見了您說的話，部長。魔鬼的聽力太好，我們用不著大聲說，他也聽得見。那但願上帝保佑我們。那個也可以省了，他生來就是個聾子。

內政部長和首都市長之間這場發人深省又劍拔弩張的對話就此告終，雙方你來我往唇槍舌劍地交換了意見、看法和觀點，這些意見、看法和觀點很可能已經把讀者搞得暈頭轉向，讀者想必已經開始懷疑這兩位對談者是否真如他們所以為的屬於右派政黨，這個政黨正以執政者之姿，實施一套可恥卑劣的鎮壓政策，在集體的層面有由自己國家的政府對首都施行的侮辱性封城令，個人的層面則是對個人施以嚴厲拷問、測謊、威嚇，可能還有最可怕的刑求方式，但迫於事實，我們不得不說，倘使政府確實執行了這類刑求，我們也無法證實，畢竟我們並不在場，但在不在場意義也不大，因為紅海分開時我們也並不在場，但人人都信誓旦旦那事真的發生過。至於內政部長，各位想必已經注意到了，儘管他在與國防部長爭辯得難分難解之際，努力維持著不屈不撓戰士的形象，但這副盔甲卻存在一個微小的錯誤，或者說得口語一些，存在一條足以用手指戳穿的裂隙。若非如此，我們便不會目睹他如同剛剛那場對話所證實的，計畫接二連三地失敗，劍刃快速而輕易地磨鈍，他來時或許氣勢如獅，離去時卻猥瑣如老馬，也或許比老馬更糟，我們只消看看他斬釘截鐵聲稱上帝生來耳聾的這番言論中明顯的不敬便知曉了。至於市長，用內政部長的話來說，我們很樂意在此提到，他頓悟了，不是悟出內政部長期望首都選民悟出的道理，而是那些投空白票的選民期望有人能夠悟出的道理。在我們的這個世界中，在這個人人盲目摸索蹣跚向前的時代，最常發生的事就是看到成熟穩重事業有成的男男女女在十八歲時不僅笑得春風滿面，並且可能最重要的是懷抱著大膽的革命情懷，一心要推翻父母所支持的制度，並且最終要以充滿兄弟情誼的理想天堂取而代之，如今則同樣堅定地支持某些信念和作為，這些信念和作為在歷經種種溫和保守主義的熱身及伸展過後，終究成為了最粗鄙、最反動的利己主義。說得較不客氣些，這些男男女女站在自己的人生之鏡前，天天對著舊日的自己吐著今日自己的痰。一個隸屬於右派政黨的四、五十歲從政者，一輩子涼爽安逸地生活在受證交所冷氣與市場薰風吹拂的傳統庇蔭之下，竟能接受或甚至認定他所奉派掌管的城市中溫和的反叛之下具有深層的含意，這是我們不慣於見識的獨特現象，值得記下一筆，也值得我們投以感激。

要求格外嚴苛的讀者或聽眾不可能不會發現，這裡所描述的事件雖說發生得十分緩慢，但這則寓言的敘述者對於事件發生的地點縱不能說是視如無物，卻也鮮少注意。第一章對於投票所還有幾分刻意的筆觸，但描繪的僅不過是些桌椅門窗之類的東西，此外除了測謊機外，其餘一切都遭到忽略，所謂的其餘一切包括了相當多的東西，彷彿故事中的人物生活在完全抽象虛無的世界裡，對於自己所置身的環境舒適或不舒適渾然無感，除了說話外什麼也不做。這個國家的政府官員不止一次齊聚一堂，有時總統也出席會議參與討論，官員們討論局勢，並採取安定民心及恢復街頭和平的必要措施，他們所齊聚的這個房間中，無疑必有一張大桌子，部長們圍繞周遭，坐在襯有軟墊的舒適座椅上，桌上必定有礦泉水瓶和搭配的杯子，有各色鉛筆、原子筆、麥克筆、報告、法律相關書籍、筆記本、麥克風、電話，以及這類地方常見的其他各類設備。天花板會有吊燈，牆壁上也有壁燈，門上裝有襯墊，窗上裝有簾幕，地上鋪有地毯，牆上懸有畫作，說不定還掛有古老或現代的織毯，絕對不會少的是總統玉照、代表共和國的半身像[24]，以及國旗。這些我們之前都沒有提到，之後也不會再提。甚至在此處，在較為樸實但依舊十分寬敞、有個陽臺俯瞰廣場、主要牆面懸有一幀城市空照圖的市長辦公室內，我們有充分機會可以用一、兩個頁面來描繪細部，好好利用這個寬裕的喘息時光，在迎接即將來臨的災難前深深吸一口氣，我們也仍覺得觀察市長深深鏤刻在眉頭的焦急皺痕似乎重要得多，他可能在想自己說太多了，讓內政部長以為或甚至認定他已經加入了敵人的陣營，他可能已經一不小心無可挽回地斷傷了自己在黨內外的政治前途。另一個渺茫到近乎不可思議的可能性是，他的一番論理說不定把內政部長往正確的方向推了一把，促使他重新考慮政府打算用來平定亂事的策略和方法。我們看見他搖了搖頭，這是很明確的徵兆，顯示他在快速考量過這種可能性後，認定這想法天真到了愚昧的程度，不切實際到了危險的程度，因此揚棄了這個念頭。與內政部長交談過後，他一直坐在同一張椅子上，這會兒他從椅子站起來，走到窗邊去。他沒有打開窗，僅是將窗簾拉開了一條縫，向外望去。廣場看來一切如常，有著形形色色的行人，樹蔭下的長凳坐著三個人，露天咖啡座有客人光顧，還有賣花的小販、一個婦人和一條狗，報攤還在，公車、汽車也如常行駛，一切與平日的光景毫無二致。我得出去一下，他想。他走回桌前，打電話給他的祕書長，我要出去一下，他說，你可以告訴府內的官員，但要他們問起才說，至於其他事，就交給你全權處理。那我請司機把車開到前門。好的，麻煩你了，但跟他說不用他開車，我會自己開。您今天會回府內嗎。會，希望會，但如果我改變主意，會再通知你。好的。城市裡狀況如何。沒有什麼重大狀況需要稟報，我們收到的消息並沒有比平常嚴重，不過就是幾場車禍、偶爾有些塞車狀況、有一場無人傷亡的小火災、一場沒成功的銀行搶案。現在沒有警察了，他們怎麼處理的呢。搶匪是個生手，拿的雖然是真槍，卻沒有子彈。他們把他帶到哪裡去。合力奪槍的人把他帶到消防隊去。帶到消防隊做什麼，那裡又沒有設施可以關人。總是要找個地方安置他呀。後來呢。他們說，消防隊員花了一個小時勸戒他一番之後，就放他走了。我想也沒什麼別的辦法可以處理吧。報告市長，是沒有什麼別的辦法。跟我的祕書說，我的車來的時候通知我一聲。好的，長官。市長靠在椅背上等待，眉頭再一次深鎖起來。與那些危言聳聽的人所預言的相反，近日的搶案、強暴案和凶殺案並沒有比從前多。警察對這城市的治安似乎並沒有絕對的必要性，人民看來自動自發且多少是有系統地以守望相助巡守隊的姿態接手了警察的工作，那起銀行搶案便是很好的例子。不對，他又想，那起銀行搶案不代表什麼，那人顯然不過是個菜鳥，緊張又沒自信，銀行行員也看出來他傷不了他們，但是明天就會不同了，我是說，明天，今天，現在，之前的幾天，城市裡會有人犯罪，但不會遭到懲罰，如果沒有警察，如果罪犯都不會被抓，如果沒有調查，沒有訴訟，如果法官都回家了，法庭不運作，犯罪率一定會提高，大家好像都期望市政府接手城市的警察工作，他們在這樣渴望，在這樣要求，在抗議若是沒有某種形式的治安保障，心情就不能平靜，而我不知該怎麼做，也許可以號召志工，組織一支城市民兵，可別跟我說我們要打扮得跟喜歌劇裡的警察一樣，穿著從劇院戲服部門借來的服裝上街，還有槍要怎麼辦，我們要去哪裡弄槍，又要如何使用槍，不只是要知道如何用槍，還要真的會用，要能拔出槍來開火，有誰能想像，我這個市長，還有市府的官員和公務員，在屋頂上追逐午夜的謀殺犯、星期二的強暴犯[25]、或是在上流社會的廳堂捕捉高明的竊賊。電話響了，來電的是他的祕書。市長，您的車到了。謝謝你，他說，我現在要出去，還不確定今天會不會回來，但萬一有什麼問題，打我手機就好了。市長，祝您順利。為什麼這樣說。依照現在的情況，市長，這是我們可以給彼此的最起碼的祝福。我能不能問你個問題。只要是我能回答的問題，當然可以。如果你不想回答，就別回答。是什麼問題。你投票給誰。誰也沒投，市長。你的意思是你沒去投票嗎。不是，我的意思是我投了空白票。空白的。是的，市長，空白的。你就這樣直接告訴我。您也就這樣直接問我。這樣你就有信心這麼回答了。多多少少有一點，市長，多多少少啦。如果我沒誤會你的意思，你也是覺得有一點風險的。我希望是不會有風險。現在你看出來了，有信心是對的。意思是不是說您不會要求我提辭呈。對，你可以安心睡覺了。市長，要是不用睡覺也能安心，那就更好了。說得好。誰都會說一樣的話，市長，這話得不了文學獎。那你只好滿足於我的嘉許了。這個獎賞很足夠了，市長。我們就說到這裡吧，如果要找我，可以打我的手機。是的，市長。好，如果今天晚一點沒再見面，那就明天見了。好的，晚點見，或是明天見，祕書回答。

市長把散落在桌面的文件快速整理了一番，文件中大半的內容如今彷彿都是與別的國家、別的世紀相關，與這個首都再無關係了，首都如今遭到了封城，被自己的政府遺棄，被自家的軍隊包圍。他若是把這些文件撕破、燒毀、扔進垃圾桶，誰也不會來興師問罪，現在人們有更重要的事需要思考，這城市已經不再是已知世界的一部分了，如今它成了一只盛滿腐臭食物和蛆的鍋子，是一座孤島，漂流在不屬於自己的海洋上，是爆發了危險瘟疫的地方，遭到預防性的隔離，要等到瘟疫的毒性下降，或是等到人全都死光，病毒開始自相殘殺後，才會解除隔離。他請祕書把他的風衣拿來，他提起公事包，裡頭裝著要帶回家研讀的文件，然後下樓去。司機正在等他，替他打開了車門。市長，他們說您不需要我開車。對，我不需要，你可以回家了。那市長，明天見。明天見。我們人生中的每一天都在說再見，都在說明天見，或聽別人說明天見，這可真奇怪，因為無可避免地，總有一天是某個人的最後一天，也許我們道別的對象明天就不會在這裡了，也或者是我們自己不會在了。我們會等著看今天的明天，也就是我們通常說的第二天，當市長與他的司機再度相見時，他們是否會明白，說出明天見，而後一個不必然成真的可能性果然實現了，是一件多麼非比尋常、近乎奇蹟的事。市長坐進車裡，他打算開車在城裡到處繞一繞，看看人民，不要急著趕路，而是不時停下來下車走一走，聽聽人民說什麼，簡單地說，就是給城市把把脈，測量測量隱隱潛伏即將燒起的熱度有多強。他記得童年時代讀過東方有個國王，如今他不記得那是個國王還是個皇帝，更有可能是那個時代的哈里發[26]，他慣常喬裝打扮，微服出宮，混跡於一般大眾、低階平民百姓之間，竊聽人民在廣場街巷中真誠交談時對他有些什麼評語。事實是那些談話也並不真的那樣真誠，因為那個時代正如其他所有時代一般，不乏密探在記錄意見、怨言和批評，或其他初萌芽的反叛陰謀。對於掌權者來說，在腦袋開始思考之前，最好就將它們砍掉，否則可能太遲，這是恆久不變的定理。市長並不是這座遭圍困城市的國王，至於那位內政大臣呢，他已經把自己放逐到邊境的另一側，此時此刻無疑正在與他的同謀開會，至於是哪些人以及為什麼開會，我們稍後會得知。因為這個原因，市長並不需要戴上假鬍假鬚來變裝易容，他所配戴的就是平日的那張臉，只不過看來比平日更加心事重重，如我們先前所注意到的那樣眉頭深鎖。有一些人認出了他，但少有人與他招呼。然而別以為僅有最初投空白票的那些人因為視他為敵營人士而對他展現冷漠或敵意，投票給他的政黨以及中間派政黨的選民間，也有不少人注視他的眼神縱然稱不上是全然的憎惡，至少也是帶著不加掩飾的疑心。他們會想，他在這裡做什麼，他和這些不三不四的空白人混在一起做什麼，他應該要乖乖上班，才不會坐領乾薪，還是說現在民意支持的風向改了，所以他出來爭取選票，嗯，如果是這樣，那他真是一點希望也沒有了，這裡大概好一陣子都不會有選舉了，如果是我執政，我知道我要怎麼做，我要把這整個市政府廢掉，另外找一批比較正派、政治上比較值得信賴的人來組成行政委員會。在繼續說這個故事之前，有件事還是要先解釋一下比較好，前幾行用到空白人這個詞既不是意外，也不是偶然，不是打電腦一時手滑，也不是敘述者為了填補空缺而急就章自創的新詞。這個詞存在，真的存在，任何跟得上時代的字典裡都能找到，問題是，如果這真是個問題的話，問題在於人們深信自己清楚明白空白這個詞以及它的各種衍生詞的含意，因此不願浪費時間回到源頭去查證，要不就是罹患了智力上的懶人病，只願停留在原地，即使前進就能有美麗發現，卻連一步也不肯踏出。誰也不知道這城裡是誰頭一個想出這個詞來的，是哪個好追根究底的研究者，或是哪個瞎貓碰上死耗子的發現者，但有件事是肯定的，這個詞已經快速流傳開來，並且立刻就具有一眼看上去便似乎會引發的貶意。雖然我們先前或許不曾提過這件無論從哪方面來看都十分可悲的事實，但就連媒體，尤其是政府的官方電視臺，都已經把這詞當作最猥褻淫穢的字眼來使用。在書面上看見這詞時，你還不會太注意到，但一旦你聽見人們厭惡地噘起嘴唇，用鄙夷的聲調說出這個詞，你得要有一套圓桌武士的鎧甲，才不致拿繩索套上自己的頸子、穿上悔罪者的長袍[27]、捶胸頓足地宣布摒棄自己所有的舊原則與舊戒律。我原是個空白人，今後不再是了，原諒我，我的國家，國王啊，原諒我。市長沒有什麼可原諒的，因為他不是國王，也永遠不會是國王，甚至也不會是下一次選舉的候選人，他不再觀看行人，轉而尋找邋遢、疏忽、衰敗的跡象，但至少一眼看去，他沒找到任何這樣的跡象。商店和百貨公司雖然看似生意不佳，但都開門營業，馬路上車流順暢，唯有小小的塞車偶爾阻礙了交通，銀行門口並沒有危機時刻總會出現的焦急擠兌人潮，一切似乎都很正常，沒有暴力搶劫，沒有槍戰或械鬥，除了這個明亮的下午之外什麼也沒有，這下午既不太冷也不太熱，彷彿來到世上就是為了滿足各方的渴望，平息所有的焦慮。但平息不了市長的不安，或者說得更有文學氣一點，平息不了他內心的焦灼。他所感覺到的，很可能所有的行人中就只有他一人感覺到，是一種飄浮在空中的惘惘威脅，那種當天空厚雲積累雷電欲來時性情敏感的人所感受到的那種惘惘威脅，或是當黑暗中一扇門咿呀開啟，一陣凜冽寒風刮過我們的臉頰，當一股可怕的預感開啟了我們心中的絕望之門，當一陣陰險狂笑割裂靈魂脆弱的面紗，那樣的時候我們所感受到的惘惘威脅。不是什麼具體的威脅，不是我們能夠探究原因或客觀討論的東西，但事實是，市長必須竭力按捺衝動，才不會去攔下他所遇見的頭一個行人，對他說，小心點，別問我為什麼，也別問我要小心什麼，小心點就是了，我有預感有壞事就要發生了。如果連你這肩負這樣多職責的市長都不知道，你又怎能期待我知道，他們會這麼問。那不重要，重要的是你得要非常小心。是有傳染病要爆發嗎。應該不是。地震嗎。我們這個區域不在地震帶，從來沒發生過地震。那就是洪水了，山洪爆發。這條河已經很多年沒有漲到河岸了了。那是什麼。我說不上來。我有個問題，請原諒我冒昧。你還沒問我就已經原諒你了。您別見怪，市長，但您會不會是多喝了兩杯呢，人家都說，最後一杯最糟糕。沒有，我只在吃飯時喝酒，而且喝得不多，我絕不是酒鬼。那樣的話，我就不懂了。等事情發生時，你就會懂了。等什麼事情發生。等會發生的那件事情發生。與他對話的人摸不著頭腦地四處張望了一番。如果你是想找個警察來抓我，市長說，不用麻煩了，警察都走了。沒有，我不是在找警察，那人口是心非地說，我約了個朋友要在這裡碰面，喔，他來了，再見了，市長，多保重，坦白說，如果我是您，我會直接回家睡覺去，只要睡一睡，就會什麼都忘了。可是我從來不在這個時間睡覺。我的貓會說，無論什麼時間都是睡覺的好時間。我能不能也請問你一個問題呢。當然可以，市長，您儘管問吧。你有沒有投空白票呢。您在做調查嗎。沒有，我只是好奇，不過如果你不想回答，就別回答。那人遲疑了一秒鐘，接著非常鄭重地回答，有，我投了空白票，就我所知，這樣做並不違法。確實並不違法，但你看看結果如何。那人似乎忘了他瞎掰的朋友。市長，我對您個人並沒有什麼意見，我甚至願意承認您在市政上處理得不錯，但是您所說的那個結果不是我造成的，我只是依照我自己的心意合法投票，是你們市政府要去決定如何因應，如果山芋太燙手，吹一吹就是了。別生氣，我只是想警告你而已。您還是沒告訴我是要警告我什麼。就算我想告訴你，也說不清。那我跟您說話只是浪費時間而已。原諒我，你的朋友在等你。沒有朋友在等我，我只是想找個藉口離開而已。那麼謝謝你又多待了一會兒。市長。你就別客氣了，有話就說吧。如果說我對人心還算有一點點瞭解的話，我認為您的不安是良心上的不安。為我沒做的事而良心不安。有人說這是最痛苦的一種悔恨，為自己容許這樣的事情發生而悔恨。也許你說得對，我會想一想，但不管怎樣，你還是小心點。我會的，市長，謝謝您警告我。即使你仍然不知道我在警告你什麼，還是要謝我嗎。有些人值得我們信賴。你是今天第二個對我說這話的人。那麼您可以說您今天過得挺開心的了。謝謝你。再見了，市長。再見。

市長走回他的車子停放之處，心情很愉快，至少他成功警告了一個人，如果那人把話傳出去，不出幾個小時，全城的人都會警戒起來，為可能發生的事做好防備。我很顯然腦筋不大正常，他想，那人什麼話也不會對誰說，他不是像我這樣的傻瓜，嗯，確切來說這也不是傻，我感覺到一種無以名之的威脅，這是我的問題，不是他的問題，我應該要聽他的勸告，回家去，無論哪一天，只要有人給了我好的勸告，這天都算是沒有白費。他上了車，打電話到辦公室，告訴幕僚他不會回市府了。他住在市中心的一條街上，距離路面電車站不遠，這個站服務的是城市東區的一個大區塊。他的妻子是外科醫生，晚上在醫院值夜班，這時不會在家，至於他們的兩個孩子，男的在軍中，說不定還是手持上膛重型機關槍、頸上掛著防毒面罩、戍守在城市邊境的軍人之一，女的在國外一個國際機構當祕書兼口譯官，是那種總是在最重要的城市設有宏偉豪華總部的國際機構，所謂最重要，當然指的是政治上的重要。有個在利益往來、人情互換的官方系統中地位頗優的父親，對這個女兒是有好處的。由於縱是最好的勸告至多也只會得到一半的奉行，市長並沒有上床睡覺。他把帶回家的文件瀏覽了一番，其中一些他下了決策，另一些留待進一步的檢視。晚餐時間到時，他走進廚房，打開冰箱，卻沒找到想吃的東西。他的妻子幫他準備了吃的，妻子不會餓著他，但擺桌子、加熱食物和洗碗所要花的力氣今晚看來似乎超乎常人所能及，於是他走出家門，到一間餐館去。在桌旁坐下，等待上菜的當兒，他打電話給妻子。工作如何呢，他問她。沒什麼問題，你呢。我很好，只是有點坐立不安。依目前的情勢，我幾乎不用問你為什麼。不，不只是那樣，是像一種內在的顫慄，一種陰影，一種不祥的預感。我從來不知道你會迷信。凡事都有到來的時候。你在哪裡，我聽見有聲音。我在餐廳，等一下會回家，也說不定我先去妳那裡看看妳，當市長很多地方都可以暢行無阻。但我可能會在手術室，不知道多久才會出來。好吧，那我想想，愛妳喲。我也是。我更愛妳。超愛你。侍者上了第一道菜。來，市長，好好享用吧。他才剛剛把叉子舉到嘴邊，一陣爆炸聲震得整棟大樓天搖地動，內窗和外窗的玻璃都粉碎了，桌椅翻覆，人們尖叫哀號，有些人受傷了，有些人嚇傻了，還有些人怕得哆嗦。市長的臉被碎玻璃割傷，血流了下來。餐廳很顯然是遭到一場爆炸的震波波及。一定是發生在電車站，一個婦人一面掙扎著要站起來，一面啜泣著說。市長用餐巾按住傷口，衝到街上。碎玻璃在他腳下吱嘎作響，眼前有一道粗大的黑煙一柱擎天，他覺得自己甚至看得見火光閃爍。發生了，在車站，他想。他發覺手按在臉上會使他動作遲緩，便扔掉了餐巾，於是血沿著臉頰和頸子滴溜而下，濕透了他的襯衫領子。不知消防隊是否還在運作，他一面這麼想，一面停下腳步，用手機撥打緊急電話，但接電話的人緊張的口氣使他明白，他們已經得到消息了。我是市長，城市東區主要的電車站有炸彈爆炸了，請出動你們所有的人員前來救援，消防員、民防人員，有童子軍的話，童子軍也好，還有護士、救護車、急救設備，手邊有什麼全都派出來，還有，如果你們查得出一些退休員警的住處，打電話給他們，拜託他們過來幫忙。消防員已經出動了，市長，我們正在盡全力出動所有人員。市長掛掉電話，繼續奔跑，其他人也在他身旁跑，有些人超越了他。他感覺雙腿沉重如鉛，肺臟彷彿拒絕呼吸這渾濁惡臭的空氣，一股疼痛快速在他的氣管紮根，一陣緊似一陣。車站如今距他五十公尺了，炸彈汙濁灰黑的煙霧在火光照耀下，一股股扭絞纏捲，狂暴衝向天際。車站裡會死多少人，炸彈是誰放的，市長自問。消防車的鳴笛聲逐漸靠近，號哭般的鳴笛聲聽來像是求救而非帶來救援，一聲緊似一聲，隨時就將要繞過附近的某個角落疾馳而來。群眾蜂擁到災難現場去看熱鬧，市長奮力穿過群眾，他說，我是市長，我是市政府的首長，請讓我過過，麻煩你們。他感覺這樣不斷重複這話蠢透了，理解到身為市長並非處處都暢行無阻，而不遠處，就在車站內，有些人的生命之路再也走不通了。正當他在人群中推擠時，第一輛消防車來到了，沒幾分鐘，強大的水柱噴入曾經是門窗的空洞，也有些水柱朝空中噴射，目的在於打溼建築物的上部，以降低火勢蔓延的風險。市長走到消防隊長面前。隊長，你評估情勢如何，他問。這是我見過最嚴重的火災，我甚至覺得像是人為縱火。不可能的，別這麼說。或許只是個感覺而已，希望我的判斷是錯的。這時，一輛電視轉播車來到現場，報紙和廣播電臺的採訪車也陸續出現，市長在燈光及麥克風環繞下開始回答問題。您認為會有多少人喪命。目前為止您掌握了什麼樣的消息。有多少人受傷。有多少人被燒死。您認為車站何時可以恢復正常營運。您認為這次攻擊是由誰策畫的。爆炸前有沒有人接獲警告呢。如果有，是誰接獲了警告，市府採取了什麼措施來及時疏散車站內的民眾。您認為這是不是一場由與城市內顛覆性活動相關的團體所發動的恐怖攻擊。您認為還會不會有更多類似的攻擊。身為市長以及本市僅存的政府首長，您還有什麼辦法可以來進行調查。雪片般飛來的問題告一段落後，市長提出了這個情況下他所唯一能給的答覆。有些問題超出我的能力範圍，我無法回答，但我想中央政府不久就會發表正式聲明，至於其他的問題，我只能說，我們目前正在盡人力所能及的一切努力來搶救傷患，希望我們能及時救援，至少能及時搶救到部分傷患。但是死亡人數有多少呢，有個記者鍥而不捨。這要等我們進入火場後才能知道，在那之前，請別再問蠢問題。記者抗議他不該這樣對待媒體，媒體不過是在善盡傳播資訊的職責，有權獲得尊重，但市長打斷了他的這番企業演說。今天有家報紙甚至主張要浴血收場，我們這次並沒有浴血，被燒傷的人不會流血，只會炸成脆豬皮[28]而已，好，現在讓我過過吧，我沒有更多消息可以提供了，等我們有了更具體的訊息，會向各位報告。四下響起一片嗡嗡的抱怨聲，較遠的後方有個聲音輕蔑地冷笑著說，他以為他是誰呀。市長沒有花力氣去尋找這番鄙夷來自何方，因為過去這幾個小時來，他也不斷地自問，我以為我是誰呀。

兩小時後，官方宣布火勢已獲得控制，餘火又過了兩個小時才撲滅，但死亡人數仍然無法得知。送醫的約莫有三、四十人，受傷程度不一，這些人事發當時位於車站中距離爆炸現場最遠的地方，因此逃過一劫。市長在現場一直待到火勢完全撲滅後才離去，消防隊長告訴他，回去休息吧，市長，剩下的就交給我們，您去把臉上的傷口處理處理吧，我不懂怎麼都沒人注意到您受傷了。沒關係的，他們有更重要的事情要忙。接著他問，那現在呢。現在我們要搜尋死者遺體並且搬運出去，有些可能已經炸得支離破碎，多數可能燒成焦炭了。那樣的場景我不知承不承受得了。依您現在的狀況，我想您可能承受不了。我是個懦夫。這不是懦不懦弱的問題，市長，我第一次看到的時候還昏倒了呢。謝謝你，你盡力去做吧。我所能做的也只是把最後的一點點殘火撲滅，這沒什麼。起碼你會留守在這裡。市長渾身灰燼，乾燥的血使得他面龐黧黑，他開始沉重地往家的方向走去。他感到渾身疼痛，因為奔跑，因為精神緊繃，也因為站立了數小時。此時打電話給妻子毫無意義，接電話的人肯定會說，對不起，市長，尊夫人正在手術房，不能接電話。道路兩旁都有人在向窗外張望，但誰也沒認出他來。真正的市長會搭乘公務車，會有祕書在一旁替他提公事包，會有三名隨扈幫忙開道，但此時走在路上的這個人是個渾身髒汙腥臭的流浪漢，是個泫然欲泣的悲傷男人，是個沒有人會借他一桶水來清洗床單的鬼魂。電梯裡的鏡子讓他看見了爆炸當時他若置身於車站大廳此刻便必定會有的焦黑臉龐。可怕，可怕，他喃喃自語，用顫抖的手打開家門，走進浴室，從櫥櫃裡拿出醫藥箱、棉花球、雙氧水、碘酒消毒水、大片ＯＫ繃。他對自己說，這說不定需要縫個幾針。他的襯衫上沾了血跡，一路沾到褲腰上。我流的血比我想像中還要多一些。他脫下外套，痛苦地解開領帶黏膩的結，脫下襯衫，發現貼身背心也沾了血跡。我應該洗個澡，用蓮蓬頭沖一沖，不對，別蠢了，這樣只會把傷口上乾燥的血沖掉，然後傷口又會開始流血。他低聲說，對，我應該，我應該，應該什麼。字眼就像一具擋住他去路的屍體，他得要查出這屍體要的是什麼，他得要把屍體移開。消防隊員和民防人員正在進入車站，他們扛著擔架、戴著防護手套，這些人多數不曾碰觸過燒焦的屍體，如今他們將得知碰觸那樣的屍體是什麼感覺。我應該。他走出浴室，走進書房，在書桌前坐下，拿起電話，撥了個預先儲存的號碼。這時將近凌晨三點，有個人接了電話。內政部長辦公室，請問哪裡找。我是首都市長，我想和內政部長說話，情況非常緊急，如果部長在辦公室，能不能麻煩讓我直接和他通上話。請稍候。這一稍候就足足候了兩分鐘。喂。部長，幾小時前城市東區的路面電車站發生了爆炸，我們還不知道有多少人喪生，但一切跡象都顯示死傷相當慘重，目前已經有四、五十人受傷了。我知道。我現在才致電給您是因為我一直待在爆炸現場。很值得嘉許。市長深吸一口氣，開口問道，部長，您沒有什麼話要對我說嗎。你這話什麼意思。炸彈是誰放的，也許您略知一二。很明顯啊，你那些投空白票的朋友顯然決定要採取直接一點的行動了。抱歉，我不相信這話。你信也好，不信也罷，反正事實就是這樣。是真的這樣還是即將變成這樣。隨便你要怎麼理解。部長，這裡發生的事是令人髮指的罪行。是的，我想你說得沒錯，通常大家都會這麼說。部長，炸彈是誰放的。你好像心情很亂，何不去休息休息，天亮之後再打電話給我，不過十點以前不要打。部長，炸彈是誰放的。你是要影射什麼。問問題不是在影射，如果我把我們兩人此刻都在想的事說出來，那才是影射。我才不會剛好跟市長想一樣的事。這一次偏偏就一樣。你給我小心點，你有點過分了。我沒有過分，只是剛好而已。你這話什麼意思。意思是我正在跟這起爆炸案的主謀說話。你瘋了。最好是這樣。你竟然膽敢質疑政府官員，這真是前所未聞的事。部長，從現在起，我不再是這個被封鎖城市的市長。這個我們明天再談，不過請記住，我不打算接受你的辭呈。你非接受不可，就當我死了吧。那樣的話，我以中央政府的身分警告你，你絕對會後悔莫及，事實上，這整起事件如果你透了口風，就不會有時間後悔，不過那也不是什麼大不了的事，因為你自己說你已經死了。沒錯，我從沒想過一個人可以死得這麼透。電話另一頭切斷了連線。曾經是市長的那個人站起身，走進浴室，褪去衣物，站在蓮蓬頭下。熱水迅速沖去凝結在傷口上的痂，血又重新汩汩流下。消防隊員剛剛找到了第一具焦黑屍體。

24 busto da república，由雕刻家José Simões de Almeida於一九〇八年所雕刻的一尊女性半身像，象徵自由、平等、博愛，被視為葡萄牙共和國的象徵。

25 violador das terças-feiras。二〇〇八至二〇〇九年間，里斯本特列拉什（Telheiras）地區發生連串強暴案，每一樁幾乎均發生於星期二。事後證實為一名為Henrique Paulino Sotero的工程師所為，該工程師已遭逮捕並判刑，刻正服刑中。但本書出版於該連串案件發生之前，不清楚此段文字是否為事後所添加。

26 califa，英文caliph，伊斯蘭教中對領袖的一種稱謂，阿拉伯帝國時代為最高領袖的稱謂，相當於皇帝。

27 túnica de penitente，英文penitent's tunic。十五至十九世紀間，西班牙為維護天主教正統，成立宗教裁判所，審判異端分子，受審的異端分子會被迫穿上特定形式的長袍並頭戴尖帽，現今西班牙於復活節前的聖週舉辦大型儀式紀念耶穌受難及復活，其中一儀式即為由悔罪者身穿類似的長袍遊行。

28 torresmo，炸成酥脆的豬皮，葡萄牙常見食物。

目前已知二十三死，瓦礫堆之下還有多少屍體不得而知，內政部長，至少死了二十三人，總理說。他用手掌拍打攤開在辦公桌上的報紙。報告總理，媒體幾乎毫無異議地全把事情歸咎給與空白人叛變相關的恐怖組織。首先，這純粹是個人品味問題，請不要在我面前使用空白人這個詞，拜託拜託，其次，請解釋一下你說幾乎毫無異議是什麼意思。意思是只有兩家說得不一樣，有兩家報紙沒接受坊間流傳的說法，呼籲要進行深入調查。有意思。總理，您看看這篇是怎麼說的。總理大聲念出來。**我們要求得知是誰下的令**。還有這篇，總理，這篇比較不直接，但意思差不多。**無論會傷到誰，我們都要得知真相**。內政部長繼續說，這沒什麼好驚慌的，我認為我們不需要擔心，事實上，有一些質疑聲浪是好事，這樣大家就不會說報紙全都在幫主子說話。你的意思是說，死了二十三人或更多人你一點都不在意。報告總理，這是評估過的風險。根據發生的事看來，這是個評估得非常差的風險。是的，我想的確是可以這樣看。我們還以為會是一顆威力比較小的炸彈，只要嚇一嚇大家就好。很顯然傳遞命令的過程不幸出了錯。但願我能確定這是唯一的原因。我可以向您保證，我們下達的命令是沒錯的，您可以相信我。要我相信你，內政部長。雖說我的人格值不了多少錢，但是總理，我以人格向您保證。是的，你的人格值不了多少錢。無論我們下達的命令有沒有出錯，我們都知道會有人死。但不是死二十三個。就算只死三個人，也不會比死二十三個少，問題不在人數。對，但人數仍然是個問題。容我提醒您，要達成目的就得不擇手段。喔，這話我聽過很多次了。但這不會是最後一次，雖說下一次可能不是從我口中聽到。內政部長，立刻去成立一個調查委員會。要達成什麼結論呢，總理。去成立就是了，要達成什麼結論我們慢點再討論。是的，長官。給死傷者家屬提供一切必要的協助，叫市政府負責處理後事。在一片混亂中，我忘記告知您，市長辭職了。辭職，為什麼。說正確一點，是撒手不幹了。在這個節骨眼，我不太關心他是辭職還是撒手不幹，我的問題是，為什麼。爆炸一發生他就剛好抵達車站，承受不了眼前的景象，嚇破膽了。沒有人承受得了那種景象，我知道我也沒辦法，我猜你也不行吧，部長，所以他忽然離職一定還有別的原因。他認為中央政府是幕後主使者，他還不只是旁敲側擊而已，是直接挑明了講。你想是他把這個想法告知那兩家報社嗎。坦白說，總理，我認為不是，但我非常樂意把責任歸咎到他頭上。那人之後要做什麼呢。他老婆是醫生。對，我認識她。在他找到新工作之前，他們就只好湊合著過了。那現在呢。現在，總理，我會嚴密監視他，如果您是這意思的話。那傢伙的腦袋是出了什麼問題，我一直以為他很可靠，是忠誠的黨員，從政生涯表現很出色，也很有前途。人類的頭腦並不是時時都與他們所生活的世界契合的，有些人無法適應現實，基本上他們只是一群性格軟弱不知所措的人，用狡辯把自己的懦弱形容成很合理，其中有些還說得天花亂墜。你顯然這方面很在行，是不是你有親身經驗。如果是的話，我還會當上內政部長嗎。不會，我想不會，但這個世界上什麼都是有可能的，我們最厲害的刑求人員回到家可能會親吻他們的小孩，有些看電影甚至還會掉淚。我也不例外，我也很感性。這我倒是很高興聽到。總理緩緩地翻了翻報紙，帶著混合了嫌惡與憂慮的神情一一注視每一張照片，說，你可能想知道我為什麼沒叫你走路。是的，總理，我很想知道為什麼。因為如果我炒你魷魚，外界會有兩種想法，要不就是認為無論你涉入的程度多深情節如何，我都認定你與這件事有直接關連，要不就是認為我因為你未能預知棄首都於不顧所可能引發的這類暴力事件而懲罰你。是的，以我對遊戲規則的熟稔，我也猜到您的理由可能是這樣。很顯然，還有第三個原因，但就和所有的事情一樣，這個狀況是有可能的，但可能性不大，所以我排除了這個理由。是什麼理由呢。你可能會把炸彈攻擊的真相公諸於世。總理，您比誰都更清楚，古今中外都不會有任何內政部長開口說出他在執行工作的過程中所犯下的卑鄙、可恥、奸詐的罪行，所以就這方面而言您可以放心，我會證明我也不例外。如果外界得知炸彈是我們下令放的，那些投空白票的選民就有了他們所需的最終理由。總理，恕我直言，這種想法不合邏輯。為什麼。而且，恕我直言，這麼想有愧您一向以來的嚴謹思維。說重點。無論他們有沒有得知事實，如果事情證明他們所猜想的沒有錯，那是因為他們本來就是對的。總理推開報紙說，這整件事讓我想起魔法師學徒的故事，就是有個魔法師學徒施展了某種魔法力量，卻控制不了那個力量的故事。依您看來，這個狀況中的魔法師學徒是誰呢，是他們還是我們。我非常擔心我們雙方都是，他們朝死胡同走，沒有考慮後果。而我們跟在他們後面。一點也沒錯，現在就是等著看下一步是什麼。就政府來說，我們只需要繼續施加壓力，只不過發生了先前那個事件，我們很顯然暫時不要再採取任何進一步行動了。那他們呢。如果我來之前獲得的情資是正確的，那麼他們正在準備舉辦示威遊行。他們是想要達成什麼目的呢，示威遊行從來就達不成目的的，要是達得成，我們也不會准他們遊行。我推測他們是想抗議那場爆炸，至於報請內政部核准，依目前的情況，他們根本不會浪費時間在那個上頭。我們到底有沒有一天能從這種混亂中脫身。這不是魔法師可以解決的問題，總理，無論是魔法師師父還是魔法師學徒都一樣，但一如尋常，到頭來，較強的一方會獲勝。較強的一方會在最後一刻獲勝，而現在還沒有到最後一刻，我們現有的力量到時候說不定會用罄。總理，我有絕對的信心，一個有組織的國家不可能會輸掉這樣一場戰役，輸的話就是世界末日了。也說不定是另一個世界的開始。總理，我不太確定要如何解讀您的這番話。譬如說，你別去外面說總理有失敗主義的想法。我的腦子裡壓根兒沒有這種念頭。那好。您很明顯只是在說個假設性的概念。那當然。如果沒別的事，我就回去工作了。總統告訴我他有個很棒的點子。什麼點子。他沒說明細節，他在等著看事情的發展。但願能有點用處。他是總統啊。我的意思就是這樣。有消息隨時向我報告。好的，總理。再見。再見，總理。

內政部長接獲的情資是正確的，城市裡正在籌備一場示威遊行。最後的死亡人數增至三十四人。沒有人知道這點子從何而來或如何生成，但人人都立即接受了，死者的遺體不會像一般死者那樣葬於墓園，而要永永遠遠安置於車站對面的花園中。然而有一些為數不多的家屬眾所周知是忠貞的右派支持者，真心相信一如媒體所堅稱，爆炸案是由與反政府陰謀集團直接相關的恐怖分子所策劃，這些家屬拒絕將無辜死去的家人遺體交給大眾。他們吵嚷著聲稱，是的，這些人真的什麼罪也沒有，完全無辜，因為他們一輩子都尊重自己也尊重他人，因為他們與父母及祖父母用一樣的方式投票，因為他們是奉公守法的人，如今卻成了這起殘酷暴行的受害者與烈士。同時，可能是為了別讓自己這缺乏公民團結精神的態度太引人反感，這些人以一種完全不同的口氣聲稱，他們有自己的家族祖墳，生是一家人，死也要長相左右，這是他們根深蒂固的家族傳統。因此集體喪禮所下葬的不是三十四具遺體，而是二十七具。但這依舊是個大數目。不知誰派來了大型機具，但絕不是市政府，因為如我們所知，在內政部長指派代理人之前，市政府目前群龍無首，不過回到我們剛剛的話題，花園裡出現了一具不知由誰派來的大型機具，具有許多的桿與臂，是所謂的多功能機具，如同一具超大的變形金剛，可以在一聲嘆息的時間內連根拔起一棵樹，倘使同樣恪遵傳統的掘墓工人沒有前來用手執行掘墓工作，也就是說用圓鍬和鐽子執行掘墓工作，那大型機具也能在說一聲阿們的時間內，挖掘出二十七座墳墓。事實上，那臺機具所前來做的，便是連根拔起擋路的六棵樹，於是這個區域在剷平鋪設之後，看來就像是天造地設的墓地與長眠之所，之後那座機具便將那些樹以及樹所形成的樹蔭種到別處去了。

炸彈攻擊的三天後，一大清早，人們開始蜂擁上街。這些人沉默而面色凝重，許多人帶著白旗，所有人都在左臂戴上白紗，別讓精通喪禮儀節的專家告訴你白色不能作為哀悼的象徵[29]，因為有可靠消息告訴我們，在這個國家裡，白色確實曾經就是追悼死者的代表用色[30]，我們也知道華人一向都用白色來代表哀思，更不用說日本人了，若是日本人，全都會穿著藍色。十一點鐘，廣場已經擠滿了人，但唯一能聽到的聲響是人群的巨大呼吸聲，是空氣進出肺臟的沉悶嘶嘶聲，進進出出，為這些生物體的血液帶來氧氣，吸，呼，吸，呼，直到突然之間，這句話我們還是就此打住吧，對於來到這裡的倖存者來說，那一刻還沒到來。現場有數不清的白花，大量的菊花、玫瑰、百合、海芋、少許半透明的白色仙人掌花、成千成千頂著黑色花心卻獲得原宥的瑪格麗特花。一具具棺木以兩兩相距二十步的間隔排成一排，有親朋好友的就扛上了死者親朋好友的肩頭，列隊扛往墓地，在專業掘墓人熟練的引導下，棺木用繩索垂降，直到觸了底，發出空洞的砰咚聲。災後的車站似乎仍瀰漫著一股焦肉的氣味。國內有形形色色的宗教組織，在這樣的情況下必然會舉辦宗教儀式來加以慰藉，但如今如此令人動容的一場葬禮，如此集體悲傷的鮮明展現，卻沒有宗教儀式來加以慰藉，以致死者的靈魂不能領受他們最可靠的臨終聖體[31]，生者也無緣見到大公主義[32]的實際展現，這樣的展現或許是有助於帶領迷途羔羊返回羊圈的，如此沒有宗教儀式的慰藉，似乎匪夷所思。這慘澹現象的唯一解釋便是，林林總總的教派唯恐自己被懷疑至少是在戰術上與空白票叛變互相勾串，萬一被認定他們連戰略方向上都與空白票運動沆瀣一氣，那可就更糟了。

由總理本人撥出的幾通內容上大同小異的電話可能也不無關係。貴教會若是貿然出席那場喪禮，在精神上或許合情合理，但首都有大量居民頑固且有組織地藐視合法合憲的政府，貴教會若是因出席該場喪禮，而被誣指為在政治上甚或意識形態上支持這些居民，政府會深感遺憾。這場喪禮因此毫無宗教色彩，但這並不意味各處一些零零星星私下靜默的祈禱不會上達各式不同的天庭，獲得仁慈同情的迎接。墓穴尚未填土，有個人跨步上前打算致詞，他無疑是懷著最大的善意，但在場的其他民眾卻拒絕了他。不要致詞，我們每個人都有各自的傷痛，卻都感受著相同的悲哀。這話說得中肯，何況倘使那位受挫演說家的意圖是要為二十七名死者致悼詞，那是不可能的，這二十七人中有男有女，更別說還有些是小小孩，毫無生平事蹟可歌頌。不知名的陣亡將士縱使佚失了生時的名字，仍然可以接受適切的紀念表揚，這點大家達成了共識，沒有問題，但這些難以辨認且其中還有兩、三個身分不明的死者若是渴求著什麼，那便是渴求安寧。講求細節的讀者理所當然會關切故事安排的合理性，這些讀者希望知道為什麼此處沒有採用常見且不可或缺的ＤＮＡ檢測，我們所能提出唯一誠實的答案便是我們太無知，但容我們想像一個被過度濫用的知名詞彙，我們的死者，這詞彙這樣常見，是愛國演說中不時出現的口頭禪，容我們想像我們在此處從字面意義來考量這個詞彙，也就是說，倘使這所有的死者果真屬於我們，我們就不該認為其中有任一死者專屬於我們，也就是說，任何的ＤＮＡ檢測若是將所有的因素都納入考量，尤其是將非生物因素也納入考量，則無論這檢測在雙螺旋之內如何搜索，都只能證明這些人屬於我們集體所擁有，而這是無須證明的。那個男人，也有可能是女人，說出我們前面提到的那句話，我們這裡的每個人都有各自的傷痛，卻都感受著相同的悲哀，確實言之成理。這時，泥土鏟進了墓穴之中，鮮花平均分配給了所有死者，有理由哭泣的人受到了擁抱，如果這樣新近的傷痛也能得到安慰，他們也獲得了安慰。每一個人、每一個家庭的摯愛都在這裡，但我們並不真確知道是哪裡，是這座墳中還是那座墳中，因此我們最好是在所有的墳上哭泣，有位牧羊人說得好，天曉得他是哪裡聽來的話，他說，沒有比為素昧平生的人哭泣所表達的敬意更深的了。

像我們這樣囉哩囉嗦岔東岔西的問題，就在於我們渾然沒察覺事情並沒有停下腳步，仍然在向前發展，等我們發現已然太遲，事前宣告即將發生什麼是稱職說書人的基本責任，但我們未能事前宣告，卻只能悔恨地承認事情已經發生了。與我們推測的相反，人潮並沒有散去，示威遊行持續著，佔據了整條整條的街道，人群集體一致地移動，他們的喊聲告訴我們，隊伍正朝總統府的方向前去。總理的官邸不偏不倚，恰巧就在路途之中。報紙、廣播及電視記者在遊行隊伍的前端，緊張地記著筆記，用電話向他們服務的單位描述現場狀況，激動地傾訴自己身為記者以及身為市民所感受到的不安。似乎誰也不知將會發生什麼事，但我們有理由擔憂群眾打算衝進總統府，這並不表示他們不會順道劫掠總理官邸以及途中所經過的其他部會大樓，事實上，這是極有可能發生的，這並不是我們內心恐懼所產生的末世異象，人們臉上煩亂不安的神情便是明證，若說這每張臉都渴求著血腥與破壞並不誇張，因此我們得到了一個令人痛心的結論，儘管如此大聲對全國說出這話令我們萬般煎熬，但我們仍必須說，這政府雖則在其他各方面的表現成效卓著，獲得所有正直市民的讚美，卻決定要放任城市由憤怒群眾的本能所主宰，而沒有執法人員在街頭展現親民愛民的勸戒力量，沒有鎮暴警察，沒有催淚瓦斯，沒有強力水柱，沒有警犬，簡言之，完全不加以約束，這個決定有欠思慮，應該加以譴責。首相官邸映入眼簾時，這番預告災難的報導達到了一種歇斯底里的高峰。首相官邸是一座十八世紀晚期風格的中產階級式豪宅，媒體記者的嚷叫在這裡變成了尖銳的吶喊，現在，現在，什麼都可能發生，願聖母保佑我們，願我們國家先賢先烈的在天之靈遏止這些人心中的怒火。什麼都有可能發生，這是真的，但是到頭來，什麼也沒發生，只除了遊行隊伍中我們所能看見的小部分群眾在十字路口停了下來，官邸就位於這個十字路口，圍繞在官邸周遭的庭院佔據了十字路口四個角當中的一個，其餘的群眾湧到了人行道以及周邊的廣場及街道上，倘使警方的算術家在場，會說，這裡總共約有五萬人，但我們一一點過人頭了，真實的數目，確切的數目，比那個數字多十倍。

遊行隊伍在這裡停了下來，鴉雀無聲地佇立著，正是在這裡，一個眼尖的電視臺記者在萬頭攢動中注意到一張臉，雖說半邊臉被繃帶遮住，但這位記者還是認出了，尤其他很幸運驚鴻一瞥的第一眼看見的是他正常健全那半邊臉，這健全的半邊臉證實了受傷的半邊臉是誰的臉，另外那半邊也證實了這半邊是誰的臉，這完全是輕易可以理解的事。這位記者拖著與他搭檔的攝影記者，推擠著穿過人群，一路向兩旁的人說，不好意思，抱歉抱歉，借我過一下好嗎，麻煩讓讓好嗎，這事很重要。待他靠近之後，他說，市長，市長，不好意思。但他心裡想的其實沒那麼客氣，他想，這傢伙在這裡幹什麼呀。做記者的記性通常都不錯，這位記者就沒忘記爆炸當晚市長對媒體的公開抨擊。現在市長即將嘗到他們當初受傷的滋味。記者把麥克風戳到市長面前，並對攝影記者做了某種祕密手勢，這手勢很可能意味開始錄吧，也很可能意味我們來電爆他吧，以此刻的情況，很可能同時表達了這兩種意味。市長，看見您在這兒，容我表達一下我有多驚訝。驚訝，為什麼。我剛剛說了，因為看見您在示威遊行隊伍裡。我和其他人一樣是市民，我什麼時候想參加示威，或想怎樣參加示威，都隨我高興，更何況現在示威也不需要獲得批准了。可是您不是隨便的市民，您是市長。不是，我不是市長，我三天前就不當市長了，我還以為大家都知道。沒有，我頭一次聽到，我們沒收到官方發布的消息，市政府沒發布，中央也沒發布。你總不能期待我召開記者會吧。您請辭了。不是，我不幹了。為什麼。我唯一的答案是一張緊閉的嘴巴，我的嘴巴。市民會希望知道他們的市長。我說了，我已經不是市長了。他們的市長為什麼會加入反政府遊行。這不是反政府遊行，這是追思遊行，大家是來安葬死者的。死者已經安葬了，但遊行仍持續進行，您如何解釋這現象。你問問這些人吧。此時此刻我感興趣的是您的看法。我只是跟著這些人走而已。您同情投空白票的選民嗎，您同情空白人嗎。他們依照自己的意願投票，我同不同情無關緊要。那您的政黨呢，他們若發現您參與遊行，會怎麼說呢。去問他們啊。您不擔心他們會對您祭出黨紀處分嗎。不擔心。您為什麼這麼有把握。原因很簡單，我已經不是黨員了。他們把您開除黨籍了嗎。沒有，是我自己出走的，就像我離開市長的職位一樣。內政部長的反應如何呢。去問他吧。您的位子是由誰接替，或是預定誰會接替。你自己去查。我們會在更多的示威遊行中看到您嗎。你去參加就會知道了。您從政以來一直都待在右派政黨，現在您離開了這個黨，是改弦易轍投奔左派了嗎。我希望有一天我能搞清楚我是改弦易轍到哪裡去了。市長。別叫我市長。抱歉，叫習慣了，而且我必須承認我感到迷惘。我推測你的迷惘是道德上的迷惘，那可要小心點，道德上的迷惘是通往不安的第一步，那之後，正如你們自己所愛說的，什麼事都有可能發生。不是，我是真的不明白，市長，我不知道該怎麼想。把剛才的錄音刪除吧，你們老闆可能不會很喜歡聽到你剛剛講的話，還有，拜託，不要再叫我市長了。攝影機已經關掉了。那好，你就不會惹上麻煩了。他們說示威遊行是要往總統府前進。你去問主辦單位。主辦單位是誰，在哪裡。我想人人都是主辦單位，也都不是主辦單位。總有個帶頭的吧，活動不可能自己就組織起來，自發性的世代根本不存在，更不用說這麼大規模的群眾運動了。這次之前是沒有的。您的意思是說，您不相信投空白票運動是自發性的嗎。你這樣推論真是太荒謬了。我得到的印象是您對這件事瞭解得比您所透露得要多。總有些時候我們會發現我們所知道的比我們所自以為的更多，好吧，別煩我了，去做你的工作，找個別人問問題吧，你看，人潮開始移動了。令我驚奇的是都沒有人喊叫，連一聲什麼什麼萬歲或打倒什麼什麼都沒有，沒有一句口號來表達這些人的訴求，只有陰森恐怖的一片寂靜，讓人脊梁發毛。那種恐怖片的用語就別用了吧，大家可能只是厭倦文字了。如果大家厭倦文字，那我就失業了。你一整天都不會再說出比這句更實在的話了。市長，再見。

我再說最後一次，我已經不是市長了。遊行隊伍的最前端轉了個直角，爬上一條陡坡，朝著一條長長的寬闊大道走去，隊伍將在大道的盡頭右轉，河上沁涼的清風將柔柔愛撫他們的面頰。總統府距此地有兩公里之遙，一路都是平地。記者們接獲命令，要離開遊行隊伍，盡快奔往總統府門外卡位，但是這些專業人士，無論是線上記者或是編輯臺上的編輯，都一致認為，就新聞價值來說，採訪這條新聞完全是浪費時間和金錢，說難聽一點，是狠狠甩了媒體一記耳光，說文雅一點，則是平白糟蹋了媒體。他們說，這些人連怎麼示威都不會，他們起碼可以隨便丟顆石頭、燒個總統的人形立牌、打破幾扇窗戶、唱一首革命老歌曲，什麼都好，至少讓世界看到他們不是像他們剛剛埋葬的死者一樣毫無生氣。這場遊行完全不符預期，那些人來到廣場，站滿了廣場，安安靜靜瞪著大門緊閉的總統府，站了半個小時，然後人潮就散了，有些人走路回家，有些搭公車回家，還有一些搭好心陌生人的便車，大夥兒全回家了。

這場和平示威達成了炸彈沒能達成的事。右派政黨和中間派政黨的忠貞支持者心懷恐懼、惴惴不安地在各自的家中召開了各自的家庭會議，但最終的決定是一致的，他們決定離開首都。目前暴民佔滿了街道卻完全不用受罰，隔天還可能會有另一枚炸彈以他們這些右派和中間派支持者為目標，他們認為這樣的情況應該要促使政府修正實施封城時訂立的嚴格標準，堅定護衛和平的人與公開煽動混亂的人遭受到了同樣的嚴厲懲罰，這種令人驚駭的不公平應該要修正。這些人已經開始形容自己為自己國家內的囚犯，這麼形容也確實貼切。為了不致於盲目展開冒險，其中一些有朋友位居高位的人開始用電話來打探政府有多高的可能性會願意公開或暗中准許這些人進入自由區域。他們所獲得的答覆大體上十分模糊，有些還自相矛盾，雖然這些答覆不容許他們對政府在這事上的態度得出確切結論，但也足夠形成一種合理的假說，認為倘使他們能達到某些特定的條件、保證付出某些物質上的補償，成功逃離是有可能的，雖說所謂成功是指相對上的成功，且並非人人有獎，但至少是有可能的，這意味他們至少能抱持些許希望。兩個政黨各派出了人數相等的各類激進分子，組成未來車隊的籌備委員會，有一週的時間，在首都各道德與宗教機構派任的顧問協助下，委員會在絕對的機密下展開辯論，終於批准了一項大膽的行動計畫，在中間派政黨一位學識淵博的古希臘文化學者建議下，這項行動計畫獲得了色諾芬[33]的名號，以紀念知名的萬人大撤退。報名撤離的家庭可以有三天的時間，拿著鉛筆，含著眼淚，決定要帶走什麼而不帶走什麼，時間就此三天，絕不寬限。由於人性是我們所知的那樣，因此免不了出現一些自私的使性耍賴、刻意的聲東擊西、欺瞞的誘惑操弄、對易感情懷的奸詐撩撥，但同時也有捨棄一切的案例，令人欽佩，這樣的案例使我們相信，只要堅持這類令人肅然起敬的自我犧牲，我們終將在這場宏偉的創造大業中善盡棉薄之力。撤退行動預計將在第四天的清晨展開，後來得知那一夜會下傾盆大雨，但這不會構成什麼問題，反而會使得這項集體遷徙行動帶有些許悲壯色彩，值得紀念回顧，也值得書寫在家族歷史中，作為人類美德尚未完全喪失的明證。然而在靜好天氣裡以一輛車默默載運一個人，與必須要讓雨刷瘋狂擺動好阻隔天上降下的滂沱雨水，是截然不同的兩回事。會議中有人提出了一個嚴重的問題，委員會將會對這問題進行詳盡透徹的討論，那便是那些投空白票的人，也就是俗稱的空白人，對於這樣的集體逃亡不知會作何反應。我們別忘了，這些煩惱焦急的家庭中，有許多居住的大樓內同時也住有來自政治光譜另一端的住戶，他們可能懷抱可悲的復仇心，說好聽些，可能會妨礙撤離的進行，說難聽些，則是會徹底阻止這個行動。有人說，他們會刺破我們的輪胎。又有人說，他們會在樓梯間設置路障。還有人說，他們會把電梯卡死。第一個人又說，他們會在我們的車鎖裡灌矽膠。第二個人補充，他們會打碎我們的擋風玻璃。我們一走出大門，他們就會攻擊我們。他們會綁架我爺爺，有個人嘆息，那口氣聽來就像他潛意識裡真的希望會發生這事。討論持續進行，場面愈來愈熱烈，但終於有人提醒，這數以千計的人在示威遊行時表現得無懈可擊。我甚至覺得他們樹立了典範，因此我們似乎沒有理由擔心這一次情況會有什麼不同。事實上，我認為我們走了，他們反而會鬆一口氣。有個多疑的人插嘴，他們可能是一群好人，溫和有禮又謹慎明智，這樣非常好，但是很不幸，我們忘記了一件事。什麼事。那枚炸彈。我們在前一頁提到過，這個委員會有來自各界的代表參與，有人突發奇想稱之為救世委員會，但這名稱立即因為再合理不過的意識形態問題而遭到否決。由於這委員會有來自各界的代表參與，目前圍桌而坐的就有超過二十多人。你們真該看看當時的反應，在座的其他所有人都垂下了頭，在接下來的會議中，譴責的神情化作了沉默，那個冒失鬼顯然對基本的社交準則一無所知，不明白在一個有人被吊死的家庭中，連繩子都不能提。這個令人難堪的事件有個好處，那便是所有人都達成了共識，一致接受了他們先前提出的樂觀假說。接下來發生的事則將證明他們是對的。如同當初政府撤離時一般，這批人士的出發時間也訂於凌晨三點。就在這天的凌晨三點整，這些將要撤離的家家戶戶出了門，帶著大大小小的行李、提袋、包袱、貓貓狗狗，還有從睡夢中被驚醒的烏龜、盛在魚缸裡的觀賞魚、關在籠子裡的長尾小鸚鵡、棲在棲架上的金剛鸚鵡。但其他住戶的門並沒有打開，沒有任何人走出來到樓梯間觀賞逃亡大戲，沒有人說風涼話，沒有人出言侮辱，也沒有人倚在窗前觀看車隊四處逃竄，而這不只是由於當時下雨而已。當然啦，想想看，聲音這麼大，拖著這樣多的雜物下樓，電梯嗡嗡嗡地上上下下，人們互相提醒，偶爾突然驚叫，搬鋼琴小心點，搬茶具小心點，搬銀盤小心點，搬畫像小心點，牽爺爺小心點，我們剛剛是在說，其他的住戶當然會被吵醒，但他們誰也沒走下床去透過門上的貓眼窺視，只不過一面舒舒服服蜷縮在被窩裡，一面對彼此說，他們要走了。

29 西方一般以黑色為哀悼的色彩。

30 作者對日本文化或有誤解，日本以傳統藍染技術所製之藍衣雖曾驚艷西方，致西方將該深藍色澤命名為「日本藍」（Japan blue），但日本代表哀悼的色彩並非藍色，而與其他各國同樣以黑、白為主，舊時喪服為白色，西化後則改採黑色，現今喪禮一律穿著全黑之正式喪服，並無穿著藍衣參加喪禮的傳統。

31 葡文viático，英文viaticum，天主教的臨終儀式之一，又作「天路行糧」，俗稱「臨終聖餐」。

32 葡文ecumenicidade，英文ecumenicalism或ecumenism，天主教作「大公主義」，基督教作「普世教會合一主義」或「教會合一主義」、「普世主義」、「合一主義」等，為提倡基督教各教派合一的一種主張。由於前述臨終聖體為天主教儀式，故此處採天主教譯法。

33 Xenophon，古希臘歷史學家，蘇格拉底的學生。波斯王子小居魯士（Cyrus the Younger）曾招募萬人傭兵團，成員以希臘人為主，小居魯士帶領該軍團爭奪王位，色諾芬為其中一員。小居魯士戰敗陣亡後，色諾芬帶領該軍團歷經艱險返回希臘，將此經歷寫成《長征記》（*Anabasis*）。後文所述之萬人大撤退即指此段歷史。

所有的人幾乎都回來了。如同幾天前內政部長向總理解釋何以實際爆炸的炸彈規模與他所奉命設置的炸彈規模不相符時所說的，這場撤離行動在傳遞命令的過程中又發生了嚴重的錯誤。在仔細檢視過許許多多的案例以及這些案例的個別狀況後，經驗不厭其煩地告訴我們，不幸的人對於自己所蒙受的不幸往往是需要負擔部分責任的。這個撤退行動籌備委員會的領導階層雖然馬不停蹄地進行政治協商，情況卻即將清楚顯示，與他們協商的對口沒有一個達到決策層級，因此不足以保障色諾芬行動順利進行，這些忙碌的領導階層忘了確認軍方是否獲知他們的逃亡行動，以及獲知另一項同等重要的事，也就是他們與政府達成了什麼協議。也或者他們並不是忘了，而是這事從來沒進入過他們的腦袋。少數家庭成功通過邊境崗哨，跨越了邊界，但至多僅有六個家庭成功，且他們之所以成功，是由於這些逃亡者一次又一次聲明自己對政府忠誠且意識形態純正，又堅稱政府知悉且批准了他們的撤退，主管該崗哨的年輕軍官不僅相信了前者，也相信了後者。但疑慮隨即襲上他的心頭，因此他致電給附近的其他兩個崗哨，接電話的同袍好心提醒他，打從封城之初，他們所接獲的命令就是絕不允許任何活物通行，就算有人是要前去拯救即將被送上斷頭臺的父親，或是要返鄉產子，都不得放行。這個錯誤的決定想必會被視為公然抗命或預謀抗命，會遭到軍法審判，很可能會被拔官降職，軍官心急如焚，下令立刻放下路障，阻擋住道路上綿延一公里長、行李滿載到天花板的房車與廂型車車隊。雨仍然下個不停。撤退行動籌備委員會的委員們不能不挺身扛起責任，自然不會坐等紅海分開。他們手握行動電話，開始吵醒他們有信心被驚擾了也不致於太過惱火的有力人士，這整個複雜局勢眼看就能以對這些焦急逃亡者而言最順利的方式解決，然而國防部長堅決不妥協，他打定主意立定腳跟，寸步不讓。沒有我的允許，誰也不准放行，他說。你想必猜得到，委員會忘了事先徵詢他的意見。你或許要說，國防部長也沒那麼重要，國防部長頭頂上還有總理，他還得要尊重且聽命於總理，再上去還有總統，對於總統，他還得要給予更高或至少是同等的尊敬與服從，不過說實在話，就這位總統而言，尊敬與服從大體上只不過是做做樣子。的確，總理與國防部長唇槍舌戰，各自提出的論點如曳光彈閃爍交鋒，最後國防部長終於屈服。是的，他很惱怒，心情極其惡劣，但終究還是屈服了。你自然會想知道總理最後是用了什麼樣無可辯駁、一槍斃命的論點來讓他頑強的對手甘拜下風。答案十分簡單且直接。親愛的部長，他說，你用腦袋想一想，我們今天若把投票給我們的選民拒於門外，明天會有什麼後果。就我記憶所及，內閣首長會議所下達的命令是誰也不許放行。恭喜你記性一流，但是命令這種東西應該要隨時靈活變通，尤其在適合變通的時候更該如此，現在就是這樣的時候。抱歉，我聽不懂。容我解釋一下，等明天這個問題解決了，顛覆性的活動遭到了鎮壓，大家的精神也都平靜了，我們就會舉辦一次新的選舉，不是這樣嗎。是啊。你覺得被我們拒於門外的人還會再投票給我們嗎。可能不會。我們需要那些人的選票，別忘了，中間派政黨正虎視眈眈呢。是的，我瞭解了。這樣的話，請下令放那些人通過。遵命，長官。總理放下電話，看了看錶，對妻子說，看來我還有一個半小時或兩個小時可以睡。說完又補上一句，我看下次內閣改組時，那傢伙會捲鋪蓋走路。你不應該讓別人對你這麼不客氣，他的另一半說。親愛的，沒有人對我不客氣，他們只是在利用我的好脾氣，如此而已。那還不是一樣，他的妻子一面反駁，一面關上燈。還不到五分鐘，電話又響了。來電的又是國防部長。原諒我，總理，很抱歉打斷您應有的歇息，但很不幸我別無選擇。現在又怎麼了。有個細節我們沒注意到。什麼細節，總理懶得掩飾他對於對方竟使用我們這個詞而感到的惱怒。是很簡單的細節，但非常重要。你就直說吧，別浪費我的時間。我只是在想，我們要怎樣確定想出城的人都是我們黨的支持者呢，我們應該要直接相信他們的話，相信他們都去投票了嗎，那排隊出城的幾百輛車子上，會不會載有顛覆分子，準備要把空白瘟疫傳播到目前為止還沒被汙染的區域去呢。總理理解到自己被揪出了錯誤，感覺心頭一緊。我們當然應該要考慮到這種可能性，他含糊咕噥。我打電話給您就是為了這原因，國防部長加強了攻勢。這句話說完之後的一陣沉默再次證明了真實的時間與時鐘所顯示的時間毫無干係，那些由不會思考的輪子與毫無感覺的彈簧所組成的小小機械缺乏心靈，因此無法想像它們所讀出的那五個微渺的秒數，一，二，三，四，五，對電話一頭的人而言是痛苦難當的折磨，對電話另一頭的人而言卻是絕頂無上的快悅。總理用條紋睡衣的一隻袖子抹過如今綴著點點汗珠的額頭，小心翼翼揀選用字，說，我們很顯然需要採取一種不同的應對方式來處理這個問題，要全面性地審慎評估整個局勢，萬萬不可只從狹隘的角度來看。我的看法也正是這樣。目前狀況如何，總理問。兩邊都非常緊張，某些崗哨甚至必須對空鳴槍。身為國防部長，你有什麼建議嗎。操作條件合適的話，我會下令衝鋒，但現在有一大堆車子堵塞道路，不可能下這樣的命令。衝鋒，怎樣衝鋒。譬如說派坦克車出動啦。那坦克車的鼻子碰到第一輛車的時候，我知道坦克車沒有鼻子，這只是一種說法，它們碰到的時候，依你看，會發生什麼事呢。民眾看見有坦克車朝他們前進的時候，通常都會驚慌。可是我剛剛聽見你親口說的，道路被堵塞了。是的，長官。所以頭一輛車要迴轉不大容易。是的，長官，的確會很難，但是如果我們不讓他們通過，他們總是要想辦法掉頭的。但是看到一大隊坦克車的槍頭指著他們，他們想必會驚慌失措，這樣就更難掉頭了。是的，長官。簡單地說，你根本不知道要怎樣解決這個問題，總理再次強調。如今他很確定他已經把主動權和控制權都拿回來了。報告總理，恐怕是如此。但我還是很感謝你讓我注意到我疏漏的一個面向。誰都有可能會疏漏的。是的，誰都有可能會疏漏，但我不該疏漏。總理您日理萬機。如今我又多了一項事情要處理，要解決一個國防部長想不出辦法來解決的問題。如果您是這樣認為的，那我向您請辭。我想我沒聽到那句話，也不想聽。是的，總理。又是一陣沉默，這回時間短得多，只有三秒鐘，在這三秒鐘之間，痛苦難當的折磨與絕頂無上的快悅很明顯交換了位置。

屋子裡另一支電話響起來，總理的妻子接起，詢問對方是誰，接著掩住聽筒，輕聲對丈夫說，是內政部長。總理比手勢要她稍候，接著對國防部長發出命令。不要再對空鳴槍，還有，在我們能夠採取必要措施之前，先把局勢穩住，告訴頭幾輛車裡的民眾，政府正在開會審視狀況，希望很快就能提出方案和指令，向他們強調一切都會以保障國家的利益與安全為目標獲得解決。總理，容我提醒您，排隊的車輛有數百輛。所以呢。我們就沒辦法把訊息傳達給所有人。沒關係，只要每個崗哨的頭幾輛車得到訊息，他們一定就會像火藥線一樣，把消息傳播到隊伍的最尾端。是的，長官。有消息隨時回報給我。遵命，長官。接下來與內政部長的談話就不一樣了。別浪費時間告訴我發生了什麼事，我已經知道了。他們或許沒告訴您，軍隊開槍了。他們不會再開槍了。啊。現在我們需要做的是讓那些人掉頭回去。但萬一軍隊沒辦法叫他們掉頭呢。他們是沒辦法，也不會有辦法，你總不會希望國防部長派坦克車出來吧。報告總理，當然不希望。現在開始，這就是你的責任了。警察在這種情況派不上用場，而我指揮不了軍隊。我沒考慮動用警察，也沒打算任命你當參謀總長。對不起，總理，我聽不太懂。去把你最厲害的文膽從床上挖起來，命令他火速上工，同時向媒體發布消息，說早上六點內政部長要在廣播中發表談話，電視和報紙慢一點沒關係，現在重要的是廣播。但是總理，現在已經快五點了。你用不著告訴我時間，我自己有手錶。對不起，我只是要說，時間有點趕。你的文膽要是十五分鐘內寫不出不管語句通不通的三十行講稿，你就叫他去喝西北風算了。那是要他寫什麼呢。只要能說服那些人回家，煽動他們的愛國情操，隨便什麼論調都好，跟他們說他們這樣把首都丟給顛覆分子，是犯了傷害祖國的罪行，跟他們說選民只要是投票給構築現行政治制度的政黨，都是民主制度的第一線捍衛者，不可諱言，這些政黨也包括我們的直接競爭者中間派政黨，跟他們說他們丟棄家園，家園在無人保護下，會遭到暴民入侵劫掠，但別告訴他們，必要的話，我們自己會去劫掠他們的家園。我們還可以補充說，願意掉頭回家的人，無論年齡大小或社會地位高低，政府都會視為是守法主義忠誠的宣傳人員。宣傳人員在我看來不是很合適的字眼，太俗氣，太商業化了，何況守法主義的宣傳已經夠多了，我們成天都在談守法主義。好吧，那捍衛者、傳令官或軍團士兵[34]怎麼樣。軍團士兵比較好，聽起來很強悍有力，威風凜凜，捍衛者聽起來缺乏光榮感，給人一種被動的負面印象，傳令官有一點中世紀的味道，而軍團這個詞則立刻給人一種戰鬥行動和攻擊精神的感覺，而且我們知道，這個詞蘊含著堅實的歷史。我們只希望正在出逃的那些人聽得見我們的訊息。親愛的朋友，太早起床好像把你的領悟力磨鈍了，我可以用我的總理職位跟你打賭，此時此刻那些車子裡的收音機一定都是開著的，現在最重要的是向全國發表談話的消息一定要立刻發布出去，並且每分鐘重複一次。總理，我所擔心的是，那些人目前可能並不處於能夠被說服的心情中，如果我們宣布政府即將發表談話，他們極可能會以為我們即將批准他們跨越邊界，稍後的大失所望則可能會引發嚴重的後果。這很簡單，你的文膽必須要證明他不是米蟲，沒有白領薪水，他有舞文弄墨、花言巧語的本事，叫他解決這問題。總理，我忽然有個點子，不知方不方便表達。要表達就表達吧，但是容我提醒你，我們在浪費時間，現在已經五點五分了。如果這份文告由總理您來發布會更有說服力。這我一點都不懷疑。那麼為什麼不這樣做呢。因為我要保留到更適合我職位的時機再來發表談話。啊，我想我瞭解了。這是一種常識，或者也許可以說是階級層次的概念，就像如果由總統去要求少數幾名駕駛別堵在路上，有損國家最高首長的尊嚴，總理也同樣該受到保護，別讓瑣碎小事把政府領導人的地位給拉低了。我瞭解這個概念了。很好，這表示你終於醒過來了。是的，總理。好，現在你去忙吧，最慢八點以前要把道路清空，叫電視臺務必把所有的地面和空中設備都準備好，我要全國都看到報導。是的，總理，我試試看。不能只是試試看，你要採取一切必要的行動來達成我所要求的結果。內政部長沒來得及回應，總理已經掛上了電話。我就是喜歡聽你用這種口氣說話，他的妻子說。有人惹毛我的時候，我就會這樣說話。萬一他解決不了問題，會怎麼辦呢。我就叫他捲鋪蓋走路。就跟國防部長一樣。沒錯。你不能把政府首長像傭人一樣開除。他們的確是傭人。對，可是你還得要找接替人選。那個問題需要冷靜地慢慢想清楚。你說想清楚是什麼意思。我現在不想談這個問題。可是我是你老婆呀，我們說話不會有外人聽見，你的祕密就是我的祕密。我只是要說，考量到情況的嚴重性，如果我自己把國防和內政的職責扛起來，也不會有人驚訝的，這樣政府就可以用結構和運作來反映國家的緊急狀態，也就是說，用全然的統籌和絕對的集中來因應緊急狀態，這可以作為我們的口號。這風險很大呀，你可能會大獲全勝，也可能會一敗塗地。是沒錯，但這場顛覆性行動攻擊了政府制度中最敏感脆弱的一環，也就是國會代議制度，這種顛覆性行動史無前例，舉世無雙，如果我能戰勝這樣的一起行動，就可以成為民主的救星，在歷史上獲得永垂不朽的絕世地位。那我就會成為最自豪的夫人，他的妻子輕聲呢喃。妻子猶如遭到了某種魔杖的碰觸，魔杖蘊含著罕見的渴慕，其中揉雜了肉體的愛慾與政治的激情，使得她滴溜溜朝丈夫湊近了些。但她的丈夫意識到這個時刻的嚴肅性，把他的狠話說成了詩句。妳為何要匍匐於我厚重的靴前／為何要解開妳芳香的秀髮／奸詐地張開妳柔軟的雙臂／我不過是個心狠手辣的男子／若我必須踏過妳方能向前／我將不惜踐踏妳於腳下。他驀然甩開棉被說，我要到書房去關注事情的發展，妳回去睡吧，好好睡。他的妻子腦海中閃過一個念頭，倘使精神支持有重量，在這樣的危急時刻，精神支持便重如黃金，一般約定俗成的婚姻義務法則有關互助的一章規定，她這時應當立即起身，不要呼喚女僕，而要親手為他泡一杯撫慰心情的茶，恰到好處地配上幾塊營養的原味蛋糕，但她沒有這麼做，她那剛剛萌生的春情煙消雲散，心中正挫折而惱怒，在床上翻過身，堅毅地閉上眼，但願睡眠能利用她殘存的一點點愛慾，為她上演一齣短暫而私密的旖旎春夢。總理渾然不知自己造成了什麼樣的失望，在條紋睡衣上披了件印有中式樓閣與金色大象等異國圖樣的絲綢睡袍，走進書房，點亮所有的燈，先扭開收音機，又扭開電視。時間太早了，電視節目尚未開播，畫面上還呈現著固定不動的圖卡，但所有的廣播電臺都已經熱烈討論起街頭令人駭異的嚴重塞車，多數認為首都由於自己犯下愚蠢錯誤，已變身為一座不幸的監獄，這些堵塞車輛明顯是企圖展開一場大逃亡，但也有些評論指出，這樣非比尋常的大規模循環堵塞將導致每日運送食物進城的大卡車無法通行。這些評論員尚不知道，那些大卡車被軍方的嚴格命令攔阻在首都邊境的三公里之外。騎著摩托車的電臺記者訪問車陣中房車與廂型車上的民眾，證實這確實是一場經過妥切策畫的集體行動，參與成員攜家帶眷，為的是逃離顛覆勢力對首都施加的高壓統治與令人窒息的氣氛。部分家戶的家長對於出城的延遲頗有怨言。我們在這裡快三小時了，隊伍連一公厘也沒有移動。另有一些人則抱怨他們被騙了。他們拍胸脯保證我們可以順利通行，不會有問題，結果你看看現在結局多漂亮啊，政府跑了，度假去了，棄我們於不顧，現在輪到我們跑了，他們居然有臉給我們吃閉門羹。群眾間有人情緒崩潰，有小孩號哭，有老人疲憊到臉色蒼白，有憤怒的男人把菸抽到沒得抽，還有筋疲力竭的女人試圖把亂到無可救藥的家庭理出一點秩序來。有一輛車打算掉頭開回市區，但群眾的辱罵叫囂紛至沓來，膽小鬼，害群之馬，空白人，死雜種，抓耙子，叛徒，混帳，現在我們知道你來幹嘛了，來破壞我們這些好人的士氣，不過如果你以為我們這樣就會放你走，那你可就錯了，有必要的話，我們會戳破你的輪胎，看看這樣能不能教會你尊重別人吃的苦頭。那輛車不得不打消念頭。總理書房的電話響起來，有可能是國防部長打來的，也有可能是內政部長打來的，還有可能是總統。結果是總統。怎麼回事，首都的每條聯外道路都出現大混亂了，怎麼沒有人立刻回報給我，他問。報告總統，一切狀況都在政府掌控之中，問題很快就會解決。是的，但是你起碼要禮貌性地知會我一聲。我考慮過，我為我的決定負起責任，我認為沒有必要打擾您的睡眠，我原打算二十分鐘或半小時後致電給您，但如我所說，我對這決定負起完全的責任。很好，很好，你很體貼，但如果我老婆沒有早起的健康好習慣，我這總統可能國家火燒屁股的時候都還在呼呼大睡。報告總統，國家沒有火燒屁股，所有適當的應對措施我們都做了。別告訴我你打算拿炸彈把那幾條車隊全炸掉。報告總統，您這會兒應該已經知道了，這不是我的風格。我當然只是誇大其詞而已，我從不認為你會幹這種野蠻行徑。廣播很快就會宣布內政部長六點鐘要對全國發表談話，來了來了，他們現在就在做第一次的宣布了，一定還會再做更多宣布的，我們都安排好了。好吧，起碼你算是做了點事。報告總統，這點事是成功的開始，我有百分之百的信心，一定能說服那些人和平有秩序地回家去。萬一他們沒有和平有秩序地回家去呢。萬一他們沒聽話的話，內閣會總辭。別跟我來這套，你跟我一樣清楚，以國家目前的狀況，就算我很想，也不可能接受你的辭呈。是的，我知道，但我總得要表態一下。好啦，隨便你，現在我既然起床了，接下來有什麼狀況務必要回報我。廣播不斷強調，我們再次暫停節目來告知聽眾朋友，內政部長將於清晨六點鐘對全國發表談話，重複一次，今天上午六點鐘，內政部長將對全國發表談話，重複一次，上午六點鐘將有一份談話由內政部長對全國發表，重複，上午六點鐘，全國將會被內政部長發表成談話。重新排列組合的最後一句話出現了語意上的混淆，總理注意到這種混淆，對於內政部長要如何將整個國家發表成談話感到有趣，為自己的這想法莞爾了好幾秒鐘。他或許還會想出一些未來證明將派上用場的結論，但電視螢幕上的定格圖卡突然消失，打斷了他的思緒。圖卡消失是為了呈現常見的國旗畫面，國旗在旗杆上懶洋洋飄揚，彷彿它也才剛剛睡醒，國歌的長號與鼓聲則轟然響起，間或夾雜幾段單簧管的顫音，低音號也極具說服力地爆響了幾聲。緊接著出現在螢幕上的節目主持人領帶打得歪歪扭扭，神情不悅，彷彿剛剛遭受了某種不能輕易原諒或遺忘的侮辱。考量到目前政治與社會局勢的嚴峻，他說，同時由於人民擁有獲取自由多元資訊的神聖權利，我們今天提早開播。就和許多觀眾朋友一樣，我們剛剛得知內政部長即將於六點鐘在廣播發表談話，很可能是要對許多首都居民試圖出逃表達政府的態度。請不要認為本電視臺遭到了存心刻意的差別待遇，然而肇因於某種難以預料竟會發生在如現今政府成員這樣經驗豐富的政治人物身上的無可解釋的誤解，本臺竟然被遺忘了，至少表面上看來是這樣。或許有人會說，這發表談話的時間相對而言太早了，但在本電視臺成立以來的漫長歷史中，員工的自我犧牲、為大眾利益奉獻的精神以及純粹真誠的愛國心表現得可圈可點，有目共睹，絕不容許被貶低為二手消息傳播者這樣羞辱性的地位。我們很有信心，在預定發表宣言的時間之前，我們還是有望達成一個協議基礎，本臺無意搶走廣播新聞同業已經獲得的權利，但我們表現優異，理應擔任國家的首要新聞媒體，我們希望新的協議基礎能將這樣的地位與責任歸還給我們。而在等待這項協議，並期望隨時能接獲達成協議的消息之際，我們要向各位報告，有一架攝影直升機在我說話的同時正在升空，目的在於為觀眾提供車隊長龍的第一手畫面，我們獲悉這些車隊的行動計畫被賦予了一個具有歷史意義、喚醒人們記憶的名稱，也就是色諾芬，而這些車隊目前卡在首都的聯外道路上不能動彈。幸好一整夜打在這些無私護衛隊身上的暴雨已經在一小時前停止了，太陽就快要升起，破雲而出，但願太陽的出現也能將因為我們所不明白的原因而仍然阻擋著這些勇敢愛國志士追求自由的障礙移除。為了國家的利益，但願這些人能夠成功。接下來的電視畫面呈現直升機遨翔空中，鏡頭轉而向下，呈現直升機起飛時使用的小小停機坪，繼而是附近的屋頂及街道。總理將右手置於電話上，並沒有等很久。報告總理，內政部長說。是的，我知道，你不用說了，我們犯了個錯誤。您說我們犯了個錯誤。是的，我們犯了個錯誤，因為如果我們當中有個人犯了錯，而另一個人沒有指正他，那麼這個錯誤就是我們所共同犯的。但是我沒有您的權力，也沒有您的責任。但是你有我的信任。那您要我怎麼做呢。你要在電視上現場演說，並且在廣播中同步播出，這樣問題就解決了。電視上那些人用無禮的措辭和語氣來議論政府，我們就不回應了嗎。我們遲早會回應的，不過不是現在，這問題我晚一點再來處理。好。你講稿有在手邊嗎。當然有，要我念給您聽聽嗎。不用，別忙了，我直接聽現場演說就好。時間快到了，我得要掛電話了。你是說，他們已經知道你要過去了，總理困惑地問。是的，我叫我的祕書跟他們談過了。你沒知會我。您跟我一樣清楚，我們沒有別的選擇。你沒獲得我的批准，總理緊追不捨。容我提醒您，我有您的信任，這是您親口說的，何況，如果我們當中的一個犯了錯，另一個匡正了這個錯誤，那我們兩個就都沒錯了。如果八點以前這整件事還沒解決，我要你立刻辭職。遵命，總理。直升機在其中一列車隊的上方低空飛行，人們從路上對直升機揮手，他們想必互相說著，是電視臺的人，是電視臺的人。電視臺派來這隻迴旋盤桓的巨鳥，對於車隊中所有的民眾而言，就如同是個明確的保證，告訴他們僵局就要化解了。他們說，如果電視臺派人來了，這是個好兆頭。但事實不然。六點整，地平線已經開始微微泛紅，所有汽車的收音機都響起了內政部長的聲音。親愛的國人同胞，過去這幾週來，我們的國家經歷了無疑是本國立國以來最重大的危機，我們過去從未如此迫切地需要強力捍衛國家的凝聚力，有部分人士受到了與現行民主制度運作完全相左甚且缺乏尊重的看法影響，行事有欠考慮，這些人僅是國家人口中的極少數，這批人的作為使他們成為了國家凝聚力不共戴天的仇敵，這是為什麼我們向來平靜祥和的社會如今籠罩了可怕的威脅，內部衝突一觸即發，這可能將為國家的未來帶來無可預見的後果，有一群我們向來認定是最純潔無瑕的愛國志士企圖逃離首都，對於這些人對自由的渴望，政府自然是頭一個理解的，這些愛國志士過去在不利的情況下，藉由投票或是簡簡單單在日常生活中為民表率，展現其對法紀真誠且威武不屈的捍衛，從而恢復且重振最優良的舊日軍團精神，藉由為公共利益服務來光耀傳統，這一切政府也都看在眼裡，首都是我們今日的罪惡之城，這些愛國志士堅定地背棄這座罪惡之城，展現出最值得嘉許的戰鬥精神，這點政府自然也注意到了，然而考量到國家整體的利益，我們向過去這許多個鐘點來焦急等待國家主事者給予答覆的同胞提出呼籲，政府深信，我再重複一次，政府深信在當前的情況下，最適切的戰鬥行動是讓那幾千人返回家園，重新融入首都的生活中，他們的家是法紀的堡壘、反抗的中心，在這些堡壘中，對祖先的純潔記憶守望著後代子孫的成就，我再說一次，政府深信在汽車中收聽此政府談話的民眾應考量我們發自肺腑的懇切且客觀的理由，雖說在精神價值高於一切的情況中，物質層面的考量微不足道，但政府希望藉此機會告知各位，我們已接獲情資，有人意圖擅闖空門，劫掠被你們拋棄的家園，根據我們最新接獲的情資，這個計畫已經開始付諸實行，我把我剛剛接獲的紙條做個統整告知各位，消息來源告訴我們，目前已經有十七間公寓遭到闖空門和劫掠，各位國人同胞，如各位所見，你們的敵人效率卓著，一分鐘也沒浪費，各位離家才不過數小時，破壞分子就已經打破貴府的大門，蠻橫之徒已經在竊取各位的財產，能否避免更大的災難，就掌握在你們的手中，問問你們的良心吧，你們知道政府是站在你們這邊的，至於你們是要支持政府還是反對政府，就由你們決定了。在自螢光幕消失之前，內政部長利用最後一霎朝鏡頭望了一眼，面容中帶有自信，此外還有一抹神情，看來極似挑釁，但你得要知曉天神的祕密，才能精準解讀出那一抹翩然即逝的眼神中真正的涵義。然而總理並沒有被騙倒，對他而言，內政部長像是對他拋出了這樣的字句，自以為戰略心法高人一等的先生哪，諒你也做不到比我更好了。而他必須承認自己確實無法做到比他更好，但這招的成效如何還有待觀察。直升機再度出現，畫面中再次出現城市景觀，看不見盡頭的長長車陣再次映入眼簾。有整整十分鐘的時間，什麼也沒有動彈。記者吃力地填補空白時間，先是想像各輛車中可能進行的家庭會議，接著將內政部長的談話頌揚了一番，繼而譴責闖空門的盜匪，呼籲政府要對他們求處重刑，但很明顯，不安情緒正一點一滴地席捲他，政府的發言很顯然毫無效果，記者不敢這麼說，他仍等待著最後一刻的奇蹟，但對於解讀影音素材稍有經驗的觀眾都會注意到這位可憐記者的憂愁。接著大夥兒渴望見到、引頸期盼的奇蹟發生了，正當直升機盤旋於其中一列車隊的尾端上方時，隊伍中的最後一輛掉轉了頭，它的前一輛車也跟著掉轉了頭，接著又一輛，又一輛，又再一輛。記者興奮地歡呼了一聲。親愛的觀眾朋友，我們正在目睹一個不折不扣的歷史性時刻，這些人以足以作為楷模的紀律回應了政府的訴求，這當中所展現出的公民責任會以燙金字體記載在首都的編年史中，他們已經開始回家了，內政部長曾警告此災難若不解決，將為國家未來帶來無可預見的後果，如今這些人的作為使這項災難和平落幕。自此刻開始，持續了數分鐘，記者換上慷慨激昂的語調，用華格納[35]取代了色諾芬，將這一萬名受挫人士的撤退轉變成女武神的勝利飛行[36]，將汽車排氣管噴出的惡臭氣體幻化為飄往奧林帕斯山與英靈神殿[37]眾神的芬芳祭品。街上這會兒有了成批成批的記者，廣播電臺的記者、報社的記者，全都試圖把車子攔下一會兒，以便從乘客口中取得一些即時的第一手消息，描述描述他們被迫展開返家之旅時心中澎湃的情緒。一如預期，他們遇上了各式各樣的反應，挫折，失望，憤怒，復仇的渴望，我們這回或許出不去但下回一定出得去，鼓舞人心的愛國宣言，對黨效忠的激昂聲明，中間派政黨萬歲，靠中間的政黨萬歲，薰天的臭氣，對於一夜未闔眼的不滿，相機拿開好嗎，我們不想要拍照，對於政府所提出的理由表示的同意或不同意，對於明天將會發生什麼事的懷疑，對可能遭到報復的恐懼，批評政府當局可恥地缺乏同理心。但是沒有政府當局了呀，記者說。問題就在這裡，沒有政府當局了，但民眾最擔心的還是被他們拋下的家園財產不知命運如何了，這些汽車裡的乘客原本期待有朝一日這個空白之亂終於平息了，再返回自己的家園，如今遭竊的家戶想必超過了十七戶，天曉得會有幾戶人家被洗劫成一塊地毯、一個花瓶也不剩。直升機如今秀出了一張空拍畫面，呈現排尾如今成了排頭的一排排房車與廂型車車隊進入接近市中心的區域，開始岔開成許多分支，自中間的某個點開始，已經分不清哪些是迴轉的車輛而哪些是原先就在那裡的車輛了。總理致電給總統，雙方互相恭賀，交談得非常簡短。那些人的血液想必沒有什麼熱度，總統輕蔑地說，要是我是那些車子裡的乘客，我跟你保證，不管你在我面前擺了多少障礙，我都會衝過去。幸好您是總統，幸好您沒在那些車裡，總理笑容滿面地說。沒錯，但萬一再出狀況，就該施行我的點子了。您的點子是什麼我還不知道呢。我有一天會告訴你的。我絕對會洗耳恭聽，對了，我今天要召開內閣會議，討論這個狀況，總統如果沒有更緊急的要務需要履行，您到場會很有幫助。我只要改一改行程就好，今天我唯一要做的就是去一個不知什麼地方剪綵。很好，我會告知內閣成員。總理決定這時候是該給內政部長嘉許一番了，恭賀恭賀他那番談話帶來的成效，有何不可呢，雖然他不喜歡那人，但這並不表示他不能承認那人將待解決的問題處理得很好。他才剛剛伸手要拿起電話，電視記者的語氣卻驟然改變，使他忍不住望向螢幕。直升機此時飛得很低，幾乎要碰觸到屋頂了，因此畫面上可以相當清楚地看見形形色色的人自屋內走出，男男女女站在人行道上，像是在等待什麼人。記者無比驚慌地說，我們剛剛得到消息，各位觀眾目前所看到的景象，也就是人們走出屋子等在人行道上的畫面，此時此刻在全城各地都在同步發生，我們不想往壞處想，但種種跡象都顯示，這些人很顯然是暴民，正要阻擋車上的人回家，並且剛剛可能還劫掠了他們的家園，那些人昨天還是他們的鄰居呢，倘使果真如此，雖然我們極不願這樣說，但我們真該把命令警察撤出首都的政府抓來教訓一番，我們以沉重的心情自問，這顯然一觸即發的火爆肢體衝突如何能夠避免，或是有沒有可能避免，總統呀，總理呀，這些無辜人士眼看就要遭到另外一些人殘暴地對待了，應該要保護他們的警察哪裡去了呢，我的天，我的天哪，接下來會發生什麼事呢，記者這會兒幾乎是帶著哭腔說話。直升機動也不動地懸在空中，畫面清楚呈現了街頭發生的一切。有兩輛車在建築物前停下來，車門開了，乘客下車，人行道上的人走上前去。發生了，發生了，我們一定要為最壞的情況做好心理準備，記者高聲嚷著，嗓音因為興奮而嘶啞。這時地上的人彼此交談了幾句聽不清的言詞，接著二話不說，便合力將他們前一天在漆黑雨夜中偷偷搬上車的行李在光天化日之下又搬下了車。去他的狗屎蛋，總理一拳捶在桌上，高聲咒罵。

---

34 葡文legionários，英文legionary，羅馬軍團（葡文legião，英文legion）為古羅馬帝國的軍隊。

35 Wilhelm Richard Wagner，1813-1883，德國作曲家，以歌劇聞名，最知名代表作為《尼貝龍的指環》（*Der Ring des Nibelungen*，又作《尼伯龍根的指環》，常簡稱為《指環》或《指環系列》）。

36 〈女武神的飛行〉（*Ride of the Valkyries*，德語原文*Walkürenritt*）是華格納歌劇《女武神》（*Die Walküre*）

中的名曲。《女武神》係華格納根據北歐神話所撰之四部歌劇《尼貝龍的指環》中的第二部。

37 奧林帕斯山（Olympus）為希臘最高峰，在希臘神話中為眾神居住之地。英靈神殿（valhalla）為北歐神話中之天堂，女武神（Valkyrie）會將陣亡戰士的英靈帶到此地，享受永恆的幸福。

這一句帶有髒字的簡短感嘆詞表達的力量相當於一整場國情咨文，總結歸納了正逐漸腐蝕政府精神能量的深沉失望，職務性質上與鎮壓叛亂勢力的各階段過程密切相關的部會首長精神能量尤其受到侵蝕，所謂密切相關的部會首長，簡而言之，就是指負責國防與內政的部會首長，他們在這場危機中為國服務而獲得了聲望，這聲望卻在一夕之間消失殆盡。這一整天，一直到內閣會議開始之前，事實上就連在內閣會議進行的當中，那個骯髒字眼經常在思緒中暗暗呢喃，在四下無人之處更是猶如傾瀉胸中塊壘般大聲嚷出或低聲吟誦，狗屎，狗屎，狗屎。無論是國防部長或是內政部長，最不可原諒的是就連總理也一樣，誰都沒有想到要去稍事思考那些深受挫折的逃亡者回到家後會發生什麼事，甚至就連嚴格且公正無私的學術性思考都沒有做，然而縱使他們思考了，想到的可能也不會比直升機上記者所做的駭人預言高明到哪裡去。我們先前忘了記載直升機上記者的預言，他近乎悲泣地說，這些可憐的傢伙呀，我敢打包票，他們一定會被殺得屍橫遍野。最後發生奇蹟的不只是這條街或這棟大樓，這奇蹟可媲美宗教史或世俗史中最為高貴的友愛鄰舍[38]範例，那些遭到誹謗中傷的空白人出手協助受到挫敗的敵對陣營人士，每個人做這個決定都是本著自己的良心，出於自己的意願，沒有證據顯示有人自上層發布命令，也沒有證據顯示有口號需要背誦，事實是，人人都盡其所能提供協助，這回換成他們說，搬鋼琴小心點，搬茶具小心點，搬銀盤小心點，搬畫像小心點，牽爺爺小心點。因為如此，碩大的內閣會議桌旁出現了許多愁容、許多糾結的眉、許多因為憤怒或睡眠不足而通紅的眼，也是可以理解的事，這些人可能幾乎每一個都情願剛才的場面濺了血，他們或許並不希望發生電視記者所預言的屍橫遍野，但他們希望能發生某種事件來讓首都之外的居民大受震撼，讓全國人民在接下來的幾週談個不休，希望能有一種論述、一個藉口、一個新的理由，來妖魔化那些卑鄙的叛徒。正是因為如此，國防部長剛剛自嘴角向他的同事內政部長輕聲吐出這句話，我們這下是該要做什麼狗屎事才好，也是不難理解的事了。縱使有人竊聽到了這個問題，那人也夠聰明，裝作什麼也沒聽見，因為他們在這裡齊聚一堂，正是為了這個緣故，為了要釐清這下他們是該要做什麼狗屎事才好，而他們絕對不會毫無結論地離開這間會議室的。

首先發話的人是總統。各位，他說，依我看，同時我認為我們大家也都同意，我們正經歷著第一次選舉以來最為艱難複雜的時刻，那一次的選舉揭示國內存在著一項大型的破壞運動，迄今為止我們的國安單位都沒有偵查到這個破壞性運動，此次他們的存在也不是由我們所發現，而是由他們自行選擇暴露行蹤，我個人以及整個政府體制向來支持內政部長的行動，但我相信內政部長也同意，最大的麻煩是，我們目前為止所採取的步驟對於解決這個問題毫無作用，可能還更糟的是，我們被迫要束手無策地看著叛亂分子使出高招，幫助我們的支持者把他們那些破爛東西搬回家，各位，這只可能是某個工於心計的狡猾老狐狸所想出的點子，這個人始終躲在幕後，隨心所欲地操縱傀儡，我們都知道把那些人遣送回家純粹是痛苦的不得不然，但現在我們必須要做好準備，接下來很可能會有一連串的連鎖反應，導致逃亡行動再次展開，而這一次可能不是舉家逃亡，不是浩浩蕩蕩的大批車輛，而是零星的個人或小型的群體，同時可能不是經由道路，而是跨越田野，國防部長會向我保證，這些區域都有人定期巡邏，邊境沿線並且設有電子圍籬，我絕不願懷疑這類措施的效力，但就我看來，唯有在首都周遭築起一座牆，才能達到滴水不漏的圍堵，這座無法跨越的牆要以水泥板建造，我認為要有八公尺高，當然要以現有的電子圍籬系統為基礎，再加上依據情況所需盡可能多的帶刺鐵絲網加以補強，我深深相信誰也跨越不了這堵牆，容我說個小小笑話，就連蒼蠅也跨越不了，不是因為蒼蠅通不過，而是以蒼蠅的正常行為來看，牠們從沒有必要飛那麼高。總統停頓下來清了清喉嚨，最後說，總理已經知道我的這項提議了，相信不久之後，他就會把這個議案提交給內閣來討論，內閣有責任衡量這項措施的可行性和合宜性，也會據此加以衡量，至於我呢，則相信各位會運用各位所有的經驗來處理這個問題。會議桌旁一陣謹慎得體的竊竊私語，總統把這陣咕噥解讀為無聲的贊同，但倘若他聽見了財政部長壓低嗓子說的話，就會修正自己的這番解讀了。財政部長說，我們要去哪裡弄錢來實施這麼瘋狂的計畫呀。

總理習慣性地把面前的文件從一側挪到另一側，開始發言。總統以我們一向以來所熟知的英明嚴謹，將我們所身處的艱難複雜狀況做了很清楚的勾勒，因此我不需要再就細節詳加贅述，否則也只不過是加強重點而已，但雖然如此，有鑑於近日所發生的一些事件，我認為我們在策略上需要做大幅度的改弦更張，除了留心其他的各種因子之外，我們要把注意力格外聚焦於一種可能性，那便是首都居民在表現出清楚明確的團結合作後，有一種和諧的社會氣氛正在首都中萌發滋長，那種團結合作表現無疑是一種權謀，無疑有政治上的動機，過去幾個小時來，整個國家已經見證了這種表現，只要看看各家報紙號外特刊一致的好評就知道了，因此我們別無選擇，只能承認我們試圖以理性來勸服對手的計畫一個個都失敗了，失敗得一塌糊塗，而至少就我看來，這些計畫之所以失敗，很可能是由於我們所採用的鎮壓手段太過嚴厲的緣故，其次是，如果我們持續使用目前為止所使用的策略，如果我們持續升高強制性的手段，而且如果叛亂分子的反應仍持續是目前為止那樣的反應，也就是完全沒有反應，我們將不得不採用激烈的專制手段，例如無限期褫奪首都居民的公權，為了不要在意識形態上有所偏袒，褫奪公權的對象也必須把我們的支持者包括在內，或是通過適用於全國的緊急選舉法，將空白票定義為無效票，以防止這種傳染病蔓延，等等等等的措施。總理停下來喝了一口水，又繼續說。我提到我們有必要改變策略，但我並沒有說我已經訂定了新的策略並且準備立即實施，我們得要等待時機，等待果實成熟，等待剛毅的決心疲軟，我必須承認，我個人事實上比較希望等到一個較鬆懈的時期，在這樣的時期，我們可以從隱隱浮現的少許和諧跡象中，努力取得盡可能多的優勢。他再度頓了頓，而後像是要重新發話，卻僅僅說，現在我來聽聽大家的意見吧。

內政部長舉起手。我注意到您很有信心我們的支持者能夠發揮影響力去改變叛亂分子的想法，我必須承認我很驚訝您只把那些叛亂分子稱為對手，但我想您並沒有提到，相反地，叛亂分子也可能會運用他們的破壞性理論，來擾亂目前仍然守法的市民的心靈。你說得沒錯，我想我是沒提到這種可能性，總理回答，但是假使真發生那樣的事，也不會造成什麼根本上的改變，最壞的可能就是目前百分之八十的空白票比率會變成百分之百，發生在這個問題上的量變除了會形成全體的一致性之外，對質方面並不會有所影響。那我們是要怎麼辦呢，國防部長問。我們今天在這裡開這個會，就是為了分析、考慮和決定該如何處理這個問題。我想也包括討論總統提出的建議吧，我對這個建議當然是百分之百支持的。總統的提議工程浩大，牽涉層面廣泛，必須要成立一個專門委員會來針對這個議案加以深入研究，話說回來，依我看，建造圍牆很顯然不能立即解決我們眼前的問題，而且無可避免地會產生一些其他的問題，總統很清楚我對這個議題的看法，而我對總統個人及總統職務的忠誠不容許我在內閣會議上對這個問題默不吭聲，但我重申，這並不表示我們不會在未來幾天內成立委員會，並且盡快展開運作。總統明顯地不悅。當然啦，我是總統，不是教皇，我不會假定自己從來不犯錯，但我希望我的提案能夠獲得緊急的討論。總理立刻就回答了，報告總統，如我所說，我保證您會比預期中更快收到委員會的研究成果。那我想我們現在只能繼續盲目地摸索向前了，總統抱怨。接下來的靜默厚重得足以把最尖利的刀刃磨鈍。是的，盲目，他沒有意識到大夥兒的尷尬，重複了一次這個詞。會議室的後方傳來文化部長冷靜的嗓音。就和四年前一樣。國防部長彷彿是遭到了惡毒無情的穢語辱罵一般，紅著臉站起來，伸出手指譴責文化部長，你不要臉，你打破了全國一致達成的沉默協議。就我所知，根本沒有什麼沉默協議，更別說是全國的沉默協議了，四年前我已經是成年人，我不記得我們有把全國人民召集起來簽一紙合約，承諾絕對不要提起我們曾經瞎掉好幾個禮拜的這件事。你說得沒錯，我們沒有簽正式的合約，總理打圓場，但我們都認為，為了心理上的健康，大家最好是把我們所經歷的那場考驗當成是一場可怕的惡夢，存在於夢境裡而不是現實中，這不需要用白紙黑字的合約來加以規範。在公開場合或許是這樣，但您總不可能要我相信，您在家裡的私密場合也從沒提起過當年發生的事。我有沒有提起過不重要，一個人家裡發生的很多事都永遠不會走出家的四壁之外，但是容我說一句，四年前發生在我們身上的那件目前為止無可解釋的事是個悲劇，但你這樣談起那場悲劇，透露出某種程度的低級品味，文化部長會有這樣的品味真是出乎我的意料。報告總理，有關低級品味的研究肯定是文化史中最多采多姿也最引人入勝的一個篇章。我指的不是那種低級品味，而是另外一種，也就是哪壺不開提哪壺的那種品味。總理，看來您和其他一些人一樣，相信我們要給死亡命了名，死亡才會存在，一樣東西若是沒有名字，就不會真的存在。世界上有太多的東西，動物、蔬菜、各種形狀、大小、用途各異的工具和機械，我都不知道名字。但是您知道它們是有名字的，這樣您就安心了。我們離題了。是的，總理，我們離題了，我剛才只是在說，四年前我們瞎了，我現在是在說，我們可能仍然是瞎的。與會成員群情激憤，或者說是幾乎群情激憤，抗議聲此起彼落，大夥兒爭先恐後，人人都想要發言，就連因為嗓音尖銳而通常沉默寡言的交通部長都準備要讓自己的聲帶上工。我能不能說句話，我能不能說句話。總理望向總統，像是要請示他的意見，但這不過是作戲罷了，總統怯生生地試圖擺個手勢，但無論他原本要表達的是什麼，都被總理舉起的手一掌打散了。考量到我們互相詢答的語氣有多激動多充滿情緒，很顯然言詞交鋒對我們毫無助益，因此我不會讓你們任何一位發言，尤其文化部長自己或許沒發現，他把我們目前面臨到的這種災禍比喻成一種新型態的盲目，其實是一語中的。報告總理，我沒有這樣比喻，我只是說我們過去瞎了，現在可能仍然是瞎的，邏輯上沒有包含在我初始命題裡的推論都是不合理的推論。改變字詞的位置往往就改變了字詞的意義，但我們若是一一去考量每個字詞，這些字詞在實體上，如果我可以說字有實體的話，這些字詞在實體上和原來是完全一樣的，因此。容我打個岔，總理，這樣的話，我想要清楚表明，我所用的字詞在位置或意義上的改變都完全是您的責任，和我井水不犯河水，沒半點干係。這樣說吧，你提供了井水，我貢獻了河水，井水和河水加在一起，就給了我權力來聲稱，投空白票和前一次的盲目一樣，是一種破壞性的盲目。要不就是一種清晰的視力，司法部長說。什麼，內政部長問，他以為他聽錯了。我是說，投空白票說不定是投票者一種視力清晰的表現。你竟敢在內閣會議上說出這種反民主的鬼話來，真該感到羞愧才對，誰也想不到你居然會是司法部長，國防部長嚷。事實上，我懷疑我從沒有一刻比此刻更是主持正義的司法部長。我簡直就要相信你也投下空白票了，內政部長譏諷。沒有，我沒有投空白票，但我絕對會考慮下次要投空白票。最後這番言論所引起的譁然逐漸降低了音量，總理的一個提問則使喧鬧聲完全沉寂。你知道你剛剛說了什麼嗎。我知道，我清楚到我把您託付給我的職務放在您手上了，我現在就提出辭呈，那位如今已不再是部長也不再主掌司法的人士如此回答。總統的臉刷白，看來像塊被人不小心遺落在椅背上的破布。我從沒想過我這輩子居然會有機會看見叛徒的長相，他一面說，一面深信歷史絕對會將他的這句話記錄下來，萬一歷史忘了，他絕對要提醒一番。直到此刻之前都還是司法部長的那位人士站起身，對著總統及總理的方向鞠了個躬，走出會議室。寂靜被一張椅子刮擦地板的聲音打斷，文化部長從會議桌的尾端站起身，以強有力的清晰嗓音宣告，我也想辭職。喔，別鬧了，你剛剛那位朋友一時之間值得稱頌的誠實情操忽然上身，承諾我們下次要投空白票，你該不是要告訴我，你跟那位朋友一樣，也考慮下次要投空白票了，總理試圖酸他。我覺得沒必要吧，我上次就已經考慮過了。你這話意思是。就是您聽到的那樣，如此而已。麻煩你出去吧。我本來就要出去了，總理，之所以回頭，只是為了說再見。門開了，又關上了，會議桌旁多了兩張空椅。哎呀，總統說，我們還沒來得及從第一個驚嚇中恢復過來，馬上就又挨了一記耳光。報告總統，這不是什麼耳光，部會首長走馬換將本來就是家常便飯，總理說，更何況，我們進入這間會議室時，是所有部會首長全員到齊，出去的時候，同樣會全員一同退席，我會代理司法部長的職務，公共工程部長則會負責文化方面的事務。但是我並沒有文化方面的必要能力，公共工程部長說。你有的，知情人士一向都告訴我，文化也是一種公共工程，因此由你經手絕對沒問題。他按了鈴，對來到門口的職員下令，把那兩張椅子拿開，接著又對會議室裡的列席官員說，我們稍事休息個十五或二十分鐘，我和總統會在隔壁房間。

半小時過後，部會首長重新在會議桌旁各就各位，有沒有人缺席已經看不出來了。總統走進會議室，神情看來徹底地不知所措，彷彿剛剛接到了一則他完全無法解讀其中意涵的消息，而總理則顯得相當志得意滿，原因很快就將明朗。稍早我向各位提到，由於我們從危機爆發以來所策劃和實施的所有行動都告失敗，因此迫切需要在策略上改弦易轍，總理說，當時我一分鐘也沒料到，能夠帶領我們走向勝利的點子會來自一位已經離職的官員，各位想必已經猜到了，我指的就是前文化部長，他再一次證明了從對手的見解中發掘有益於我們的內容有多重要。國防部長和內政部長憤慨地互望了一眼。一個可鄙叛徒的智慧居然被捧上了天，這可是他們最不想聽見的話。內政部長在一張紙上草草寫了幾個字，遞給他的同事。我的直覺是對的，我打從一開始就不信任那幾個傢伙。國防部長以同樣的方式同樣小心翼翼地回應。我們還想要去滲透他們呢，結果搞半天是他們滲透了我們。總理仍在滔滔不絕地述說他的結論，這是根據前文化部長那番我們昨天瞎了今天仍然瞎的預言式論調所做出的結論。我們犯了個錯，犯了個大錯，現在我們正在為此付出代價，這個錯就在於我們所試圖消弭的不是記憶，因為我們所有人都一定能回憶起四年前發生的事，我們所試圖消弭的是那個字眼，那個名稱，如同我們的前同事所說的，就好像我們以為只要不再提起指稱那件事的字眼，死亡就不再存在一樣。我們是不是離題太遠，把主要問題都忽略了，總統問，我們需要的是具體客觀的提議，內閣會議需要做出一些重要的決策。報告總統，正好相反，這個就是主要的問題，如果我的想法沒錯的話，這個點子說不定能讓我們一勞永逸地解決問題，目前為止我們對這個問題所做的，充其量也不過是修修補補，但這貼上的補釘一下子就鬆脫了，問題又恢復原樣。你到底是在說什麼，請你解釋解釋。總統，各位先生，我們大膽往前踏一步，用文字來取代沉默，不要再這樣愚蠢且毫無意義地假裝四年前什麼也沒發生過，如果那段生活也可以叫作生活的話，讓我們公開談論我們失去視力的那段期間的生活，讓報紙報導那段生活，讓作家撰寫那段生活，讓電視呈現我們剛剛恢復視力時他們所拍攝的城市風光，讓我們鼓勵民眾談論大家當時被迫忍受的種種惡行，讓大家談論死去的人、失蹤的人、廢墟、火災、垃圾、腐壞，我們過去用虛假的正常來包紮傷口，一旦我們撕開了這塊破布，便可以宣稱當年的盲目以一種全新的面貌又捲土重來了，我們會吸引大家注意到四年前那場盲症的空白與這場空白票行動的盲目二者之間有其相似之處，這樣的比較既不正確也不嚴謹，我個人就會頭一個察覺這一點，必定會有人認為這說法侮辱了他們的智力、邏輯思維以及常識，因此拒絕接受這種比較，但仍可能有很多人會被說服，我希望很快就會有壓倒性的多數人接受，會站在鏡前自問自己是不是再度瞎了，自問這比上次更令人羞赧的盲目是不是導致他們偏離了正道，將他們推往萬劫不復的災難，這災難便是有一個政治制度可能終將瓦解，我們不曾注意到，這種政治制度打從一開始，其重要核心，也就是投票的程序中，就暗藏了自己的毀滅因子，又或者是暗藏著轉型成另一種全新未知制度的因子，這種假說並不比暗藏毀滅因子教人安心，因為那全新未知的制度中可能沒有我們的立足之地，我們成長於選舉程序的庇護之下，這種選舉程序多少世代以來都掩藏了一樣東西，如今我們才理解到那樣東西是這種選舉程序最重要的資產。總理繼續說，我深信我們所需的策略改變就在眼前，是的，我深信我們有能力將制度恢復成原本的樣貌，然而，我是這個國家的總理，不是信口雌黃的江湖郎中，但我要這麼說，雖說二十四小時內效果可能還不會顯現，但我很確定二十四天內我們一定成功在望，然而這會是一場艱苦的長期抗戰，因為要耗盡這場新的空白瘟疫的能量需要花費許多時間和力氣，別忘了，啊，別忘了條蟲那令人畏懼的腦袋可能藏在任何地方，我們要在陰謀的污穢內臟中找到它，把它拖到陽光下給予應得的懲罰，在那之前，那致命的寄生蟲仍然會持續繁殖出一圈一圈的蟲體，並且持續削弱我們的國力，但我們會打贏最終的戰役，此時此刻以及一直到最終的勝利之前，我們大家一起矢志保證這個諾言必將實現。所有部會首長都將各自的椅子向後推，整齊劃一地站起身來熱烈鼓掌。把頭痛人物幹掉之後，內閣終於團結一心，只有一個領袖、一個意志、一個計畫、一條路徑。總統因為職位尊貴，依然坐在他的扶手椅上，他也同樣在拍手，但僅僅用指尖拍，這動作以及他板起的面孔傳達出他對於總理的演說中一丁點兒也沒有提到他感到十分不悅。他早該知道與自己交手的是什麼樣的一號人物。擾攘的掌聲稍歇之後，總理舉起右手要大家安靜，並且說，每一趟航程都需要有個船長，而在我們國家刻正展開的艱險航程中，船長就是也必須是你們的總理，但一艘船行駛於廣袤的大海上，若是沒有羅盤來指引方向，帶領它穿越狂風暴雨，這艘船就慘了，各位，指引我和這艘船的羅盤，簡單地說，是指引我們大家的羅盤，就在這裡，在我們的身邊，他以豐富的經驗來為我們辨明方向，以他的智慧與忠告時時刻刻鼓勵我們，以他無與倫比的典範一直教誨著我們，讓我們鼓掌一千次，向總統大人獻上一千個感謝。這一次的喝采比前一次更熱烈，且彷彿不會終止，也不會在總理停止拍手前終止，或是總理腦中的時鐘若是還沒有說，可以了，夠了，他贏了，喝采也不會終止。掌聲於是又多持續了兩分鐘，來確認他確實勝利了，在這兩分鐘結束時，總統熱淚盈眶地擁抱著總理。稍後他激動哽咽地說，一個政治人物一生中或許會有美好或甚至是超凡入聖的時刻，但無論明天會如何，我都保證這一刻我絕不會或忘，它將是我快樂時榮耀的皇冠，悲傷時心靈的慰藉，我全心全意感謝你們，全心全意擁抱你們。更多掌聲響起。

美好的時刻，尤其是趨近於超凡入聖的那種美好時刻，都有個嚴重的缺點，那便是極為短命，這個缺點由於如此顯而易見，要不是由於它還有另一項更嚴重的缺點，我們大可以不用提及，而那更嚴重的缺點，便是當這個時刻結束後，我們就不知道接下來該做什麼。不過當有個內政部長在場時，這個尷尬的停頓就消弭於無形了。內閣成員才剛剛重新就座，公共工程部長兼文化部長仍在擦拭偷偷滴落的眼淚，內政部長就舉起手來請求發言。說吧，總理說。總統剛剛激動地提到，人生中有些時刻非常美好，真真超凡入聖，我們剛剛也有極大的榮幸，在總統的感謝詞以及總理的新策略演說中，經歷到了兩個這樣的時刻，總理的新策略當然獲得了我們一致的讚賞，我現在插嘴就是要談那個新策略，我並不是要收回我的喝采，這和我的心意相去甚遠，而是我想厚著臉皮來擴大和強化這個策略的效果，我指的是總理提到無法保證在二十四小時內看到成果，但二十四天內一定會奏效的說法，恕我直言，我認為我們等不了二十四天，就連二十天、十五天或甚至十天也等不了，我們的社會結構已經出現了裂痕，牆壁已經開始搖晃，地基已經開始震顫，隨時都可能會土崩瓦解。除了描繪建築物即將倒塌的情景，總理說，你有沒有什麼具體的建議要說。喔，有的，內政部長彷彿沒注意到總理語氣中的尖酸一般，不慍不火地回答。那麻煩你提點提點我們吧。總理，首先我要澄清一下，我這個提議的目的，是在把您剛剛所提出且大家已經贊同的提議更精益求精，絕對不是要加以改良或修正或補強，只不過是提出另一個我希望還算值得大家關注的點來。有話快說吧，別兜圈子了。報告總理，我的建議是用直升機來個快打行動，閃電奇襲。你該不會是想要轟炸首都吧。報告總理，是的，我是想要轟炸首都，但是是用紙來轟炸。紙。沒錯，總理，用紙，根據重要性的高低，首先請總統簽署一份對首都市民發布的宣言，然後再推出一系列簡潔有力的訊息，給總理所主張但預估效果會較慢的行動鋪路，也給民眾預做心理準備，效果較慢的行動就是指談論我們失明那段時間的報紙報導啦、電視節目啦、追想回憶啦、文字作品啦，順道一提，本部擁有自己的一票寫手，這些人受過說服術方面的精良訓練，就我所知，這種訓練相當艱難，但作家們通常短時間內就能上手。我覺得這點子好極了，總統說，但當然啦，文字要先呈上來給我過目一下，我好做一些我認為合適的修改，不過整體來說，這點子非常好，是個高招，尤其是把總統擺在戰鬥的第一線，這麼做非常具有政治優勢，這點子太棒了。會議室裡嗡嗡的贊同聲告訴總理，最後的這步棋由內政部長獲勝。那就這麼辦吧，該進行什麼步驟就去進行吧。總理說，但在他心目中政府成績單屬於內政部長的頁面上，他暗自做了個扣分的註記。

38 《聖經》〈路加福音〉第十章第二十七節：「你要盡心、盡性、盡力、盡意愛主——你的神；又要愛鄰舍如同自己。」

傲慢遲早會遭到命運的打擊，且早比遲的機會更大一些，這個令人安心的概念在內政部長所受到的羞辱性抨擊上得到了強而有力的印證，他深信自己在與總理持續進行的拳擊競賽中最新一回合的關鍵時刻贏得了勝利，沒想到老天爺卻在最後一刻倒戈支持敵營，他只有眼睜睜看著自己的計畫在老天爺的意外干預之下功敗垂成。然而在最後的分析中，事實上在最初的分析中也相同，在最細心、最能幹的觀察家眼中，這失敗的責任完完全全應該歸咎於總統在審查宣言上耽擱了時間，那宣言載有總統的署名，旨在對首都居民做道德勸說，原本是要用直升機空投發送的。在內閣會議之後的三天之間，蒼穹穿著整片無接縫無皺褶的華麗藍袍亮相，天清氣朗，最重要的是沒有風，恰恰是空投文宣的完美氣候，並且適合觀看文宣從天而降，如精靈般漫舞，而後被剛巧碰上或因為好奇而特地上街去看看天上會飄下什麼消息或命令的人拾起。在那三天之間，那篇被翻閱了一遍又一遍的文稿在總統府與內政部之間來來回回疲於奔命，有時因為充分的理由，有時因為簡潔的概念問題，有些字眼被刪去，用其他字眼來替代，這些其他字眼隨即又遭遇相同的命運，有些詞彙由於被刪去前文，與後文不再搭配，於是許許多多墨水被浪費掉了，許許多多紙張被撕毀了，你們將會明白，這就是所謂書寫的痛苦、創作的煎熬。到了第四天，天空等得不耐煩了，眼看底下的事物依舊停滯不前，便決定要披上低矮烏雲的斗篷來展開這一天，這低矮烏雲也就是通常預示著雨水將至而雨水也果真就會來到的那種低矮烏雲。近午時分，少許零星的雨點開始滴落，時歇時起，斷斷續續，是惱人的綿綿細絲，雖然看似山雨欲來，卻又像是後繼乏力。這樣若有似無要下不下的狀況一直持續到下午三、四點，而後毫無預警地，猶如再也按捺不了真實情緒一般，天空敞開大門，放一股穩定單調且持續不斷的雨水暢行無阻，雨勢強卻並不猛烈，是那種會下上一整個禮拜，農人一般而言都十分感激的雨。內政部長可就不感激了。光是空軍司令部會不會允許直升機起飛就已經有高度疑問，要假定他們會讓直升機在這種天氣去空投文宣更是異想天開，況且這不僅僅是由於街上幾乎沒有人，少數在街上的人所心心念念在意的則是盡可能別被打濕，更糟的是總統的聲明文告可能會墜落在泥濘中，被洶湧的下水道吞噬，崩解融化在水塘裡，而車輛會從這些水塘疾馳而過，濺起四射水花如骯髒噴泉。說真的，我跟你說真的，只有瘋狂守法且熱烈敬重上級長官的人，才會不顧麻煩彎下身子，去從可卑可鄙的噁心爛泥中搶救一張說明四年前的普遍盲目與此次的多數人盲目之間有何關連的紙。令內政部長惱怒的是，他必須束手無策地看著總理以國難當前不得拖延為藉口，並且還獲得總統不情不願地同意，啟動了媒體機器，網羅了報紙、廣播、電視及其他所有找得到的文字、聲音與影像的次媒體，無論這些媒體彼此是互相從屬或是互相競爭，任務都在於說服首都居民相信，很不幸，他們又再度失明了。數天之後，雨勢停歇，天空再度換上蔚藍衣裝，在總統的執拗以及終於對總理發了頓怒氣的堅持之下，遭到拖延的計畫第一部分終於付諸實行。親愛的總理，總統說，千萬別以為我已經違背或正在考慮違背內閣所做的決策，我仍然相信親自向國人發表文告是我的責任。但是總統，沒有這個必要，向民眾說明的過程已經展開了，我相信要不了多久就會收到成效。成效或許後天就會出現，但是我希望我的文告能夠先發布。後天想必只是一種比喻性的說法。那更好，現在就把文告發布出去吧。相信我吧，總統。我警告你，你若不發布，你我之間政治上及私人間的信任關係絕對會破裂，我會把這破裂歸咎於你。總統，容我提醒您，我目前在國會仍然掌握了絕對多數，無論信任關係上發生什麼破裂，本質上都只會是私人間的信任關係，不會有任何政治效應。如果我向國會宣告總理挾持了總統的話語權，就會有政治效應。拜託，總統，那不是事實。對我來說已經夠接近事實了，足以讓我去對國會或國會以外的地方這麼說。現在就發布文告嗎。不只是文告，還有其他的相關文件。現在發布那個文告是多此一舉。那是你的看法，不是我的看法。可是總統。你稱我為總統就表示你還承認我是總統，那就照我的話去做。如果您要這麼說，那好吧。對，我就是要這麼說，還有，我成天看你和內政部長對槓，看都看煩了，你要覺得他不行，就叫他走路，你要是不想叫他走路，或沒辦法叫他走路，那就忍一忍，如果由總統簽署文告的點子是你想出來的，你八成會下令挨家挨戶去發送。總統，這話就不公平了。或許是不公平，這我不否認，但是人心情不好情緒就會失控，就會說出他們本來不想說或是沒經過大腦的話來。我們之間的這件事就當它結束了吧。好，這件事就算結束了，但是明天早上我要直升機升空。遵命，總統。

如果沒有發生這一番針鋒相對的談話，如果總統的文告和其他的傳單因為不再有存在的必要而在垃圾桶中結束它們短暫的生命，我們所正在敘述的這個故事從這個點開始就會有完全不同的發展。我們無法料想發展會是如何不同，或是在哪方面不同，只知道就是會不同。很顯然，仔細關注劇情曲折起伏、善於分析、期待事事物物都有合理解釋的讀者必定會問，總統和總理之間的這段談話，是為了讓後來的轉折站得住腳而在最後一刻加入的，抑或是由於命運註定我們即將看見的後果必須由此衍生，而迫使敘述者不得不將他原本意欲要寫的故事暫時擱置一旁，而遵循航海圖上突然出現的新航線來航行。這個問題我們很難給出一個令此類讀者完全滿意的確切答案，當然啦，除非敘述者要格外直言不諱，坦白承認他從來就不知這樣一個城市居民集體決定投空白票的奇特故事該如何圓滿收場，因此故事中總統與總理激烈的言語交鋒最終和平落幕對敘述者而言來得恰到好處。除此之外，還能如何解釋他何以捨棄了一直以來苦心經營的敘述線，不去談原本可能會發生卻沒發生的事，卻岔題去談原本可能不會發生卻偏偏發生了的事。我們就直說吧，這可能不會發生卻偏偏發生了的事，指的是一封信。四年前不幸的集體失明事件與當今的選舉瘋狂行為間有何關聯，內政部的寫手在花花綠綠的文宣中做了陳述，直升機把這些彩色文宣拋撒在首都的市街、廣場、公園和大道上。三天後，總統收到了這封信。寫信者福星高照，因為他的信落入一個格外一絲不苟的職員手中，這位職員是那種先看小字再看大字的人，能夠在龐雜的潦草字跡中辨識出立即需要澆水的微小種子，只為了看看種子會長出什麼來。信是這麼寫的。總統大人，我懷著應有的關注，拜讀了由您所發表的文告，您是向人民，尤其是向首都居民發表的，我也清楚知悉身為國民的責任，並且瞭解當國家處於此刻的危機之中，人人都有必要積極、密切且恆常地對眼前可能看見或過去曾經看見的任何異狀提高警覺，我想籲請您用您卓越的判斷力注意幾項不為人知的事實，這些事實或許有助於理解這起發生於我們身上的瘟疫。雖說我不過是個升斗小民，但我和您一樣，相信新近這場投空白票的盲目與另一場盲目之間必然有所關連，在我們誰也不會或忘的數週之間，另外的那場盲目使我們全都被摒棄於世界之外。總統大人，我想要說的是，先前的那場盲目或許有助於說明目前的盲目是怎麼一回事，或許兩場盲目都能以某位特定人士的存在來解釋，說不定也能以這個人的行為來解釋。然而在我說下去之前，我要先澄清，雖然我是受到公民精神的驅使而說出這件事，我絕不容許任何人質疑我的公民精神，但我不是個線民、抓耙仔或告密者，而只不過是想在國家處於動蕩不安的局勢，沒有明燈可以指引救贖解脫之路之際，對國家有所貢獻。我不知道我所寫的這封信是否足以點亮明燈，我如何能知道呢，但我重申，義務就是義務，而此時此刻，我將自己視為義不容辭挺身去擔負一項使命的小兵，而總統大人，這項使命就在於揭露，我之所以使用揭露這個詞，是由於這是我頭一次向人吐露這件事，四年前，我和我的妻子碰巧成為了一個群體中的一員，這個群體共有七個人，這七個人和其他的許多人一樣，苦苦求生。雖然所有的事您都已親身經歷，我看似並沒有告訴您任何您原本不知的事，但有一件誰也不知的事是，我們的團體中有一個人，一個眼科醫生的妻子，她沒有瞎。她的丈夫和我們其他人一樣都瞎了，但是她並沒有。我們當時曾鄭重宣誓絕不對外透漏，她說她不希望事後被視為是罕見案例，等到大家都恢復視力後，她會遭到訊問，會被送去檢查，所以最好大家把這件事忘了，裝作從來沒有發生過。直到今天之前，我都信守誓言，但我無法再沉默下去了。總統大人，請容我這麼說，如果我的這封信被視為一種控訴，我會深感受辱，但是話又說回來，或許這封信的確該被視為一種控訴，因為還有一件事您不知道，在那段期間，我所提到的那位人士犯下了一件殺人案，但那是屬於司法的問題，而我只是要善盡一個愛國者的職責，籲請您屈尊去關注一件目前為止始終祕而不宣的事，這樣我就滿足了，那件祕而不宣的事一旦加以檢視，或許現今政治制度所遭到的無情攻擊就能得到解釋，容我不才引用總統大人的用語，這一場新的盲目撼動了民主的根基，這是沒有任何極權主義制度所曾經成功做到的事。總統先生，不用說，我是聽候您差遣的，或者無論是由哪個單位負責進行顯然必要的調查，我聽候那個單位的差遣，願意為我這封信中所提供的資訊加以補充說明。我發誓我對上述那位人士並沒有惡意，但這個國家才是最重要的，而您是足以代表國家的人，這是我唯一的律法，是我善盡了職責後心安理得遵行的唯一律法，恭請鈞安。之後是署名，署名的左下方是署名者的全名、地址、電話，還附上了身分證號碼以及電郵地址。

總統將那張紙緩緩擱在桌上，短暫靜默了一會兒之後，問他的祕書長，有多少人知道這事。除了打開信件並且把它登載在紀錄上的那位職員之外，沒有別人。那位職員可以信任嗎。報告總統，我想可以，他是黨員，不過如果能讓他知道他只要有一丁點兒不忠的跡象，可能就要倒大霉，應該會挺有幫助，如果總統容我提出建言，我建議這個警告要直接下達給他。由我下達嗎。報告總統，不是由您，由警察下達會比較有效，把那人叫到警察總局，由最凶悍的員警把他帶進偵訊室，好好地嚇他一嚇。我相信這麼做的效果一定非常好，但我認為這個辦法有個重大的困難。什麼困難呢，總統。這案子要送到警方，作業流程就要花上好幾天，但是在那之前，那個人就已經會管不住舌頭了，他會告訴他老婆、他朋友，甚至還可能會去透露給記者知道，簡而言之，他會給我們惹出大麻煩來。總統，您說得對，解決之道是緊急通知警政署長，總統您要的話，我很樂於親自去通知。你的意思是說，在政府層級系統上抄近路，跳過總理直接去通知。報告總統，如果情況不是那麼嚴重，我當然不敢這麼做。親愛的朋友，這個世界上，所有的風聲最後都會走漏的，而就我們所知，也不會有另外一個世界了，雖然你說那位職員可以信任，我是相信你的，但我不敢說警政署長也能信任，萬一他跟內政部長是一夥的，這非常有可能，你想想那是會惹出多大的麻煩呀，內政部長會去質問總理這是怎麼一回事，因為他不能質問我，然後總理會想知道我是不是想要跳過他來越權指揮，然後要不了幾小時，我們拚了命要保密的事情就會被攤在陽光下了。總統，您這次又說對了。有個政界同行曾經自稱他一向都是對的，幾乎從不懷疑自己的判斷，我還不至於那麼說，不過我也差不多是那樣了。那我們該怎麼做呢，總統。叫那個人進來吧。您說那個職員。對，就是拆信的那一位。現在嗎。再晚一小時就太遲了。祕書長用內線電話聯絡那位職員。立刻到總統辦公室來，動作要快。穿過層層走廊和層層辦公室通常至少需要花上五分鐘，但那位職員僅僅三分鐘後就來到門前，氣喘噓噓，雙腿顫抖。用不著跑得這樣急呀，總統和善地微笑著說。報告總統，祕書長叫我動作要快，職員上氣不接下氣地說。很好，我召見你是為了這封信。是的，總統。你想必看過這封信了。是的，總統。你記不記得信上說了什麼。報告總統，多多少少記得。不要用這種模稜兩可的話回答我，好好回答我的問題。是的，總統，我記得很清楚，就好像剛剛才看過一樣。你想你有沒有可能盡力把這內容忘掉。可以的，總統。好好想清楚，你要知道，盡力忘掉和真正忘掉是兩回事。是的，總統，的確是兩回事。所以光是努力是不夠的，你還需要多做點什麼。報告總統，我以人格向您保證。我很想又跟你說一次，不要用這種模稜兩可的話回答我，但我想聽你解釋解釋，你講得那麼浪漫的所謂用人格保證，在現在這個狀況下，到底確切是什麼意思。報告總統，意思是，我鄭重宣告，無論發生什麼事，我都絕對不會把這封信的內容傳播出去。你結婚了嗎。報告總統，結婚了。好，我有個問題要問你。我會回答的。假設你把這封信的性質告訴你老婆，你覺得根據傳播這個詞的嚴格定義，你是不是傳播了任何事呢，當然啦，所謂的任何事，我是指那封信，不是指你老婆。報告總統，不是的，因為嚴格來說，傳播的意思，是把事情公開，大肆宣揚。沒錯，很高興你國文念得很好。但是我連老婆都不會說。你的意思是說你什麼也不會告訴她。也不會告訴其他任何人。用人格向我保證。總統，不好意思，我剛剛已經保證過了。不可思議呀，我居然已經忘掉了，如果待會兒我又忘了，請祕書長提醒我。是的，總統，另外兩人異口同聲地說。總統沉默了幾秒鐘，然後開口問道，如果我要想要看看信件登錄冊，看看你寫了什麼，你能不能幫我省去從椅子上站起來的麻煩，直接告訴我我會看到什麼。報告總統，上面只寫了一個詞。如果這麼長的一封信你可以用一個詞來總結，那你的歸納能力真是不同凡響。報告總統，是陳情。什麼。登記簿裡寫的詞，是陳情。沒有別的了。沒有別的了。可是這樣就不會有人知道信裡說了什麼。報告總統，我就是這樣想的，最好都不要有人知道，陳情兩個字就涵蓋一切了。總統心滿意足地把背脊靠上椅背，咧開嘴露出全部的牙齒，對那位精明的職員笑了笑，說，你早說的話，就用不著浪費人格那麼重要的東西來給我保證了。報告總統，一種預防措施可以確保另一種預防措施發揮作用。不錯，很不錯，但你久不久就去看一下登記簿，以防有人忽然想在陳情之外加上什麼字。報告總統，我已經把那個條目封鎖起來，所以不能再加字上去了。你可以退下了。遵命，總統。門關上後，祕書長說，我得承認我從沒想到過這人會這麼自動自發，我想我們已經證實了他的確值得信任。他或許值得你信任，總統說，但不值得我信任。可是我以為。你以為得沒錯，親愛的朋友，但同時也錯了，把人歸類的最安全方式不是把他們歸類為聰明的人和笨的人，而是要歸類為聰明的和太聰明的，笨的人隨便怎麼處置都可以，對付聰明的人，要訣就是要把他們拉來跟我們同一國，至於太聰明的嘛，即使他們跟我們同一國，本質上還是很危險，他們自己也控制不了，最奇怪的就是，他們所做的每一件事都在時時刻刻警告我們要當心他們，但是一般來說，我們總是對那些警告視而不見，然後就得要承擔後果。總統，您的意思是。我的意思是，我們那位精明的職員，那位有能力把一封令人坐立難安的信化為簡簡單單陳情一個詞、在信件登記簿上變戲法的魔術師，很快就會接到警方的電話，就會收到我倆承諾要給他的驚嚇了，他自己也說過同樣的話，只是他自己不知道而已，他說，一種預防措施可以確保另一種預防措施發揮效用。總統，一如往常，您又說對了，您總是這麼有遠見。沒錯，但我從政生涯的最大錯誤就是坐上這個位置，我當時不知道這個座椅的扶手是有手銬的。那是因為我們的制度不是總統制。沒錯，所以他們唯一准許我做的事就是剪綵和親吻嬰兒。但是現在您手上有張王牌。只要我把這封信交給總理，就會變成他的王牌，我就只是個信差而已。而他只要一交給內政部長，信就會落入警方手中，因為警方是生產裝配線的最後一環。你學會了很多東西。報告總統，是您調教有方。有件事你知道嗎。我洗耳恭聽。那個可憐的傢伙我們先別驚擾他，誰曉得呢，我今晚回家之後，或者也許更晚一點，在床上的時候，說不定會把那封信的內容告訴我老婆，還有你，親愛的祕書長，說不定也會做一樣的事，你老婆會把你當個英雄一樣崇拜，她親愛的老公知曉國家的祕密與陰謀，他消息靈通，可以毫無屏障地呼吸權力溝渠裡的腐敗惡臭。拜託別這樣，總統。別放在心上，我想我還不至於那麼壞，但有時候我會忽然清楚意識到這樣還不夠，這種時候我靈魂的煎熬超過言語所能形容。報告總統，我現在和未來都會守口如瓶。我也是，我也是，但有時我會想像，如果我們全都打開嘴巴說個不停，一直到某個時刻才停止，這世界會變成什麼模樣呢。到什麼時刻才停止呢，總統。喔，沒什麼，沒什麼，讓我靜一靜吧。

不到一個小時，接到緊急召喚的總理便進了總統府。總統把信遞給他，作勢要他坐下。你看看這封信，告訴我你有什麼看法。總理在椅子上落座，展信閱讀。想必是讀到了一半的時候，他抬起頭，滿面疑惑，猶如聽不懂自己剛剛聽到的話，接著又繼續閱讀，一口氣讀到最後，不再中斷，也不再做出任何表情達意的動作。一個充滿善意的愛國者，他說，但同時也是個徹頭徹尾的畜生。為什麼是畜生，總統問。如果他信上所說的是真的，假設這個女人真的存在，真的都沒有瞎，並且還幫助那六個人度過了那段艱苦的時光，寫這封信的那個人有幸能活到今天，很可能是拜那個女人所賜，如果我爸媽有幸碰到那女人，說不定現在也還健在。他說那女人殺過一個人。總統，沒有人知道那段期間有多少人被殺，我們已經認定所有找到的遺體都是意外或自然死亡，這個問題已經蓋棺論定了。蓋了棺也是可以打開的。話是沒錯，但總統，依我看，這件事還是就讓它蓋著得好，那件殺人案非常有可能並沒有人證，就算有，也不過就是一群瞎子當中的一個瞎子，要為一樁沒有人證也沒有物證的殺人案把那女的抓來審判，這很可笑，荒謬至極。這封信的作者聲稱那女的殺了人。是的，但他並沒有說他是現場的目擊證人，更何況，總統，我剛剛說了，寫這封信的人是個徹頭徹尾的畜生。道德判斷不是我們探討的重點。我知道，總統，但人總可以抒發抒發心中的感覺。總統把信拿回來，看著信卻彷彿什麼也沒看到般地問，你想你會怎麼做呢。我，什麼也不做，總理回答，這案子連一點點蛛絲馬跡也沒有，根本無從辨起。寫信的這位人士暗示，那個女人沒瞎和這次這個害我們陷入窘境的大量投空白票事件之間可能有所關連，這你一定注意到了吧。報告總統，我們兩個對事情的看法有時不大相同。那是很自然的事。沒錯，我對您的智力與常識有高度的敬意，只因為有個女人四年前沒瞎，就認定幾十萬連聽都沒聽說過這人的民眾在一場選舉中投下空白票的事件是因她而起，我以為以您的智力和常識，必定會毫不猶豫地對這個說法嗤之以鼻，我的這個想法就和我們偶爾意見不合一樣，是很自然的事。那是你的說法。報告總統，這事情沒有別的說法，我的建議是把這封信歸檔到神經病寫來的信件類別中，別再討論它，然後我們繼續尋找目前問題的解方，真正的解方，而不是某個白痴的幻想或怨念。你說得很對，我把一大堆無足輕重的蠢話看得太嚴重了，還把你找來見我，浪費了你的時間。喔，總統，那沒什麼，如果您要說那是浪費，我們兩個達成共識也把那浪費的時間彌補回來了。很高興你這樣想，謝謝你。好，那我就不打擾您了，您去忙您的事，我回去忙我的事。總統正要伸出手來道別，電話突然響了起來。他拿起話筒，祕書說，報告總統，內政部長想和您說話。電話接進來吧。兩人的通話十分冗長，總統聆聽對方說話，時間一秒一秒過去，總統臉上的神情變了，偶爾他咕噥一聲，對，有一回他說，這絕對值得深入調查一番，最後他說，你跟總理報告一下這事。他放下話筒。是內政部長。這位和善的傢伙有什麼事呀。他也收到了一封內容差不多的信，他決定要展開調查。真是壞消息。但我要他先跟你討論討論。我聽見您說了，但這仍然是壞消息。為什麼。我相信很少有人比我更瞭解內政部長的了，依我對他的瞭解，他應該已經和警政署長談過了。阻止他。我會設法阻止他，但恐怕沒什麼用。用你的職權阻止他。什麼，然後被指控在眾所周知國家陷入嚴重危難之際阻擋調查一些可能會危害國家安全的事件，總理問，接著他又說，您會是頭一個和我切割的人，我們剛剛達成的共識就會成為一場空，也已經是一場空了，因為毫無作用。總統點點頭說，一會兒之前，我的祕書長在談到這封信時，說了一句發人深省的話。什麼話。他說警方是生產裝配線的最後一環。恭喜總統有個這樣出色的祕書長，但您最好警告警告他，有些真相還是別說出口比較好。這個房間有隔音設備。這不表示房裡沒有暗藏竊聽器。我可能該下令把這房間搜一搜。如果您真搜到了竊聽器，請相信絕不是我下令安裝的。很好笑。很悲哀。親愛的朋友，這局勢害你陷入了死胡同，我可真過意不去。喔，一定有路可以出去的，我得承認我目前還看不到出路在哪裡，但是也不可能回頭了。總統把總理送到門口，說，那個寫信的人沒有也寄一封給你，可真奇怪。他說不定有寄，只不過您的祕書室以及內政部的祕書室很顯然比我的祕書室勤快。很好笑。不對，總統，是很悲哀。

的確有一封信是寄給總理的，但這封信花了兩天才到達總理手中。他立刻就發現負責登錄信件的職員沒有總統的職員謹慎，否則還有什麼能解釋過去這兩天來滿天飛竄的流言呢，這流言要不就是有哪些中階公務員迫不及待想要彰顯自己消息靈通而走漏風聲，要不就是內政部為了防止總理反對或是以象徵性手法阻撓警方調查而刻意放出的消息。還有另一種可能性，這種可能性我們稱之為陰謀論，那便是總理在被總統召見的當天傍晚與內政部長進行了號稱私密的對話，其私密程度其實遠遠比我們所以為的差得多，因為誰曉得呢，裝了襯墊的隔音牆裡說不定暗藏了幾顆唯有血統最精良的電子獵犬才能嗅聞得出的最新一代竊聽器。無論實情為何，都已經覆水難收了，對於國家機密而言，這是個悲傷的時刻，因為沒有人捍衛它們。總理清楚明瞭這件令人遺憾的事是真真確確的事實，也深深相信祕密這種東西毫無意義，尤其當祕密已不再是祕密時更是如此，因此他帶著從制高點鳥瞰世界的神情，彷若口中說著，什麼也別說，我什麼都知道了，他緩緩將信折疊起來，放進外套內側的一個口袋中。這是來自四年前那場盲目的信，我要把它帶在身邊，他說。看見祕書長驚駭的神情，總理微微一笑。別擔心，親愛的朋友，和這封一模一樣的信至少還有兩封，更別說一定已經有很多影本在到處流傳了。祕書長臉上突然換上了一副佯作無辜或心不在焉的神情，彷彿不太理解方才聽見的話，又彷彿他的良知突然襲擊他，指控他犯了某種古老的罪行，又或者該說是新近的罪行。你下去吧，我有事再叫你，總理一面說，一面從椅子站起身，走向其中一扇窗戶。開窗的聲音掩蓋了關門聲。從窗戶向外看去，除了一排低矮的屋頂外，看不見太多其他東西。他忽然懷念起首都，懷念起選民乖乖依指示投票的美好時光，懷念起無論是在他那小資型官邸或是國會中度過的單調歲月，懷念起那些動盪不安卻也往往愉快有趣的政治危機，那些危機就如同強度可以控制、持續多久也可以預見的火光一般，幾乎全是造假作戲，一旦經歷過那些危機之後，不僅會學到不再說實話，還會學到在必要的時候，要將實情與謊言如同一體的兩面一般相互搭配。他好奇調查是否已經展開，思考的中途停頓了一下，來猜測參與警方行動的探員是否會是留守在首都負責情蒐報信卻未獲成功的那些人，又或者內政部長會比較喜歡起用一些親近的心腹來進行這項新的任務，誰曉得呢，這些人可能受到電影裡亮麗的冒險成分所吸引，渴望著腰際藏刀突破封鎖，匍匐鑽過鐵絲網底，用消磁器來騙過可怕的電子感應器，如同戴著夜視鏡、具有貓一般敏捷身手的鼴鼠，從鐵絲網另一側的敵方土地鑽出地面，朝目標挺進。總理對內政部長瞭解甚深，這人的嗜血程度僅比吸血鬼略遜一籌，比藍波[39]更好虛張聲勢，他肯定就是會下令探員們採取這種行動模式。他想得一點也沒錯。被封鎖的城市邊緣有一片濃密的小小林地緊緊相連，有三個人藏身其中，等待著黑夜轉變為黎明。然而總理在辦公室窗前所想像的並非樣樣都與我們眼前所見的一致。例如這些人身著便服，腰際並沒有藏刀，皮套裡裝的武器是槍，這種槍被冠上了令人安心的名稱，叫執法用槍。至於那可怕的消磁器，在那幾人身上所配備的各類裝置之中，似乎並沒有什麼儀器看來像是能達成這項決定性的功能，不過仔細想想，那可能也僅意味他們刻意攜帶了看上去並不像消磁器的消磁器。然而我們很快就會得知，邊境這一段的電子感應器事先安排好了將在特定時刻關閉五分鐘，這時間足夠三個人從容不迫地魚貫穿越鐵絲網，而為了不要劃破褲子或割傷皮膚，有一段鐵絲網在今天被剪斷了。軍隊的工兵會趕在破曉之前前來修復破損的部位，當黎明的緋紅手指回來揭開夜幕，我們將看見曾經短暫溫和無害的險惡鉤刺重新恢復尖利，盤捲成巨大圈狀的鐵絲池邐綿延在邊境的兩側。那三人已經穿越邊境了，他們排成縱隊，領頭的也是最高的一個，領著小隊跨越田野，草地濕潤得滲出水來，在鞋底吱吱吟叫。市郊一條小路上，距離他們約莫五百公尺遠之處，有輛車停在那裡，等著要載他們穿越死寂暗夜，前往他們在首都內的目的地，那是一家冒牌的保險與再保險公司[40]，這家公司既沒有本國客戶，也沒有外國客戶，卻仍然尚未破產。這幾人所接獲的命令直接出自內政部長之口，內容簡單明瞭。我不管你們用什麼方法取得結果，只要回報結果給我就好。他們的手上並不持有書面指示，沒有通行證可以作為掩護，萬一情勢發展不如預期，也沒有文件可以出示以作為防禦或抗辯的依據，若是他們的行動損及了國家聲譽或是破壞了目標與過程的純淨，內政部當然隨時有可能會放他們自生自滅。這三人猶如一支深入敵境的突擊部隊，我們似乎沒有理由認為他們在那兒會冒上生命的危險，但一項使命若是需要執行者具有偵訊的技巧、擬定策略的靈活手腕以及執行策略的敏捷身手，且各項能力都須達到頂級的段數，這使命具有著什麼樣微妙的性質，他們都心知肚明。我認為你們不需要殺人，內政部長曾這麼說，但若是遇上極端的情況，你們覺得別無選擇，那麼就下手吧，不要遲疑，司法部長那邊我會去處理。司法部長的職務已經由總理代理了，三人小組的組長大膽發言。內政部長裝作沒聽見，僅是狠狠瞪著那位不識相的傢伙，那人別無選擇，只有轉開視線。車駛進城市，在一座廣場停下來，以便更換司機，之後在市區繞行了三十圈左右，以便甩開不大可能存在的跟監者，最後在那間保險與再保險公司所在的大樓前讓他們下車。此刻是辦公大樓最不可能有訪客的時間，但守門的警衛並沒有出來查看這樣的時間是什麼人來訪了，我們可以推估前一天下午有人來找過他，那人好言好語地勸他這天早點上床，縱使失眠使他闔不了眼，也萬萬不要爬出被窩。三人搭電梯上到十四樓，沿著一條走廊向左走，轉上一條向右的走廊，又再轉進一條向左的走廊，終於來到幸運保險與再保險股份有限公司的辦公室。我們知道這裡是幸運保險與再保險股份有限公司，是由於招牌正是這麼寫的，招牌是塊四四方方黯淡無光的銅牌，鑲著黑色字體，以錐臺形狀的銅釘釘在門上。三人走了進去，其中一名部下扭開電燈，另一名部下關上門並插上安全扣，組長則走進各個房間巡視，檢查電話線，把各項器械接上電源，走進廚房、臥室、浴室，打開應該是要作為檔案室的房門，快速瀏覽了一下房內儲藏的各類武器，吸了吸熟悉的金屬與潤滑油氣味，明天他將要仔仔細細一件一件好好檢查檢查這些武器。他把助手們喚來，自己坐了下來，也要他們坐下。今天早上七點的時候，他說，我們要開始跟監嫌犯，請注意，雖然就我們所知他什麼罪也沒有犯，我還是稱他為嫌犯，這不只是為了簡化我們彼此之間的溝通，同時也是為了安全上的考量，我們還是別提起這個人的名字比較好，至少開頭的幾天別提起，此外我還要補充，我希望這項行動持續不會超過一個星期，我們的首要目標在於瞭解嫌犯在城市裡的移動狀況，瞭解他在哪裡工作、去了哪裡、和什麼人見了面，也就是基本偵查工作的例行程序，在直接接近那人之前，先把周遭地形調查清楚。我們應不應該讓他知道他被跟蹤了，第一名助手問。開頭四天不要，但之後就要了，我希望他感到憂慮不安。他既然寫了那封信，一定就預期會有人來找他。時機到的時候我們會去找他的，但我希望是嚇一嚇他，讓他以為他被他所舉發的人跟蹤了，至於怎麼嚇他，就由你們自行決定了。被醫生的太太跟蹤嗎。不是，不是她，而是她的共犯，投空白票的那些人。我們會不會跳太快了，第二名助手問，我們都還沒開始偵辦，就已經談到共犯了。我們只是做一個簡單初步的勾勒，如此而已，我想要設身處地站在寫信那人的立場，從他的角度看看他看到了什麼。就我看來，花一個禮拜跟蹤那個人太久了，第一名助手說，順利的話，最多只需要三天就可以搞定。組長皺起眉頭，他原想要說，我說一個禮拜就是一個禮拜，但他想起了內政部長，他不記得部長曾明確要求要盡快取得成果，但由於從主事者口中最常聽到的命令都是要盡快，而眼前這案子也沒有理由是例外，相反地，對於同意把時程縮減成三天，他也沒有太勉為其難，在一般上司與下屬的相處中，當發號施令者罕見地對接受命令者讓步時，正常情況下會有的掙扎遲疑大約也就僅是這樣而已。我們有那棟大樓裡所有成年居民的照片，當然啦，我是說所有的成年男性居民，組長說，接著又毫無必要地補充說，其中一個就是我們在找的那個人。我們要先知道他是哪一個，才有辦法開始跟監，第一名助手說。沒錯，組長不情不願地同意，但我還是要你們七點就到他住的那條街上去站好戰略位置，跟蹤兩個看起來最像會寫那封信的人，我們就從這裡著手進行，直覺和警察的敏銳目光總是有派上用場的時候。我能不能說句話，第二名助手說。當然可以。從那封信的口氣判斷，那人一定是徹徹底底的渾球。第一名助手說，所以你的意思是說，我們只要跟蹤看起來像渾球的人就好了，接著他又補充，但是根據我的經驗，最渾球的渾球看起來最不像渾球。說真的，我們直接去跟戶政事務所要一張那個人的照片比較合理，可以省下很多時間和力氣。組長決定要打斷他們的談話，我想你該不會是想要教神父念主禱文、教修女念聖母經吧，如果他們沒叫我們這麼做，那一定是因為他們不想引起別人的好奇心，導致行動被迫終止。報告長官，請容我表達異議，第一名助手說，一切跡象都顯示這人恨不得把一切都抖出來，事實上，我認為如果他知道我們在這裡，可能現在就會來敲我們的門了。也許你說得對，組長說。助手的這番話無論從哪個角度看來都是對他的行動計畫進行猛烈批評，他用極大的力氣壓抑心中的惱怒，說，但是在直接聯繫他之前，我們希望能對他有盡可能多的瞭解。我有個點子，第二名助手說。不要再提新點子了，組長尖酸地說。我保證這個點子很棒，我們當中的一個假扮成賣百科全書的，這樣我們就會知道開門的人是誰。賣百科全書的這一招已經落伍了，第一名助手說，何況開門的通常都是屋主的太太，我是說，如果那個人自己一個人住，這點子就很棒，但我記得信上說他已經結婚了。喔，可惡，第二名助手說。三人一語不發地坐著，面面相覷，兩名助手深知此時的最佳做法就是等待上司自己想出點子來。原則上，即使那點子像破船一樣漏洞百出，他們也打算要鼓掌叫好。組長正在權衡方才大家所說的一切，試圖把種種不同的建議拼湊起來，期望兩片拼圖能接合在一起，產生出某種像福爾摩斯或白羅[41]所想出的那樣厲害的點子，讓他的兩位下屬驚詫到合不攏嘴。突然之間，就好像有鱗片從他眼中掉下來[42]，他看到了出路。他說，多數人，當然啦，肢體傷殘的人除外，多數人不會一整天關在家裡，他們會出門工作、購物或散步，所以我的想法是，我們應該等到他家裡沒有人的時候闖進去，那封信上有那人的地址，我們有很多萬能鑰匙，他家裡一定會有照片，從不同的照片裡要分辨他是哪個人應該不難，這樣我們就可以跟蹤他了，而要知道他家什麼時候沒有人，可以用電話測試，我們明天可以打查號臺問他的電話，或者查電話簿，隨便用哪種方法查都可以。就在他說出這個十分蹩腳的結論同時，他理解到這幾塊拼圖其實並不吻合。雖然我們前面解釋過了，兩位助手對待組長苦思而得的結晶態度百分之百友善，但第一名助手還是覺得有必要開口說話，他努力使出一種最不刺傷組長脆弱心靈的語氣說，如果我說錯了請糾正我，但我們既然有那人的地址，可以直接去敲他家的門，問開門的人某某先生是不是住在這裡，如果開門的人是他，他會說，我就是，如果是他老婆，她可能會說，稍等一下，我去叫我先生，這樣我們就不用拐彎抹角，我們要的東西也可以手到擒來，這樣不會比較好嗎。組長舉起握緊的拳頭，像是要往桌子狠狠捶下去，但在最後一刻，他抑制住這個暴力手勢，緩緩放下手臂，用每個音節都比前一個音節更微弱的語氣說，我們明天再來研究這個可能性，我要去睡覺了，晚安。他才剛剛往他在偵查行動期間將要暫住的房間門口走去時，聽見第二名助手問，那我們還要不要按照計畫，在七點展開行動呢。組長頭也不回地回答，那個行動計畫暫時中止，等候進一步的命令，明天我把部裡傳來的訊息看完之後，你們會收到指令，有必要的話，為了加速工作的進行，我會做我認為合適的修正。他又再說了一次晚安。長官晚安，他的兩名助手說，接著組長就進了他的房間。房門一關上，第二名助手就打算要繼續方才的談話，但另一人趕緊把手指按在唇上，搖了搖頭，示意他別說話。他把椅子往後推，說，好，我要去睡了，你如果要當夜貓子，進來時可別把我吵醒。這兩人由於是部下，不像組長一樣可以有自己的房間，他們要一同睡在一個設有三張床的大房間裡，這算是一種很少會住滿的小型宿舍，中間的那張床總是最少使用的一張，當有兩名探員入住，就像現在這樣，他們毫無例外都會使用兩側的床，若是只有一名警察入住，他也肯定都喜歡睡在左側或右側，而從不會挑選中間的床，可能是由於睡在中間會使他感覺像是遭到了圍攻，或是像遭到逮捕的囚犯。就連最強悍、最堅韌的警察都需要靠近牆壁來感覺自己受到保護，而這兩位則還沒有機會證明他們是不是最強悍、最堅韌的警察。第二名助手聽懂意思，站起身說，沒有沒有，我沒有要當夜貓子，我也要上床了。兩人根據階級，一前一後用過浴室，我們目前為止還沒有提到，這三位警察都僅帶了一只小小行李箱或簡單的帆布背包，裡頭只有換洗衣物、一支牙刷和一支刮鬍刀，所以浴室裡應當備有沐浴所需的一切用品，事實也的確如此。一間擁有幸運這樣美好名稱的公司若是沒有費心為它所暫時收留的人準備保障生活舒適以及成功達成使命所需的種種用品，可是挺令人意外的。半小時後，兩名助手身穿胸口印有警徽的公務睡衣，躺在各自的床上。所以說，內政部企劃部門所訂的計畫一點用也沒有，第二名助手說。他們也不採取基本的預防措施，先向有經驗的人取一下經，結果就是會這樣，第一名助手回答。我們的組長經驗很多，第二名助手說，否則他不會當到組長。有時候距離決策中心太近，就會罹患近視眼，只看得到近物，第一名助手睿智地說。你的意思是說，如果有一天我們跟組長一樣，坐上了真正有權力的位置，也會有一樣的狀況，第二名助手問。就這個案例來說，現在和未來沒有理由會有什麼不同，第一名助手充滿哲理地說。十五分鐘後，兩人都入睡了，其中一人打著鼾，另一人沒有打鼾。

早晨八點不到，小組的組長已經梳洗沐浴、刮淨鬍鬚並更衣了，他走進客廳，內政部的行動計畫，說明確一點，是內政部長的行動計畫，原本被粗暴地加諸於警方充滿耐性的肩頭，在這客廳裡被他的兩名助手撕成了碎片，但他們在撕的時候懷抱著值得讚賞的慎重與值得尊崇的敬意，甚至還帶有一抹辯證的優雅。他一點都不介意承認這一點，並且對他們非但毫無怨懟，反而明顯地如釋重負。初初萌芽的失眠使他前一夜在床上輾轉反側了一番，如今他以對抗失眠的強盛意志力全權掌控了行動計畫，慷慨大方地將不能不給凱撒的東西歸給了凱撒，但清楚聲明，到頭來，一切的利益遲早都還是會回歸給上帝，或是回歸給當權者，那是上帝的另一個名字。因此幾分鐘後，仍穿著睡衣、拖鞋以及裝飾有警徽的睡袍、睡眼惺忪的兩名助手魚貫走進客廳時，看見的是一個心情平靜且信心飽滿的人。組長早已經預估到情況會是如此，預知這一天的第一分將會由他奪得，也已經將這一分記在了計分板上。小夥子們，早安呀，組長用和藹可親的口氣說，希望你們昨晚睡得好。報告長官，睡得很好，一個助手說。報告長官，睡得很好，另一個助手說。那我們來吃早餐吧，然後你們準備準備，誰曉得呢，說不定我們可以把那人活捉在床呢，那可就好玩了，喔對了，今天星期幾，星期六，今天星期六，沒有人星期六會這麼早起床的，你們等著吧，他開門的時候看起來就會跟你們現在一樣，穿著睡衣睡袍，腳上趿著拖鞋，慢吞吞穿過走廊，所以心理上也會鬆懈，防備也會下降，來吧，來吧，你們哪個勇士要自告奮勇來做早餐呀。我，第二名助手深知沒有第三名助手會來做這項工作，於是自告奮勇。如果是另一種情況，也就是說，如果部裡的計畫沒有被全盤推翻，而是毫無異議地獲得接受，第一名助手便會留在客廳，與組長一同對他們即將展開的偵察工作進行其實毫無必要的細項商定與微調，但是以現在的情況，尤其是已經陷身於穿著臥室拖鞋的自卑中，他決定要大大展現一下同袍情誼，於是說，我來幫忙。組長欣然同意，於是便坐下來翻閱前晚睡前做的筆記。不到十五分鐘，兩名助手就回來了，手上各端著一個托盤，托盤上有咖啡壺、牛奶瓶、一盒原味蛋糕，還有柳橙汁、優格和果醬，毫無疑問，特勤隊的外燴兵團再一次不負其多年來辛苦建立的名聲。他們要不就得用冷牛奶配咖啡，要不就得要去加熱，兩名助手認命地接受了這個狀況，他倆說，他們要去梳洗更衣了，一會兒就回來。我們會盡快。事實上，他們覺得長官穿著西裝打著領帶，一身筆挺地坐在那兒，他倆卻蓬頭垢面、滿臉鬍碴、睡眼惺忪，身上還散發著尚未沐浴的濃重的夜的氣味，似乎是嚴重的不敬。此時沒有解釋的必要，聰明人的三言兩語勝過雄辯滔滔，這一刻他們連三言兩語也不需要。由於氣氛平和，兩名助手又從廚房回到了座位，對組長而言，此時當然大可以做個順水人情，邀請兩名助手坐下來與他共享麵包和鹽[43]。我們是同事，彼此同舟共濟，我要是成天都得要擺出官威來讓屬下聽話，那就太悲哀了，認識我的人都知道我不是那一型的，坐下吧，坐下吧。兩名助手有些侷促地坐下了，心中深知這情況無論哪方面來說都不大妥當，兩個邋裡邋遢的流浪漢和一個相較之下簡直是花花公子的人共進早餐，他們兩個才是該早點滾下床，不只如此，他們應當早早把早餐準備好，等候組長從房間走出來，如果他願意的話，他可以穿著睡衣和睡袍，而我們，我們應該要換好衣裝、梳好頭髮，最終扳倒社會結構的往往不是轟轟烈烈的革命，而是這類行為上的小小落漆滴水穿石。有句饒富智慧的古諺說，若要別人敬重你，就別鼓勵他們親近你。為了他的工作著想，但願這位組長不會需要後悔曾經有這樣的一個時刻。此時此刻，他似乎對自己的任務信心滿滿，這點我們光是聽他說話就能明白。這項行動有兩個目標，一個是主要目標，一個是次要目標，次要的目標我現在就來交代一下，以免浪費時間，次要目標就是以不要花太多力氣為原則，盡可能查出那封信中所說的那個帶領六個盲人的女人所據稱犯下的殺人案件是怎麼一回事，主要目標呢，我們則是要使出全部的力量和本事、用盡一切可能的合理手段來達成，這個目標就是要查清楚這個據說在我們其他所有人都盲著眼四處跌跌撞撞時始終保持著視力的女人和這次這個投空白票的新流行病之間有沒有關聯。要找到她不容易，第一名助手說。所以我們才來呀，我們努力尋找杯葛投票行動的根源，但目前為止所有的努力都失敗了，這個人的信八成也不會帶來多少成效，但是起碼它開啟了一個新的偵查方向。這個行動牽涉到幾十萬人，要說這個女人是幕後主使，今天不剷除這個問題，明天她可能會糾集幾百萬人來參與，這實在太匪夷所思了，第二名助手說。兩件事都同樣不太可能，但是如果其中一件確實發生了，那另一件就也有可能會發生，組長回答，而後他帶著一種深諳天機卻不可洩漏的神情下了結論，然而他絲毫不知自己這話事後將證明再確實不過了。不可能的事永遠不會單獨發生的。這句愉快的結論是一首十四行詩的完美尾聲，就在這愉快的結論中，早餐也告一段落。兩名助手清空了餐桌，把餐具和剩餘的食物搬進廚房。我們去梳洗更衣，一下子就好了，他們說。等等，組長說，接著他對著第一名助手說，你最好用我的浴室，否則我們永遠出不了門。這位幸運的助手心滿意足地紅了臉頰，他的職業生涯剛剛往前躍進了一大步，他即將要在組長的馬桶裡尿尿了。

地下停車場裡，有輛車等著他們，車鑰匙前一天被放在組長的床頭櫃上，並附有一張簡短的紙條，說明車子的型號、顏色、牌照號碼及停放位置。他們避開大廳，搭乘電梯直達地下停車場，輕輕鬆鬆就找到那輛車。這時接近十點鐘，第二名助手替組長開了後座車門，組長對第二名助手說，你開車吧。第一名助手坐駕駛座隔壁的前座。這天早晨天清氣朗，陽光普照，再次顯示了曾經是大量懲罰來源的天空在經過幾世紀之後已經失去力量，在美好而公平的年代裡，聖經中有好幾座城市只因不聽從神的旨意，就連城帶人被毀於一旦，夷為平地，而如今有座城市違反了神的意願，投下空白票，卻連一道閃電也沒有降在他們頭上將他們焚燒成灰，不像所多瑪與蛾摩拉，以及押瑪與洗扁[44]，所犯的惡行遠遠比投空白票輕得多，就被五雷轟頂，焚燒到連基底也不剩，只不過後兩個城市沒有前兩個城市那樣常被人提到，前兩個城市的名字可能是由於具有無可抵擋的音樂性，永恆地縈繞在人們的耳畔。時至今日，閃電早已放棄盲目遵從上帝的旨意，如今它們想落在哪兒就落在哪兒，情況很明顯，我們已經不能再仰賴閃電來帶領這個投空白票的罪惡城市返回正義之路。為了取代閃電的功能，內政部派了三位天使長前來，這三名警察，一名組長及兩名組員，我們現在開始將以他們各自的官銜來稱呼他們，依據位階高低，這三位分別是偵查大隊長、偵查員以及偵查佐。前兩者負責觀察來往行人，這些人誰也不清白，全都身負某種罪，例如，他們猜想，那位道貌岸然的老先生會不會是黑暗勢力的頭子，那個與男友相擁的女孩會不會是不死蛇蠍的化身，那個低頭走路的男子會不會正前往某個不明洞穴，去提煉毒害城市靈魂的藥水。偵查佐由於地位低下，沒有義務進行高深的思索，也無須探究事物表面之下暗藏的祕密，他所關切的事樸素得多，例如他即將要用來打斷長官沉思的這件事就是，這樣的天氣，那人說不定跑到鄉下度假去了。什麼鄉下，偵查員用譏諷的口吻問。什麼叫什麼鄉下。真正的鄉下在邊境的另一邊，邊境的這一邊全都是城市。那倒是。偵查佐沒能把握住保持緘默的絕佳機會，但他學到了一個教訓，就是提出這種意見一點幫助也沒有。他專心開車，暗地裡向自己發誓，除非長官要他說話，否則他打死都不再開口。這時大隊長說，我們要鐵面無情，不要採用傳統的手法，譬如說扮白臉扮黑臉的那種老掉牙招數，我們是行動突擊隊，不講情分，要想像我們是專門為了執行一項特定任務所製造的機器，使命必達，義無反顧。遵命，長官，偵查員說。遵命，長官，偵查佐打破了自己的誓言，開口說。車子轉進寫信那人居住的街道上，他住在那棟大樓的三樓。他們把車子更往前開了些，停下來，偵查佐替大隊長開了車門，偵查員從車子的另一側下了車，突擊隊全員到齊，站上火線，握緊拳頭，展開行動。

現在我們看見他們在樓梯間了。大隊長對偵查佐比個手勢，偵查佐便按下電鈴。屋裡一片沉寂，偵查佐心想，你看吧，被我說對了，他到鄉下度假去了。大隊長又比了個手勢，偵查佐又按了電鈴。幾秒鐘過後，他們聽見有個人，是個男的，從門背後問，誰呀。大隊長看了一眼他的直屬下屬，下屬大聲回答，警察。請等一下，我穿個衣服，那人說。過了四分鐘，大隊長又做了個一樣的手勢，偵查佐再次按電鈴，這回他把電鈴按住不放。等等，請等一等，我馬上來，我才剛剛起床而已。最後這幾個字說出時，有個身穿襯衫和長褲、腳上仍趿著拖鞋的人開了門。今天是拖鞋日，偵查佐心中這麼想。那人看來並不驚慌，表情像是終於盼到了他引頸等待許久的訪客，少許的幾絲驚訝可能只是由於訪客出乎意料地多。偵查員詢問他的姓名，他說了，又補上一句，請進，抱歉這裡很亂，我沒想到你們會這麼早來，何況我還以為我會被傳喚去做筆錄，結果反而是你們找上門來了，我猜是為了那封信的事，對吧。是的，是為了那封信的事，偵查員直接回答，沒再多說。請進，請進。階級有時是反過來運作的，偵查佐最先踏進去，接著是偵查員，大隊長殿後。那人踩著拖鞋劈劈啪啪沿走廊走去。跟我來，這邊請。他打開一扇門，裡頭是個小客廳，他說，請坐，各位不介意的話，我去換雙鞋，穿拖鞋待客太不像話。嚴格來說，我們不太算是客人，偵查員說。當然不是，這只是一種說法而已。那你去換鞋吧，不過要快一點，我們趕時間。沒有，我們沒有趕時間，我們一點都不趕，目前為止尚未開過口的大隊長說。那人望向大隊長，這回臉上有了一絲驚慌，彷彿大隊長說話的口氣和原先說好的不一樣，他所能想出的唯一回應是，我向您保證，我絕對百分之百合作，您大可以放心，先生。是大隊長，偵查佐說。大隊長，那人複述，那先生您呢。別擔心，我只不過是偵查佐而已。那人轉向這個小隊的第三名成員，用揚起眉毛來代替發問，但答案卻來自大隊長。這位先生是偵查員，是我的大副，接著他又說，去吧，去換鞋子，我們等你。那人走出了客廳。屋裡聽不見有其他人的聲音，看來他是一個人住，偵查佐輕聲說。他老婆想必是到鄉下度假去了，偵查員笑嘻嘻地說。大隊長作勢要他們安靜。第一個問題由我來問，他壓低聲音說。那人回來了，坐下來時他說，我可以坐下嗎，彷彿他不是在自己的家中，接著他又說，我在這裡了，您需要我做些什麼呢。大隊長親切地點點頭，開口說話。你的那封信，或者說，你的那三封信，因為總共有三封。是的，我想這樣比較安全，因為說不定其中一封會寄丟，那人解釋。不要打斷我，我問什麼你答什麼就好。是的，大隊長。我再說一次，你的那幾封信，收信人都很感興趣地閱讀了，尤其是關於你所提到有個不明婦人四年前犯下了殺人案的那一段。這一段話只是事實的重述，裡頭並不包含問題，因此那人沒有回話。他的臉上露出困惑不解的神情，他提起那個事件只不過是為了把一個原本已經夠令人不安的人物形象渲染得更黑暗一點，他不懂大隊長為何不直接切入問題的核心，而要浪費時間去談那段插曲。大隊長裝作沒注意到他的神情，繼續問，你對那件凶殺案知道多少內情，告訴我們吧。那人很想提醒大隊長，這不是他那封信中最要緊的重點，相較於國家目前的局勢，那件凶殺案是最無足輕重的一件事，但他壓抑住了這種衝動，不行，不能這麼做，慎思告訴他，他應該要跟隨他們的音樂起舞，稍後他們必然會更換唱片。我知道她殺了一個人。你看見她動手嗎，當時你在場嗎，大隊長問。報告大隊長，沒有，是她自己供認的。向你供認。向我還有其他人。我想你知道供認這個詞在法律上的意義吧。報告大隊長，多多少少知道。多多少少還不夠，你要不就是知道，要不就是不知道。要這樣說的話，那就是不知道。供認的意思是陳述自己所犯的過失或錯誤，也可以意味向政府官員或法庭承認自己有罪，或承認自己所遭到的指控是確實的，這幾個定義嚴格來說適用於這個案子嗎。報告大隊長，嚴格來說並不適用。很好，繼續。我太太在場，我太太見證了那個人死掉。所謂在場是指在哪裡。一個舊精神病院，我們被隔離在那裡。我想你太太當時也瞎了吧。我說了，唯一沒瞎的人就是她。她是指誰。殺人的那個女人。啊。我們在同一間病房裡。殺人案就是發生在那間病房裡。報告大隊長，不是的，是發生在另一間病房。所以殺人案發生當時，你同房的室友都不在場。只有女性在場。為什麼只有女性。報告大隊長，這很難解釋。沒關係，我們時間很多。有一些盲人掌控了那個地方，對我們施行恐怖統治。恐怖統治。報告大隊長，是的，恐怖統治。怎樣恐怖統治。他們把食物扣住，我們要想吃飯，就得付費。他們要你們用女人來付費。報告大隊長，是的。然後那個女人殺了一個男人。報告大隊長，是的。怎麼殺的。用剪刀。被殺的那人是誰。就是其他那些盲人的頭頭。那女人顯然是個勇敢的女人。報告大隊長，是的。那你告訴我，你為什麼要舉報她。我沒有舉報她，我只是順便提起這件事而已。抱歉，我不懂你的意思。我那封信要說的是，做得到那件事的人也會做得到另一件事。大隊長沒有詢問另一件事是指什麼事，而僅是看著他先前用海軍術語稱為大副的那個人，敦促他繼續訊問。偵查員頓了幾秒後說，能不能請你太太出來一下呢，我們想和她談談。我太太不在。她什麼時候回來。她不會回來，我們離婚了。什麼時候離的婚。三年前。方便告訴我們為什麼離婚嗎。是為了個人的原因。當然一定是個人的原因。是私密的原因。所有的離婚都是為了私密的原因。那人看著眼前這幾張他摸不清底細的臉孔，理解到他若不說出他們想知道的內容，這些人不會放他清靜的。他清了清喉嚨，翹起二郎腿又重新鬆開。我是個有原則的人，他開始說話。喔，這我們知道，偵查佐忍不住發話，我是說我知道啦，我有幸看過你的信。大隊長和偵查員都微微笑了，這一拳他挨得罪有應得。那人滿臉困惑地看著偵查佐，彷彿沒預料到會有來自那個方向的攻擊似地，垂下雙眼，又繼續說，這和那些盲人有關，我受不了我老婆跟那幫流氓有染，開頭我忍受這個羞辱忍受了一整年，最後受不了了，就和她分手，辦了離婚。好怪呀，我以為你說那些人用食物來交換你們的女人，偵查員說。確實是這樣。那用你喊得那麼鏗鏘有力的話來說，我想你所謂的原則，是你老婆跟那些流氓有染之後帶回來的食物你碰也不要碰。那人垂下頭，沒有回答。我瞭解你的考量，偵查員說，這的確是不足為外人道的私事，喔，真抱歉，我不是故意要傷害你的感情的。那人看著大隊長，彷彿在向他求救，或者至少是懇求他用五馬分屍來取代凌遲。大隊長成全了他的願望，採用了絞架。你的信上提到一個有七名成員的團體。報告大隊長，是的。這七個成員是哪些人。除了那個女人和她的丈夫嗎。哪個女人。沒有瞎的那個。幫你們領路的那個。報告大隊長，是的。就是為了替同伴們復仇，用剪刀刺死流氓首領的那個。報告大隊長，是的。繼續說吧。她的先生是眼科醫生。這我們知道。還有一個妓女。她跟你說她是妓女嗎。報告大隊長，我印象中沒有。那你怎麼知道她是妓女。從她的舉止看出來的，她的舉止很明顯。當然啦，舉止是不會騙人的，繼續說吧。還有個老人的一隻眼睛是瞎的，戴了個黑眼罩，他們兩個後來住在一起。老人和誰。那個妓女。他們幸福嗎。我不知道。你總知道一點點吧。在我們還保持聯繫的那一年間，是的，他們好像很幸福。大隊長扳著手指頭數了數。還少一個，他說。是的，有個斜眼的小男孩在混亂中跟父母走失了。你是說你們都是在病房裡認識的。報告大隊長，不是的，我們在之前就認識了。在哪裡認識的。在我瞎掉之後我太太帶我去看病的眼科診所裡，事實上，我想我應該是第一個瞎掉的人。然後你傳染給其他人，傳給全城的人，包括今天來拜訪你的這幾個人。報告大隊長，這不是我的錯。你知道這些人的名字嗎。報告大隊長，知道。所有人的名字嗎。只有那個小男孩的名字我不知道，即使當時知道，現在也忘了。但你記得其他人的名字。報告大隊長，是的。也知道他們的地址。是的，除非他們過去三年間搬家了。大隊長往小小的客廳張望了一下，眼光停留在電視上，彷彿但願電視能給他什麼靈感，接著他說，偵查佐，把你的筆記本交給這位先生，借他一枝筆，讓他把他剛剛好心對我們提起的那些人的姓名地址寫下來，那個斜眼的小男孩除外，反正他對我們應該也不會有什麼幫助。那人接過筆和筆記簿時雙手顫抖，寫字時雙手依然顫抖，他告訴自己沒有必要害怕，警察會上門某種程度是他自己把他們找來的，他所不明白的是他們為什麼不談空白票、暴亂、反政府陰謀，談他寫那封信唯一真正的原因。他的手顫抖到寫出來的字幾乎無法辨認。我能不能換一頁，他問。你愛寫多少頁就寫多少頁，偵查佐回答。他的字跡稍微工整了些，不再給他帶來困窘了。偵查佐收回筆，把筆記本遞給大隊長，那人思考著他要做些什麼手勢、說些什麼話，才能在最後關頭博得這幾位警察的同情和善意，讓他們與他站在一邊。突然之間，他想起來了。我有一張照片，他驚呼，沒錯，我想那張照片還在。什麼照片，偵查員問。我們那群人的照片，在我們恢復視力之後不久拍的，我老婆沒有帶走，她說她會另外洗一張，她說我應該留著那張照片，以免忘記那段往事。那些話是她說的嗎，偵查員問，但那人沒有回答，他已經站起身，就要走出客廳，大隊長下令，偵查佐，跟這位先生一起進去，萬一他找不到，你就幫忙找，沒找到照片不准回來。兩人離開僅僅數分鐘。照片在這裡，那人說。大隊長走到窗邊，以便看得更清楚些。照片裡，六個成年人肩並肩一字排開，兩兩成雙成對。那人自己站在最右側，與他的前妻一起，清晰可辨，最左側站的是戴黑眼罩的老人和那位妓女，這也毫無疑義，而經由消去法，站在中間的兩人則只可能是醫生太太和她的丈夫了。前方像足球選手般跪著的，是斜眼的男孩。醫生太太身旁有隻大狗，直勾勾看著前方。大隊長招手要那人過來。是這個人嗎，他指著婦人問。報告大隊長，是的，就是她。那這隻狗呢。報告大隊長，您願意的話，我可以告訴您狗是怎麼來的。不用了，別麻煩，她會告訴我。大隊長頭一個離開，偵查員跟在他身後，最後是偵查佐。寫信的那人看著一行人走下樓，這棟大樓沒有電梯，未來也沒希望會有。

39 Rambo，電影《第一滴血》（*First Blood*）系列的主角，為一越戰退伍英雄。

40 再保險（reseguro，英文reinsurance）公司為保險公司提供保險，又稱為保險的保險。

41 此處原文為poirotiano（英文poirotesque），為Poirot一字轉變而成的形容詞。白羅（Hercule Poirot）為克莉絲蒂（Agatha Christie）小說中的偵探。

42 《新約聖經》〈使徒行傳〉中，掃羅（Saul，即後來的聖保羅）原本迫害基督徒，在前往大馬士革的途中見到耶穌顯靈，之後短暫失明，信徒亞拿尼亞（Ananias）將他治癒，他眼中「好像有鱗立刻掉下來」，從此恢復了視力，並受洗成為信徒。

43 斯拉夫民族傳統上用麵包和鹽歡迎貴客，此三人並非屬斯拉夫民族，僅以此表示長官熱情款待下屬。

44 所多瑪（Sodoma，英文Sodom）、蛾摩拉（Gomorra，英文Gomorrah）、押瑪（Admá，英文Admah，此處原文為Adnia，似為誤植）、洗扁（Seboyim，英文Zeboyim，又作Zeboim或Zeboiim）都是《舊約聖經》〈創世紀〉中被耶和華摧毀的城市。

三個警察開著車在城市裡繞了一會兒，打發午餐前的時間，但他們並沒有計劃要一塊兒吃午餐，而是將車子停在餐廳聚集的區域附近，然後分頭到不同的地方去用餐，並且預計在準準九十分鐘後，到一段距離之外的一個廣場碰頭，這回會改由大隊長開車，到時候他再前來接他的下屬。很顯然，這裡誰也不知他們是誰，他們的額頭上並沒有烙印警字，但這個城市因為種種的原因對他們懷抱敵意，謹慎與常識告訴他們，他們最好別集結在一塊兒逛大街。眼前的確有三個人聚在一塊兒，往前一些又還有三個人，但一眼望去就足以看出，這些人不過是普普通通的市井小民，尋常百姓，路人甲乙丙丁，沒有任何代表法律或是遭法律追捕的嫌疑。大隊長在車程中想要聽聽兩名下屬對寫信那人有何印象，但是又清楚表明他對於道德判斷沒有興趣。我們都知道他是頭號爛貨，所以沒必要再浪費時間去想其他的形容詞了。偵查員先開口，表示他格外欣賞大隊長主導訊問的方式，技巧性地不去提及信中的惡意指涉，也就是認為醫生太太由於四年前盲症肆虐期間獨特的個人狀況，而可能在背後策動了此次首都居民投空白票的行動，或是某種程度與這項陰謀有所牽連。那人顯然很錯愕，他說，他以為那個部分會是警察主要的興趣所在，說不定還會是唯一的興趣所在，真是大錯特錯呀。我幾乎快要有點同情他了，他補上一句。偵查佐贊同偵查員說的話，並且指出大隊長與偵查員的交替訊問成功突破了被訊問者的心防。他頓了頓之後，壓低嗓音說，大隊長，我有責任告知您，您要我跟他一起離開客廳的時候，我對他用了槍。用了槍，怎麼用，大隊長問。我用手槍頂著他的肋骨，他的肋骨現在可能還有槍印子。為什麼要這樣。我想他找照片可能會花點時間，會利用這個中斷的時間想些花招來阻撓調查，害大隊長您不得不改變訊問方向，朝對他有利的方向來進行。那現在你希望我怎麼做，在你胸前別個獎章嗎，大隊長譏諷地說。報告大隊長，我們爭取到了時間，那張照片一下子就出現了。我則恨不得把你變不見。大隊長，請原諒我。喔，你放心，我原諒你的時候，會記得通知你。是的，長官。有個問題。是的，長官。保險栓當時拴著嗎。報告大隊長，是的。為什麼，因為你忘記打開了嗎。報告大隊長，不是的，我真的只是想嚇嚇那人而已。他有沒有嚇到。報告大隊長，他嚇到了。看來我終究還是該頒發那個獎章給你，不過拜託你別太興奮，別撞上那個老太太，也別闖紅燈，我可不想向警察辯解。報告大隊長，這個城市沒有警察了，政府下封城令的時候，警察就撤走了，偵查員說。啊，這下我明白了，我剛剛還在想這裡為什麼這麼安靜。他們行經一座公園，公園裡有孩童在玩耍。大隊長看著孩童，神情恍惚，似乎心不在焉，但突然發自他胸臆的一聲嘆息顯示他的思緒必定飄到了另外的時光、另外的地點。我們吃過飯後，他說，我就要回基地去了。是的，長官，偵查佐說。大隊長，您有沒有什麼命令要交代，偵查員問。去散散步，在城市裡到處逛逛，到咖啡廳和商店裡去，睜大眼睛，豎起耳朵，準時回來晚餐，我們今晚不出去了，廚房裡想必會有一些罐頭食品。是的，長官，偵查佐說。明天我們分頭行動，我們勇猛大膽的司機，帶槍的那位警察，要去和寫信那人的前妻談談，坐在副駕駛座上的偵查員呢，要去拜訪戴黑眼罩的老人和他的妓女，我則要把醫生太太和醫生保留給我自己，至於訊問技巧呢，就嚴格堅守我們今天的做法，不要提起空白票，不要陷入政治辯論，問題只侷限於殺人案當時的週邊情境以及嫌犯的性格，誘導他們談談那個團體，團體是怎麼形成的、他們過去互相熟識嗎、恢復視力後彼此關係如何、目前的關係又如何，或許他們感情不錯，可能會想要互相保護，但是如果事先沒講好什麼可以說，什麼要保持沉默，肯定會犯錯，我們的工作就是要引導他們犯錯，還有，長話短說，最重要的事實要記住，那就是明天早上我們要準時在十點半抵達這些人的家，我沒有要大家對一下手錶，只有動作片才會做這種事，但是我們絕不能給嫌犯串供或互相警告的機會，現在大家各自去吃午餐吧，喔對了，你們回基地的時候，從停車場進去，我星期一會去確認一下門口的警衛值不值得信任。一小時又四十五分之後，大隊長接到在廣場等待他的兩名助手，並在城市的不同區域放他們下車，偵查佐先下車，偵查員次之，他們將在這些地方執行他們所接獲的命令，也就是四處逛逛，走進咖啡廳和商店，睜大眼睛，豎起耳朵，簡單地說，就是尋找罪案的蛛絲馬跡。他們將會返回基地去吃說好的罐頭晚餐並上床睡覺，當大隊長問他們蒐集到什麼情資時，他們會坦白承認自己沒有任何消息可以稟報，承認這個城市居民說起話來的滔滔不絕絕不遜於其他任何城市，但對於這個話題他們卻興趣缺缺。這是個好現象，他會說，沒有人談論這話題，恰恰就證明這其中確有陰謀存在，在這個情況下，沉默與陰謀並不抵觸，反而成了證據。這句話並不是他的話，而是出自內政部長之口，他稍早回到幸運公司時，與內政部長進行了短暫的電話交談，雖說電話線路絕對安全，但他們的談話仍舊完全遵守基本官方機密法則的一切規範。他倆之間的談話摘要如下。午安，我是海鸚。午安，海鸚，信天翁回答。和當地鳥類有了第一次接觸，獲得友善接待，在老鷹和海鷗的協同參與下，進行了有效訊問，取得不錯成果。有重大收穫嗎，海鸚。報告信天翁，有重大收穫，我們取得了整批鳥群的絕佳照片，明天會開始鑑別不同的鳥種。幹得好呀，海鸚。哪裡哪裡，信天翁。海鸚，你聽好。信天翁，我洗耳恭聽。海鸚，別被偶然的沉默給騙了，鳥類不出聲的時候，不見得意味他們不在鳥窩裡，是平靜掩蓋了暴風，而不是暴風掩蓋了平靜，人類的陰謀也一樣，沒有人提起這件事不表示這件事不存在，你瞭解嗎，海鸚。報告信天翁，我瞭解，我非常瞭解。海鸚，你明天打算怎麼做。我要對魚鷹發動攻擊。海鸚，魚鷹是誰，請解釋解釋。報告信天翁，是全海岸線唯一的一隻魚鷹，就我們所知，從來就沒有過其他的魚鷹。啊，這下我懂了。您對我有什麼命令嗎，信天翁。就嚴格執行你出發之前我給你的命令就好了，海鸚。報告信天翁，我會嚴格執行的。海鸚，有消息隨時回報。報告信天翁，我會隨時回報的。大隊長檢查所有的麥克風，確認全都關上後，低聲發洩了一陣情緒。警察和間諜之神呀，這也未免太可笑了，我是海鸚，他是信天翁，我們接下來用咕咕呱呱來溝通就好了，還暴風呢，我們早就已經有暴風了。他的下屬在城市裡走上走下，走得疲累不堪，終於回來時，他問他們有沒有打探到什麼消息，兩名下屬說沒有，他們睜大眼睛豎起耳朵，努力諦聽拚命觀察，但是很遺憾，一無所獲。他們說，那些人說起話來就像並沒有什麼事要隱瞞的樣子。就在這時，大隊長說出了內政部長所說的有關陰謀以及陰謀如何隱匿的那番話，但並沒有透露這話的出處。

第二天早餐過後，他們檢視地圖，在城市指南中尋找他們感興趣的街道。距離幸運保險公司所在大樓最近的一條街是寫信那人的前妻所居住的街道，寫信那人也就是我們先前所知的第一個盲人，醫生太太與丈夫的家位處中間，住得最遠的則是戴黑眼罩的老人及妓女。但願這些人都在家。他們如前一天一樣，搭電梯到停車場，事實上對不願暴露行蹤的人來說，這並不是很明智的做法，因為雖說目前為止，他們的確躲過了門口警衛的多事。這些神出鬼沒的傢伙是誰呀，我以前從沒在這附近看過這些人，他會在心裡這麼想。但他們逃不過停車場管理員的好奇心，我們不久就會看見後果了。由於偵查員要去的路程最遠，所以這回由他開車。偵查佐問大隊長對他有沒有什麼特別的指令，大隊長告訴他，沒有特別的指令，只有大方向。我只希望你別做蠢事，並且把槍牢牢收在槍套裡。可是大隊長，我本來就不會拿槍威脅女人。好啦，你事後再向我報告，總而言之，別忘了，十點半以前不准敲她的門。遵命，長官。去走走吧，找得到地方喝咖啡的話，就喝杯咖啡，買份報紙，逛逛櫥窗，警察學校教的各種技術你還沒有忘光吧。報告大隊長，沒有忘光。很好，你的街道到了，下車吧。訊問完了之後，我們在哪裡集合，偵查佐問，我們要講好一個集合地點，辦公室只有一支鑰匙就是有這麻煩，我是說，譬如說，假設我先完成訊問，也沒辦法回基地。我也是，偵查員說。他們不配發行動電話給我們就是會這樣，偵查佐不肯放棄，他有信心自己的論理很站得住腳，並且相信清朗的早晨會使上司慈祥和善。大隊長同意他的看法。我們目前有多少資源就先將就用一用，未來要是偵查上有需要，我會多申請一些設備，至於鑰匙嘛，部裡要是核可經費的話，明天你們就會一人有一支鑰匙。萬一他們不核可呢。那我會另外想辦法。那等一下的集合地點呢，偵查員問。根據目前所知的情況，一切跡象都顯示我的調查會花最長時間，所以你們何不就到我那兒去集合，地址抄一下，我們到時候再看看被我訊問的人看到又來了兩個警察會有何反應。大隊長，這個點子太讚了，偵查員說。偵查佐僅是點點頭，因為他不能說出心裡的話，他心中認為，雖說他的功勞間接且迂迴，但這個點子的產生是該歸功於他的。他在調查筆記中抄下地址，下了車。偵查員一面發動車子，一面說，平心而論，他真的有心要把事情做好，可憐的孩子，我還記得當年我還是菜鳥的時候，也跟他一樣，一心想把事情做好，卻老是弄巧成拙，有時我自己都不知我是怎麼升任偵查員的。我也不知我是怎麼達到現在這個職位的。您也會這樣質疑嗎，長官。我也會呀，朋友，我也會的，所有的警察剛起步的時候都是差不多的，其他方面就看運氣了。看運氣，也看知識。光是有知識有時並不夠，但是有了運氣和時間就幾乎無往不利，但別問我運氣是什麼，因為我也無法回答，我只能說，通常你如果剛好在適當的地方有人脈，或是有人欠你人情，就可以達成目標。不是每個人都天生就可以當上大隊長的。那倒是。何況如果一支警察部隊裡頭成員全是大隊長，就沒辦法運作了。如果一支軍隊裡的成員全是將軍，也一樣沒辦法運作。他們轉上眼科醫生居住的那條街。在這裡放我下車，大隊長說，接下來那段路我用走的。祝您好運，長官。也祝你好運。但願這件事可以盡快解決，老實說，我感覺好像迷失在地雷區的中央。別緊張，沒什麼好擔心的，你看看這些街道，看看這城市多麼祥和平靜。報告長官，這就是我擔心的地方，這樣的一個城市，沒有人掌管，沒有政府，沒有維安，沒有警察，也沒有人在乎，這當中存在著一股我無法理解的神祕。我們被派到這裡就是為了這個目的，為了理解這股神祕，我們有知識，只希望其他方面也一樣順利。您是指運氣嗎。是的，運氣。那就祝您好運氣了，長官。祝你好運氣，偵查員，如果那個據說是妓女的女人對你拋媚眼或是露出粉腿，你就裝作沒看到，專注於我們的調查工作，想想我們服務的單位有多麼尊貴崇高。戴黑眼罩的老人想必也會在那裡，而根據可靠消息，老人才最可怕，偵查員說。大隊長微笑了，老這件事也已經找上我了，不知道我會不會有一天老到變成最可怕的生物。接著他看了看手錶，已經十點一刻了，希望你來得及準時到現場。只要您和偵查佐都準時，我這邊慢一點點沒關係，偵查員說。大隊長道了別，說了聲待會兒見，下了車，而後猶如與自己謬誤的判斷相約見面似地，他一踏上柏油路面，便立即理解到他們毫無必要一分不差地同時敲響嫌犯家的大門，因為縱使嫌犯們果真這樣精明，精明到推斷得出一旦自己成為警方注意的目標，朋友們便可能也會有相同的命運，但當家中有個警察，他們既不會有機會，也不會有冷靜的心情來打電話向朋友示警。更何況，大隊長惱怒地心想，那些人不可能會是他們僅有的朋友，那樣的話，每一個嫌犯是需要打電話向多少多少多少的朋友示警呢。這會兒他不僅僅是暗自在心中想著這些事，並且還低聲發出咒罵、斥責和侮辱。這種白痴是怎麼當上大隊長的，政府怎麼會把這種關係到國家命運的調查權責交給像我這樣的白痴，這個白痴又怎麼會想出那種愚蠢的命令來下達給他的下屬，希望他們此時此刻沒有在嘲笑我才好，我想偵查佐是不會的，但偵查員挺聰明，老實說是太聰明了，雖然說乍看之下他似乎不怎麼機靈，或者說不定他是深藏不露，那樣的話他的危險性當然就加倍了，不行，我得要小心提防這個人才好，不能對他掉以輕心，這事可不能洩漏出去，有些人碰到過類似的狀況，後果非常慘痛，有人說過，我不記得是誰說的，說一時的糊塗可能會毀掉畢生的志業。這一番對自己的鞭笞痛罵對大隊長是有好處的。見他被踐踏羞辱、擣碎成泥，這會兒換冷靜的思維出場發聲，告訴他這命令其實並不愚蠢。你想想，萬一你沒下這樣的命令，偵查員和偵查佐高興什麼時候去找嫌犯，就什麼時候去找嫌犯，一個上午去，一個下午去，你要是看不出來這樣必然會發生什麼情況，可就真的是白痴了，徹頭徹尾的白痴，早上被偵訊的人肯定會衝去警告下午才會被偵訊的人，然後等到下午，負責偵訊的人上門去找他被分配到的嫌犯時，就會遭遇到一道他可能突破不了的防線，這就是為什麼你會當上大隊長，而且會繼續當下去，這不只是因為你熟悉這項工作，還因為你運氣好，有我這冷靜的思維在這裡客觀地幫你解析問題，先從偵查員開始看，你不需要像你原先打算的那樣，小心謹慎地對付他，你不介意我這樣說的話，那真是個沒膽子的念頭。大隊長並不介意這個說法。經過這一番反反覆覆的推敲斟酌，他在執行自己的命令時遲到了，當他舉起手來按門鈴時，已經是十點四十五分。電梯把他載到了四樓，來到他所要去的住家門前。

大隊長等著屋裡的人問誰呀，但屋門直接開啟，一名婦人站在門前說，有什麼事。大隊長將手放進口袋裡，掏出識別證。我是警察，他說。警察要找這間公寓的住戶做什麼呢，婦人問。要請他們回答幾個問題。什麼問題。我認為樓梯間不是適合展開偵訊的好地方。喔，所以您是要來偵訊的，是吧，婦人問道。夫人，就算我只有兩個問題要請問您，也還是算偵訊。看來您很講究字詞的精確性。對於別人給我的答覆我尤其講究。這話答得真好。這不難啊，是您提供給我的。如果您要追尋的是真相，我還可以提供更多給您。追尋真相是所有警察的根本目標。很高興聽見您這麼強調這一點，請進吧，我先生剛巧出門買報紙去了，一會兒就回來。如果您覺得不妥，您希望的話，我可以在外面等。說什麼傻話呀，快進來，還有什麼比在警察的手中更安全的呢，那位婦人說。大隊長進了門，婦人走在他前方，打開通往客廳的門，客廳溫馨舒適，流露出一股友善的家居氣氛。請坐，大隊長，請坐，婦人說，並且問，要不要來杯咖啡呢。不用了，謝謝，我們值勤的時候不能接受任何招待。那當然，嚴重的貪瀆就是從這裡開始的，今天接受一杯咖啡，明天接受一杯咖啡，到第三杯的時候，就來不及了。夫人，這是我們的一個規定。我能不能拜託您滿足一下我小小的好奇心呢。什麼好奇心。您告訴我您是警察，也給我看了您的識別證，識別證上說您是偵查大隊的隊長，可是就我所知，警察好幾個星期前就從首都撤出了，把我們扔到四處猖獗橫行的暴力犯罪手中，您今天來到這裡，我是不是應該認為我們的警察回來了呢。不是的，夫人，借用您的用語，我們並沒有回來，我們還是在分界線的另一邊。那麼您一定有很強烈的理由，才會跨越邊境。是的，有非常強烈的理由。那麼您特地要來問我的問題，想必也是和那些理由相關的囉。那是當然的。那我最好等著您問問題囉。沒錯。三分鐘後，前門開啟的聲音傳來。婦人走出客廳，對進門的人說，想不到吧，我們有個訪客，是個偵查大隊長呢。大隊長什麼時候開始對清白無辜的民眾感興趣啦。說最後幾個字的時候，醫生已經走進客廳了，他走在前，妻子跟在後，醫生對著大隊長發話。大隊長從坐著的椅子站起來回答，世界上沒有清白無辜的人，即便我們沒有真的犯下什麼刑案，也絕對都犯過某種錯誤。那我們是有什麼罪刑或過錯要被指控或追究呢。別急，醫師，我們先安頓安頓，才方便好好聊聊。醫生和妻子在沙發上坐下來等待。大隊長沉默了好幾秒，他忽然不確定該採取哪種策略。偵查員和偵查佐為了不要太早觸及重點話題而依指示僅就盲人遭刺殺的事件問話，那是一回事，但他是大隊長，他有著一個更宏大的目標，要查明眼前這個坐在丈夫身邊，猶如無所畏懼，無所虧欠般平靜的女子除了是殺人凶手外，是否也在一個邪惡陰謀中參了一腳，而這個邪惡陰謀狠狠羞辱了國家法治，把國家法治打趴在地。官方的密碼部門中，不知是誰決定要給大隊長安上海鸚這個怪異的代號，想必是個和他有私人恩怨的仇敵，否則對他而言較合適也較合理的別名應當是偉大的棋王阿廖欣[45]，但這位西洋棋大師很不幸已經不在人世了。方才在心中揚起的疑慮這會兒煙消雲散了，堅實的把握取而代之。我們就來看看他將以什麼樣高明的組合式藝術來展開招式，以帶領他達到可以喊出將軍的最後勝利境界，或者至少他自認為可以達到那樣的境界。他帶著一抹纖巧的微笑說，您剛才本來要請我喝的那杯咖啡，我現在很樂意接受了。我有責任提醒您，警察值勤時是不能接受招待的，醫生的妻子回答，她在這場遊戲中玩得不亦樂乎。大隊長這職位獲得了授權，當他認為合適的時候，就可以違反規定。您的意思是說，當他認為對調查有幫助的時候。可以這麼說。您不擔心我請您喝的咖啡會帶您走上貪瀆之路嗎。我依稀記得您是說第三杯咖啡才會導引到貪瀆之路。不，我說的是喝完第三杯咖啡就完成了貪瀆的過程，第一杯打開了門，第二杯擋著不讓門關上，好讓有心貪瀆的人可以暢行無阻，第三杯則把門關上。謝謝您的警告，我視之為建言，那麼我喝完第一杯就會停了。第一杯馬上來，婦人說，一面說，一面離開客廳。大隊長往手錶瞥了瞥。您趕時間嗎，醫生意有所指地問。不，醫師，我不趕時間，我只是在想我不知有沒有耽誤您的午餐。現在吃午餐太早了。我同時也在擔心不知要花多少時間才能得到我要的答案。您的意思是說，您希望得到某種特定的答案，還是只是希望問題能得到答案，醫生問，接著又補充，這兩者不一樣。您說得很對，這兩者不一樣，我剛才和尊夫人短暫單獨交談時，她提到我很講究字詞的精確性，我發覺您也很講究。我這一行光是因為字詞不精確就造成誤診的情況並不少見。我一直稱您為醫師，您卻沒問我是怎麼知道您是醫生的。因為我覺得問一個警察如何得知他所知道或號稱知道的事很浪費時間。這話答得好，這就好像問上帝是怎麼變成全知全能無所不在的一樣。您該不是在說警察是上帝吧。我們只不過是上帝在人間的謙卑代理人罷了，醫師。我以為上帝的代理人是教會和牧師呢。教會和牧師只不過是第二級的代理人罷了。

婦人回到客廳，托盤裡盛著三杯咖啡和幾片原味蛋糕。世上的事好像註定都會重複發生，大隊長一面用味蕾重溫著在幸運保險公司吃的早餐，心中一面這麼想。非常謝謝您，但我喝咖啡就好了，他說。把杯子放回托盤時，他再次謝過婦人，帶著鑑賞家的微笑說，夫人，咖啡真好喝，我甚至可能會考慮改變主意，接受第二杯咖啡。醫生和醫生太太早已經喝完了各自的咖啡，誰也沒碰蛋糕。大隊長從外套口袋掏出筆記本，準備了筆，彷彿對答案絲毫不感興趣般，以不帶任何情緒的中性語調說，夫人，四年前盲症大流行時您沒有失明，您對這件事有什麼解釋。醫生和妻子驚詫地對望，醫生太太問，您是怎麼知道我四年前沒有瞎的。大隊長說，尊夫剛剛才滿懷智慧地告訴我，問一個警察他如何得知他所知道或號稱知道的事情是浪費時間的事。是的，但我不是我先生。而我沒有必要向夫人或尊夫揭露我職業上的機密，我知道您沒有失明，這就夠了。醫生似乎想插嘴，但醫生太太把手放在他的手臂上。好吧，那麼請告訴我，警察為什麼會對我四年前瞎了或是沒瞎感興趣，我想這應該不是祕密。如果您和其他所有人一樣瞎了，如果您和我當年一樣瞎了，您就可以很肯定我今天不會來到這裡。沒瞎是犯罪嗎，她問。不是，沒有瞎過去不是罪，未來也不會是罪，但是您既然提起了，因為您當年沒有瞎，所以有能力犯下一起罪案。一起罪案。一起殺人案。婦人往丈夫瞥了一眼，彷彿尋求他的建言，但很快又把目光轉回到大隊長身上，說，是的，沒錯，我的確殺了一個人。她沒有繼續說下去，而是將眼光緊緊鎖在大隊長身上等待。大隊長裝作在筆記本裡記筆記，實際卻僅是在爭取時間，苦思下一步該怎麼做。婦人的反應令他吃驚，但真正出乎意料的不是她坦承不諱自己殺過人，而是她承認之後隨即靜默不語，彷彿對於這個話題沒有什麼更多的話可說了。他在心中尋思，事實上，我所感興趣的不是那起罪案。我想您應該有很好的理由，他大膽提問。有很好的理由做什麼，婦人問。犯那起罪案。那不是一起罪案。不然是什麼。是主持正義。法院的存在就是為了主持正義。但我當時不可能跑去警察局報案，因為您剛剛自己也說了，當時您和其他所有人一樣，也瞎了。只有您沒瞎。是的，只有我沒瞎。您殺的是誰。一個強暴犯，一個卑鄙下流的傢伙。您是說，您殺了一個當時正在強暴您的人。不是強暴我，是強暴我的一個朋友。那位朋友當時是瞎的嗎。是的，她當時是瞎的。那個男的當時也是瞎的嗎。是的。您是怎樣殺他的。用一把剪刀殺的。您把剪刀插入他的心臟嗎。不是，是插入他的喉嚨。您的臉不像殺人犯的臉。我不是殺人犯。您殺了一個人。報告大隊長，他不是人，他是臭蟲。大隊長又在筆記本裡記下了一些字，然後轉向醫生。先生，尊夫人忙著殺臭蟲的時候，您在哪兒呢。在一個原本是精神病院的病房裡，他們當時仍以為把最初的一批盲人隔離起來，就可以阻止盲症擴散，於是就把我們隔離在精神病院裡。就我了解，您是眼科醫生，對吧。是的，如果這也能算是榮幸的話，我很榮幸診治了第一個盲人。是男的還是女的。男的。他後來是不是也住進了同一間病房。是的，還有另外幾個當時也在我診所的人。尊夫人殺了那個強暴犯，您當時覺得這是好事嗎。當時這似乎是件必要的事。為什麼。您當時要是也在那兒，就不會問這問題了。有可能，但我當時並沒有在那兒，所以我要再問您一次，為什麼您覺得尊夫人殺掉那隻臭蟲，也就是那個強暴她朋友的人，是件必要的事。總要有個人做這件事，而她當時是唯一看得見的人。只是因為那隻臭蟲是個強暴犯。不是只有他，他們那間病房的所有人都要求我們用女人來交換食物，那個人是他們的頭頭。尊夫人也被強暴了，對嗎。是的。在她朋友被強暴之前還是之後。之前。大隊長又在筆記本裡做了些筆記，然後問，作為一個眼科醫生，依您的看法，尊夫人沒有失明是該如何解釋。依我身為眼科醫生的看法，這件事無可解釋。醫師，您有一位非常獨特的妻子。是的，的確是這樣，但不只是因為這樣。被拘禁在精神病院的那些人後來怎樣了。後來發生了火災，大半的人應該都被活活燒死，或是被崩塌的磚瓦壓死了。您怎麼知道有崩塌的磚瓦呢。很簡單，我們逃出來後就聽見磚瓦崩塌了。您和夫人是怎麼逃過一劫的。我們及時跑出來。您很幸運。是的，我太太指引我們出來。我們是指誰。我和其他一些人，就是當時在我診所的那些人。有哪些人。我先前提到過的第一個盲人、他的妻子、一個罹患結膜炎的年輕女子、一個患有白內障的老人、一個斜眼男孩和他媽媽。尊夫人協助這所有人逃出火場。是的，所有的這些人，除了男孩的媽媽，她沒有在精神病院裡，他們失散了，在大家恢復視力好幾週之後，他們才團圓。那那段時間誰照顧那男孩。我們照顧。您和尊夫人嗎。對，是她照顧，因為她看得見，我們其他人則盡力幫忙。您的意思是說，您們一群人像一個團體一樣住在一起，以尊夫人為嚮導。既是嚮導，也是必需品的提供者。您很幸運，大隊長又說一次。可以這麼說。一切回歸正軌後，您和那群人還有保持聯絡嗎。當然有。現在還有聯絡嗎。除了第一個盲人之外都有聯絡。為什麼有個例外。他不是個很好的人。哪方面來說。各方面來說都是。這太籠統了。對，我知道。您不想說明確一點嗎。您自己去跟他說說話，自己判斷一下。您知道他們住哪兒嗎。誰。第一個盲人和他的妻子。他倆分手了，離婚了。您跟他太太還有聯繫嗎。有。可是跟她先生沒有。對，跟她先生沒聯絡了。為什麼。我說了，他不是個很好的人。大隊長再度低頭看筆記，寫下自己的名字，以免看起來像是經過了這樣長的訊問之後，什麼訊息也沒得到。他即將要採取下一步驟，那是這整場遊戲中最困難也最冒險的一個步驟。他抬起頭，注視著醫生太太，開口要說話，但醫生太太先發制人。您是個大隊長，您來到這裡，向我們表明自己是大隊長，問了我們各式各樣的問題，您提到了我所犯下並且也承認的預謀殺人案件，那起案件沒有人證，有些人不能作證是因為他們死了，但所有的人都不能作證，是因為他們當時根本看不見，更何況四年前一切混亂，法律形同具文，沒人想知道當時發生了什麼事，與那起案件相關的問題暫且放到一邊，我們還在等您告訴我們，您來這兒的目的是什麼，我想您該向我們攤牌，別再拐彎抹角了，直接告訴我們派您來這兒的人感興趣的是什麼事吧。一直到此刻之前，大隊長都非常清楚內政部長交付給他的任務目標，就是要查出空白票現象與坐在他眼前的這個婦人之間有沒有什麼關聯，但是她突然插入的這段話毫不閃躲地直指要害，讓他頓時洩了氣，更糟的是，這番話使他忽然醒悟到他若是開口問她以下的話會有多荒謬，他要問她，妳會不會剛好是一個叛亂行動的發起人、首腦、領袖，籌畫這個叛亂行動的目的是在於要把民主帶入危險境地，甚至說是死亡境地也不為過，說這話時他會目光低垂，因為他會不敢注視她。什麼叛亂行動，她會這麼問。推動投空白票的叛亂行動。她又會問，您是說，投空白票是一種叛亂行為。如果有很大量的人投空白票的話就是。哪裡這麼說的，在憲法裡、選罷法裡、十誡裡、交通規則裡，還是咳嗽糖漿的瓶子上，她會鍥而不捨地問。寫在，寫在，沒有寫在哪裡，但誰都應該要瞭解，這是簡單的常識和價值層級的問題，層級最高的是有效票，接著是空白票，再來是無效票，最後就是棄權不投票，我的意思是說，很顯然，如果任何一種次級的類別大過了主要的類別，民主就會陷於危險境地，既然有選票，我們就要謹慎地使用它。所以這事的發生要歸咎於我。我就是要設法查明這一點。我是怎樣可以讓大多數的人投空白票呢，是往他們門縫裡塞傳單，還是半夜裡施咒作法，還是在自來水裡投放特殊的化學藥劑，還是承諾每個人都可以中彩券頭獎，還是用我先生看診賺的錢來買票賄選。大夥兒都瞎掉的時候，您還保有視力，您卻解釋不出或是不願解釋為什麼。這表示我籌畫了顛覆全世界民主制度的陰謀。我就是要設法查明這一點。好吧，那您就去查明吧，等您調查完畢，請來告訴我一聲，在那之前，我什麼話都不會再告訴您了。大隊長最不希望得到的結果就是這個，因此他打算要說，他沒有更多問題要問了，明天他會再過來，但正當他要這麼說時，門鈴響了。醫生站起身來去看是誰，回到客廳時，偵查員和他一同進來。這位先生說他是警方的偵查員，他說您命令他到這裡來。是的，我的確這麼命令他，大隊長說，但是我已經完成今天的工作了，明天同一時間我們再繼續。報告大隊長，您叫我和偵查佐，偵查員大膽插話，但大隊長打斷他。我先前說過什麼或沒說什麼現在都不重要了。所以明天我們三個人都要來嗎。偵查員，問這個問題很沒禮貌，我的每個決定都是在適當的地點適當的時機做的決定，該你們得知的時候你們自然就會得知，大隊長怒氣沖沖地回答。他轉向醫生的太太說，依您的要求，明天我不會拐彎抹角，會直接切入重點，您會發現我要問的問題並不比四年前盲症大流行時您仍然保有視力的這件事更不尋常，當時我瞎了，偵查員瞎了，尊夫瞎了，您卻沒有瞎，古諺有云，製鍋者必製鍋蓋[46]，我們明天要來研究看看這個情況是不是印證了這句古諺。所以說，大隊長，這件事和鍋子有關，醫生太太語氣尖酸地說。不是的，夫人，是和鍋蓋有關，是鍋蓋，大隊長一面走出門，一面說。他的對手讓他得以以一句勉強稱得上是珠璣妙語的話來退場，他鬆了一口氣。他感到微微的頭痛。

45 alekhine，全名Alexander Alekhine，1892-1946，俄裔西洋棋大師，二次大戰後移民法國。

46 Quem fez a panela fez o testo para ela. 此諺語有多種版本，大意都是有鍋便會有蓋，意指每個物件或人必有另一物件或人與之搭配。此版本特意強調「製鍋者」，而非單純指稱「有鍋必有蓋」，旨在強調醫生太太在兩次不尋常事件中都居主導地位。

他們並沒有共進午餐。在大夥兒分頭去吃午餐時，大隊長嚴守自己精心調控的分散策略，提醒偵查員和偵查佐不要去昨天去過的餐廳，他若是自己的下屬，便會一絲不苟地執行自己接獲的命令，如今他也同樣這麼做，並且是懷著自我犧牲的心情這麼做，因為他最後挑選的那家餐廳雖然菜單上承諾是個三星餐廳，卻只在他的盤子裡放了一顆星。這回他們約定的不是一個集合地點，而是兩個，偵查佐在第一個集合地點等待，偵查員則在第二個地點守候。兩人都立即看出長官此刻沒心情談話，與眼科醫生和醫生太太的會面顯然進行得不太順利。由於他倆的偵察也沒取得多少有用的收穫，預定要返回幸運保險與再保險公司進行的情報交換與分析會議眼看也不會太一帆風順，而他們駕車回到停車場時，停車場管理員出乎意料且令人不安的提問更加深了工作上的緊繃。您幾位先生是打哪兒來的呀。多虧了大隊長以及他在此工作上老到的經驗，他的確沉著以對。我們是幸運保險公司的人，他冷冷地回答，接著又用更冷的語調說，我們要把車停在我們一向停的地方，停在我們公司的車位，所以你的問題不但問得很不得體，還很沒禮貌。我的問題可能很不得體而且沒禮貌吧，但我真的不記得曾經見過你們幾位呀。大隊長說，那是因為你不但沒禮貌，記性還很差，我這兩位同事是新來的，第一次進公司，但我以前絕對來過，現在麻煩你讓讓，司機有點緊張，一不小心可能會撞到你。他們停好車，走進電梯。偵查佐壓根兒沒考慮說這話可能太魯莽，急著想解釋他一點兒也不緊張，加入警界前所做的性向測驗顯示他是個非常冷靜的人，但大隊長用粗暴的手勢要他閉嘴。在幸運保險公司的強化牆壁、隔音地板與隔音天花板的保護下，大隊長展開了無情的攻擊。你這個白痴，你完全沒想到過電梯裡說不定有竊聽器嗎。對不起，長官，我真的很抱歉，我沒在用大腦，那可憐的傢伙結結巴巴地說。明天你可以待在這裡看家，順便利用時間寫五百遍我是白痴。大隊長，求求您不要這樣。好啦好啦，當我沒說，我知道我小題大作了點，但停車場那傢伙弄得我很不爽，我們一直都很小心不要走大門，以免引人注意，結果卻冒出那個惱人的傢伙來。也許我們應該請同仁寫張條子給他，就像我們還沒來之前他們寫給門房一樣，偵查員建議。那會適得其反，我們希望根本就不要有人注意到我們。來不及了呀，長官，如果我們部門在這城市還有別的基地，也許我們最好搬過去。喔，有的，確實有，但就我所知，其他的基地都沒有在運作了。我們可以試試看。沒時間了，何況部裡面不會喜歡這點子的，這件事情很急迫，要盡快解決。報告長官，我能不能說句實話，偵查員說。說吧。我覺得我們好像陷入了死胡同，或者更糟，是困在有毒的馬蜂窩裡。你怎麼會這樣覺得呢。很難解釋，但我覺得我們好像是坐在一個火藥桶上，引信已經點燃了，隨時都會爆炸。大隊長聽到的簡直就是他自己的想法，但他的職位及完成使命的責任都不容許他偏離履行義務的筆直大道。我不同意，他說。他就用這幾個字結束了這個話題。

此刻他們圍坐在這天早晨他們共進早餐時用的桌子旁，攤開了筆記本，準備進行腦力激盪。你先說吧，大隊長對偵查佐說。偵查佐說，我一走進那間公寓，就看得出沒有人預先給這女人通風報信。當然不會有人通風報信啦，我們早就說好了大家都在十點半抵達。對，但是我有點遲到，我敲門的時候其實已經十點三十七分了，偵查佐自己招認。那已經不重要了，繼續說，別再浪費時間了。她請我進去，問我要不要來杯咖啡，我說好，我覺得應該沒有什麼不妥，我感覺像個訪客，我告訴她我來是要調查四年前發生在精神病院的事，可是我想最好不要一下子就提起盲人凶殺案的事，於是決定改問她火災的起因，她覺得經過了四年，我們忽然想要調查一件大家都想忘掉的事，這很奇怪，我告訴她，我們現在的計畫是要記錄當時盡可能多的事件，因為事發的那幾個星期在國家的歷史中不能是一片空白，但那女人也不是傻子，她立刻就點出，現在為了空白票事件，我們被封城，整個城市被孤立，這種情況下，忽然有人想要調查盲症流行期間發生的事，這樣很不合理，她就是用這個詞，長官，我必須承認，我一開始完全不知所措，不知道該如何回答她，但後來我終於想出一種說法，就是我們是在這個空白票事件之前就決定要做這個調查的，只是被繁複的行政流程耽誤了進度，直到現在才得以付諸實行，然後她說她完全不知道火災是什麼引起的，一定只是剛好，什麼時候都有可能會發生，然後我又問她怎麼有辦法從火場逃脫，她就開始跟我談起醫生的太太，把她誇上了天，說她是個多不起的人，和她這輩子認識過的人都不一樣，百分之百出類拔萃的一個人，她說，我很確定如果沒有她，我今天就不會在這裡跟你說話了，她拯救了我們所有的人，而且她不只是拯救了我們，還保護我們、照料我們、幫我們張羅吃的，我問她她所說的我們是指誰，她就把我們所知的幾個人物一一列出來，最後她說她當時的老公也是群體的成員之一，但她不想談他，因為他們已經離婚三年了，這就是我跟她全部的談話內容，報告大隊長，我離開時得到的印象是，這位醫生太太一定是某種女英雄，某種聖賢。大隊長裝作沒有聽見最後的這幾個字，這樣他就不用責備偵查佐把一個嫌犯形容為英雄和聖賢，這嫌犯涉嫌犯的是以目前狀況對國家所能犯下的最嚴重罪行。他感到疲憊，用低沉微弱的嗓音要偵查員報告他造訪妓女與戴黑眼罩老人家的情況。如果她曾經是個妓女，我想現在應該已經不是了。為什麼，大隊長問。因為她無論行為舉止或談吐作風都不像妓女。你對妓女好像很有瞭解呀。報告大隊長，不是的，我只是知道一點點普通常識，加上一點點個人經驗，主要是成見啦。繼續說吧。他們還算有禮貌地接待了我，但並沒有請我喝咖啡。他們結婚了嗎。他們兩個都戴了結婚戒指。那個老人怎麼樣呢。他很老，這人就只有這一點可說。那你就錯了，老人有很多事情可以說的，只不過沒有人問他們問題，他們就靜靜不出聲了。他並沒有靜靜不出聲。這樣對他比較有利，繼續說。總而言之，就跟我們這位同事一樣，我從火災談起，但是很快就想到這樣可能會一事無成，所以決定要採取正面攻擊，於是提到警方接到一封信，信裡描述火災發生前，精神病院裡發生了幾起案件，其中一起是凶殺案，我問他們是否知情，女的回答說她知道，不會有人比她更清楚了，因為凶手就是她本人。那她有沒有說凶器是什麼呢，大隊長問。有，是一把剪刀。她把剪刀刺進那人的心臟嗎。不是，報告大隊長，是刺進喉嚨。還有呢。坦白說，我徹徹底底大吃一驚。我可以想像。同一起案件忽然有了兩個作案人。繼續說。接下來的事情更恐怖。你是說火災。報告大隊長，不是的，她開始詳細描述那些女人在盲人病房被強暴的經過，內容赤裸裸血淋淋，簡直慘絕人寰。他老婆描述這一切的時候，那個男的在做什麼。他只是用看得見的那隻眼睛直勾勾看著我，好像可以看穿我一樣。那不過是你的想像而已。報告大隊長，不是的，我發現一隻眼睛看得比兩隻更清楚，因為沒有另一隻眼睛幫忙，這隻眼睛就什麼都要做。怪不得諺語說，盲人的國度裡，獨眼龍就是國王。報告大隊長，可能吧。繼續說。女的說完話之後，男的說，他不相信我來拜訪的動機，他確實是用拜訪兩個字，他不相信我來拜訪的動機是為了查明火災的起因，那起火災現在什麼痕跡也沒留下，他也不相信我來是為了釐清一起永遠無法證實真相的凶殺案詳情，而如果我沒有更多有意義的話可以補充，他請我離開。那你怎麼說呢。我搬出了警察的權威，告訴他我去那兒是有任務要執行，我會不惜一切手段來執行。那他怎麼說呢。他回答說，那樣的話，我一定是全首都唯一值勤中的警察了，因為整個警力幾星期前就消失了，因此他要感謝我關切他們的安全，他希望我同時也關切其他一些人的安全，因為他不相信當局派一名警察來，純粹只是為了造福那個房間裡的兩個人。然後呢。情況變得有點棘手，我沒辦法再多做什麼了，我唯一想得出的脫身之計是告訴他們要準備接受對質，因為根據我們掌握到的可靠消息，殺死盲流氓首領的人不是她，而是另一個人，一個我們已經掌握身分的女人。那他們有何反應呢。起初我以為我嚇到他們了，但那個老人立刻就從驚嚇中恢復，說，無論在他們家還是其他任何地方，都會有一位比警察更懂法律的律師陪同他們。你覺得你真的嚇到他們了嗎，大隊長問。是的，我覺得是，但是當然啦，我也不敢確定。他們或許確實害怕，但擔心的可能不是他們自己。那是擔心誰呢，長官。擔心真正的凶手，也就是醫生太太。可是那個妓女。偵查員，我不知道我們還有沒有權利繼續這樣稱呼她。好吧，戴黑眼罩老人的太太說她是凶手，但寫信的人指控的確實不是她，而是醫生太太。她也的確是這個案件的作案人，她自己已經向我承認並且證實了。由於大隊長提到了他自己的偵察狀況，因此偵查員和偵查佐順理成章地以為他這時就會還算完整地向他們述說他自己偵察所獲知的情報，但大隊長僅說，我明天會再到嫌犯家走一趟，做進一步的偵訊，然後才會決定下一步該怎麼做。那我們呢，我們明天要做什麼，偵查員問。進行監控作業就好，你負責寫信那人的前妻，她不認得你，所以不會有問題。這表示，透過刪去法，我就是要負責那個老人跟妓女。除非你可以證明她真的是個妓女，或者如果她曾經是妓女，現在也還繼續在當，否則從現在起我禁止妓女這個詞在我們的談話中出現。遵命，長官。就算她真的是妓女，你們也找個別的名稱來稱呼她。遵命，長官，那我就用她的名字吧。名字我都抄到我的筆記裡，你的筆記裡已經沒有了。報告大隊長，如果您把她的名字告訴我，就不會有這個妓女不妓女的問題了。抱歉，不行，我暫時把這則情報視為機密。您是指她的名字，還是全部的名字，偵查佐問。全部的名字。那我就不知道要怎樣稱呼她了。你可以譬如說把她稱為戴墨鏡的女孩。可是我發誓她沒有戴墨鏡。每個人一生中總有個時候會戴墨鏡的，大隊長一面說，一面站起身，弓著背走向辦公室裡他當作臥室用的那個區域，關上門。我打賭他一定是要跟部裡聯絡，問他們有什麼指示，偵查員說。他是怎麼啦，偵查佐問。他跟我們一樣不知所措。他對於自己正在做的事好像不大認同。你很認同嗎。我也沒有，但我只是聽命行事，他是主管，他不應該傳達出這種讓人摸不清方向的訊號，否則受害的人是我們，海浪打在岩石上的時候，受傷的總是蛤蠣[47]。這樣比喻好像不太恰當。為什麼。因為我總覺蛤蠣被海水拍打的時候還滿開心的。我不知道呢，我可沒聽蛤蠣笑過。蛤蠣不但會笑，還會笑得咯咯響，只不過海浪的聲音把牠們的笑聲蓋過去了，要把耳朵湊很近才聽得到。你胡說，你只是開一個低階警員的玩笑來尋開心。不要生氣嘛，我只不過是殺殺時間，又無傷大雅。殺時間有比較好的方法。什麼方法。睡覺，我累了，我要去睡了。大隊長說不定會有事要找你。找我做什麼，叫我再用頭去撞牆嗎，我才不信。也許你說得對，偵查員說，我要學你去睡一睡，不過我先留個條子跟大隊長說，需要我們的時候就叫我們一聲。好主意。

大隊長脫了鞋子躺在床上，兩手枕在腦後，望著天花板，彷彿期待天花板會給他什麼建議，或者是至少給他一點我們通常稱之為客觀中立的意見。可能由於天花板具有隔音效果，因此是個聾子，沒有什麼話可對他說，何況它多數時間都在獨處，因此幾乎是喪失了說話的能力。大隊長在腦海中回顧他與醫生太太及醫生的對話，回想她的面容及他的面容，回想那隻狗在他走進屋裡時站起來嚎叫，卻在女主人一聲令下又重新趴下，那盞黃銅油燈使他想起他父母家也曾有一盞一模一樣的油燈，但後來不知所蹤，誰也不知是如何消失的，這些記憶與他方才從偵查員及偵查佐口中所聽到的混雜在一起，他不知自己到底是在搞什麼。他已經超越了純粹的偵探電影風格，他原本深信自己前來此地是為了拯救國家於危急存亡之秋，因了這個信念，他給部屬下達荒謬的命令，這些部屬也都寬厚地不與他計較，他曾試圖支撐住一套漏洞百出的嫌疑論調框架，這套框架卻每一分鐘都在逐步崩解，而今他思索著這隻海鸚是要掰出什麼樣合理可信的情報來傳輸給信天翁，而這隻信天翁此時此刻必定正不耐地詢問著他何以這樣晚才傳送情報，有一股微微的焦慮襲上他，讓他感到橫膈膜一陣緊繃，他為這股焦慮吃了一驚。我要對他說什麼呢，他尋思，跟他說，我們對魚鷹的懷疑已經得到證實，她的丈夫以及其他人也都是同謀，然後他就會問其他人是指哪些人，我就會說，信天翁，如果我取的代號您同意的話，有一個戴黑眼罩的老人，真的很適合狼牙魚這個代號，有個戴墨鏡的女孩，我們可以稱之為鯰魚，還有寫信那人的前妻，可以稱為頜針魚。大隊長已經從床上爬了起來，此時此刻正對著紅色的電話說話，他正在說，是的，信天翁，我剛剛所提到的人並不是大魚，只不過很幸運能碰到魚鷹，魚鷹保護他們。那海鸚，你對魚鷹的看法如何呢。報告信天翁，她似乎是個高尚的女人，正常且聰明，如果其他人對她的形容沒錯的話，那麼她顯然是個十分不凡的人，我個人相信他們的說法的確沒錯。海鸚，她不凡到可以用剪刀殺掉一個人嗎。信天翁，根據證人的說法，那名死者是無恥下流的強暴犯，是個卑劣的傢伙。海鷗，別上當了，依我看，這些人很顯然對事發經過早就擬妥了一套說詞，萬一有人來偵訊，他們就會口徑一致，他們有四年的時間可以串供，根據你給的情報，加上我自己的推論和直覺，我敢打賭這五個人一定組成了一個暗樁組織，說不定還組成了我們先前所說的那隻條蟲的頭。報告信天翁，無論是我還是我的同事都沒有得到這樣的印象。海鷗，你只有一條路可以走，就是要改變看法。報告信天翁，我們需要證據，沒有證據就什麼也做不了。去把證據找出來，海鷗，去把這幾個人的住家仔仔細細搜查一番。但是信天翁，沒有法官的授權，我們不能搜查民宅。海鷗，容我提醒你，這個城市目前處於封城狀態，所有居民的權利和保障都暫時中止了。那麼信天翁，萬一我找不到證據怎麼辦。海鷗，我拒絕接受這種可能性，就我看來，你太老實了，不夠資格當大隊長，打從我當上內政部長之後，任何不存在的證據最後都會跑出來。信天翁，您要求我做的事既不容易也不愉快。我不是要求你，海鷗，我是命令你。是的，信天翁，我只是想提醒您注意到，我們沒有找到任何犯罪的證據，沒有證據證明我們所認定為嫌犯的那個人的確是嫌犯，事實上，我們所做的一切連繫，所進行的一切偵訊，在在都顯示這個人是清白的。海鷗，被羈押者的照片一向都是被推定為無罪者的照片啊，要到後來我們才會得知，罪犯一直都在那裡。信天翁，我能不能問個問題。問吧，海鷗，我會回答的，我一向都很擅長回答問題。如果完全找不到犯罪證據會怎樣。就和完全找不到清白的證據一樣。我該如何解讀這話呀，信天翁。意思是，有時候，案子都還沒犯，判決書就已經寫好了。這樣的話，如果我對您的目標理解沒有錯，信天翁，我請求退出這項任務。你會退出的，海鸚，我保證你會退出的，但不是現在，也不是你請求退出就可以退出，等這個案子結案，你就會退出了，而唯有你和助手付出了卓著的努力，這個案子才有可能結束，現在你給我聽好，我給你五天的時間，清楚嗎，五天的時間，一天都不能寬限，你要在五天之內把整個暗樁組織的成員五花大綁交給我，包括你的魚鷹和她的老公，她可憐的老公，我們都還沒來得及幫他取名字，還有那三條剛剛浮出水面的小魚，那個狼牙、那個鯰和那個頷針，我希望他們被無可否認、無可逃避、無可抵觸也無可駁斥的證據壓得死死的，海鸚，我要的就是這個。好的，信天翁，我會盡我所能。你要一五一十做到我剛剛說的話，同時，我是個通情達理的人，為了不要讓你對我心生怨懟，我瞭解你若是要圓滿達成任務，會需要一些協助。信天翁，您要再多派一名偵查員給我嗎。不是的，海鸚，我給你的會是另一種不同性質的協助，這種協助會和派遣我手下所有的警力具有同樣的效果，說不定還更有效。我不懂您的意思，信天翁。鑼聲響的時候，你會是頭一個懂的。鑼聲。最後一記攻擊的鑼聲，海鸚。電話斷線了。

大隊長走出房間時，時鐘顯示此時是六點二十分。他看了看偵查員留在桌上的紙條，在原本的留言下方寫，我有事要處理一下，等我。他來到地下停車場，上車發動引擎，駛向出口斜坡，然後在斜坡前停下來，招手呼喚停車場管理員。管理員仍然為與幸運保險公司房客的一番言詞交鋒以及這些房客對待他的惡劣態度感到忿忿不平，因此戰戰兢兢來到車窗旁，說出了制式的語句，有什麼事呢。我剛才對你有點凶。沒關係，我們習慣了。我不是故意要冒犯你的。我知道，我相信您不是故意的，先生。是大隊長，我是個警官，這是我的識別證。請原諒我，大隊長，我完全沒想到，那其他幾位先生呢。最年輕的那位是偵查佐，另一位是偵查員。我瞭解了，大隊長，我保證不會再打攪您了，但我絕對是善意的。我們在這裡進行偵察，但偵察已經結束了，所以現在我們就跟一般百姓一樣，就好像是在放假一樣，不過為求你的心安，我建議你還是要保持最高度的戒慎，要記住，警察即使在放假中仍然是警察，因為你可以說警察的本性存在於警察的血液之中。這我完全瞭解，大隊長，但如果是這樣的話，恕我直言，您什麼也不告訴我會比較好，眼不見為淨，不知者無罪。是的，但我需要一吐為快，而你是我最好找的一個人。車子已經駛上斜坡了，但大隊長還有一則勸告要給他。要守口如瓶，我不想後悔曾經告訴過你什麼事。他如果回頭就必定會後悔的，因為他若是回頭，便會看見那人正鬼鬼祟祟地對著電話嘀嘀咕咕，可能是在告訴妻子他剛剛碰到了一個大隊長，也可能是在通知大樓管理員那三個老是從停車場直接上樓到幸運保險與再保險公司的穿深色西裝的人真正的身分，可能是這樣，可能是那樣，我們可能永遠不會知道這通電話的真相。開了幾公尺路後，大隊長把車停在路邊，從外套口袋掏出筆記本，迅速翻到他抄錄檢舉信撰寫人舊日同伴姓名地址的那一頁，查了查地圖和城市導覽，發現密報者前妻的住處是距離他最近的一個，他同時也查看了前往戴黑眼罩男人與戴墨鏡女孩家的路線。想起當他告訴偵查佐戴墨鏡女孩是最適合戴黑眼罩男人妻子的稱號時偵查佐困惑的表情，他禁不住微微笑了。可是她並沒有戴墨鏡啊，可憐的偵查佐當時茫然地這麼回答。我這樣對他真不公平，大隊長心想，我應該給他看那群人的團體照，照片裡那女孩手臂垂在身側，右手拿著一副墨鏡，這是基本的推理呀，親愛的華生[48]，但是人得要有大隊長的眼光，才會注意到這一類的東西。他發動汽車。方才在一股衝動之下，他走出了幸運保險公司，在一股衝動之下，把自己的身分告訴了停車場管理員，此時他在一股衝動之下，前往了那位前妻的家，待會兒會在一股衝動之下，前往戴黑眼罩老人的家，倘使前一天他沒有告訴醫生和醫生太太他隔天同一時間會再來繼續偵訊，他還會在同一股衝動之下，前往醫生太太的家。偵訊什麼呀，他心想，難道要對她說，妳涉嫌組織、策劃、主導一起嚴重危及民主制度的顛覆性行動，我指的是空白票行動，妳別裝傻，別浪費時間問我有沒有證據支持我的指控，夫人，應該是由妳來證明妳的清白了，因為夫人，妳可以確定當我們需要證據的時候，證據就會出現，我們只需要編造一、兩個無可辯駁的證據就行了，縱使不是完全無可辯駁，光是有間接證據，不管是多牽強的間接證據，對我們來說也夠了，就像四年前，全市的人都踉踉蹌蹌，走路會撞上路燈，妳卻沒有瞎，這個難以理解的現象對我們而言也足夠了，在妳說這兩件事情毫無關係之前，容我先說，會編一個籃子的人就會編一百個籃子，這是我們部長的看法，只不過他的用詞不大相同，我必須要聽從他，即使聽從他會使我心痛，我也必須聽從，妳可能會說，大隊長的心是不會痛的，那是妳個人的看法，妳或許對大隊長很有瞭解，但我可以向妳保證，妳對這個大隊長一無所知，我確實不是懷著追尋事實真相的誠實目的而來的，妳的確已經被未審先判了，但是，我的部長叫我海鷗，這隻海鷗的心在痛，我不知道要怎樣停止這個痛，聽我一句勸言，認罪吧，縱使妳沒有罪，也認罪吧，政府會告訴人民，他們是一樁史無前例的大型催眠事件的受害者，政府會告訴人民，妳是這方面的奇才，人民說不定甚至還會覺得有趣，生活會回歸正軌，妳會在牢裡待個幾年，如果我們決定要關妳的那些朋友的話，他們也會入獄，當然啦，選舉法會進行一番改革，空白票這種東西不會再出現，出現的話，也會被當成有效票，按比例分配給各政黨，這樣政黨的比例就不會改變，畢竟親愛的女士呀，比例才是最重要的，至於沒投票也提不出醫生證明的人，何不將他們的姓名刊載在報上，就像古早時候罪犯會被戴上枷鎖遊街示眾一樣，我之所以這樣對妳說話是因為我喜歡妳，為了讓妳知道我有多喜歡妳，我要告訴妳，四年前我的人生所可能得到的最大快樂，除了不要在那場悲劇中失去我所不幸失去的家人之外，是成為妳所保護的那個群體的成員，當時我還不是大隊長，而只不過是個瞎了眼的偵查員，我所能得到的最大快樂，是在恢復視力後，能和妳從火場中拯救出來的其他人一同留影，妳的狗在看到我時也不會咆哮，如果這一切以及更多的事都發生了，我就可以向內政部長宣告，我以人格擔保他是錯的，像這樣的一種經驗以及四年的情誼，足以讓任何人深深地認識一個人，我以敵人的身分進入妳家，如今我不知要如何離開這裡，是該單獨離開，以便向內政部長坦承我力有未逮，沒能完成使命，或是與妳一同離開，送妳入獄。這最後的幾句思緒不是來自大隊長，他此刻比較關心的是找到一個地方停車，而不是展望嫌犯的命運或自己的前程。他再一次查看筆記本，按下寫信那人前妻所居住的公寓樓層的門鈴。他按了一次又一次，門都沒有開。正當他伸手要再按一次時，一樓有扇窗戶開了，一個頭戴髮捲、身穿家居服的老婦探出頭來。你找誰呀，她問。住在右側公寓二樓的女士，大隊長回答。她不在，我看到她出去了。您知道她何時會回來嗎。不清楚，不過我可以帶話給她，婦人說。謝謝您，不過沒什麼要緊事，我改天再來。他完全沒有想到戴髮捲的婦人可能會以為住在右側公寓二樓的那位失婚女子已經開始接受男性拜訪了，早晨來過一個，現在又來一個，現在的這個年紀足以當她爸了。大隊長瞥了一眼攤開在身旁座位的地圖，發動汽車，動身前往第二個目的地。這回沒有鄰居從窗戶探出頭來，公寓大門是開的，因此他直接上了二樓，這裡住的是戴黑眼罩的老人和戴墨鏡的女孩。多奇怪的一對組合呀，瞎了眼的無助使他倆惺惺相惜，這可以理解，但四年過去了，對年輕女子而言，四年或許不算什麼，但對老人而言，四年更近似於八年。而他們仍在一起，大隊長想。他按下門鈴後等待，沒有人應門。他把耳朵湊在門上聆聽，另一側毫無動靜。出於習慣而不是期待有人回應，他又按了一次門鈴，而後走下樓梯，回到車上，喃喃自語。我知道他們上哪兒去了。如果車上有專線可以直通內政部長，讓他告訴內政部長他要去哪裡，他很確定內政部長會回他類似以下的話。幹得好呀，海鸚，這樣做就對了，把這些人當場逮獲，不過要小心呀，說真的，你應該帶點支援警力一道去，一個人要對付五個亡命之徒，這是電影才有的情節，你又不會空手道，你那個年代沒有空手道。放心吧，信天翁，我不會空手道，但我對我的工作可是很在行的。你進去的時候槍拿在手上，嚇嚇他們，把他們嚇得屁滾尿流。遵命，信天翁。很好，我會開始準備你的勳章。不用這麼急，信天翁，我們都還不知道我會不會活著出來。你一定會活著出來的，海鸚，我對你有信心，我把這項任務派給你的時候，就知道你一定會不負使命。您說得對，信天翁。

暮色漸沉，華燈初上，夜就要來了。大隊長按下門鈴，無需訝異，警察多半都還是會按門鈴的，並不是經常破門而入。醫生太太出現了。我以為您明天才會來，大隊長，很抱歉我現在不能和您談，我們有客人，她說。是的，我認識那些人，我不是說我跟他們熟識，只是說我知道他們是誰。這樣好像也不足以做為我讓您進門的理由。拜託妳。我的朋友和您來這裡的目的沒有關係。就連妳也不知道我來這裡的目的，現在該是妳知道的時候了。進來吧。

47 Quando o mar bate na rocha quem se lixa é o mexilhão. 葡萄牙諺語，指發生事情時，受害的總是低階層的人民。

48 Elementary, my dear Watson. 福爾摩斯常對助手華生說的話。

會發生的事必然會發生，誰也無法改變，這是一項無論在理論或實際上都獲得證實的事，無可爭辯。有一種廣為流傳的看法是，做大隊長的人對於這項事實雖不能說是無怨無尤地屈從，但無論在專業上或是原則上，一般而言都還算包容。然而說實話，這些重要公僕當中，總有些會偶然猝不及防地發現自己陷於前有豺狼後有虎豹的境地，也就是說，在他所應做及他所不想做的事之間左右為難，這並非常見的景象，但也並不是沒有的事。對於幸運保險與再保險公司的這位大隊長來說，這天已經來到了。他在醫生太太家待了頂多半個小時，但這短短的時間已經足夠向聚在那兒的那一群驚詫的人揭露他這趟使命有多陰暗幽深了。他說他會竭盡所能讓長官將嚴重令人不安的注意力從這個地方和這群人身上轉開，但無法保證會成功，他告訴他們，長官僅給他五天的時間來完成這項偵查，時間非常緊迫，他也知道長官所唯一願意接受的裁決就是有罪裁決，他對著醫生太太說，如果妳不介意這用詞明顯不當的話，他們所想要用來當代罪羔羊的人是妳，夫人，可能也間接包括妳的丈夫，至於其他人，我認為你們的處境並不太危險，夫人，妳的罪不在於殺了那個人，妳最大的罪在於當我們其他人都瞎了的時候，妳卻沒有瞎，對於無法理解的事，我們可以鄙視它，但當我們可以將無法解釋的事做為一種藉口時，那可就不僅是鄙視它了。凌晨三點，大隊長在床上輾轉反側，無法成眠。他在腦海中為第二天做計畫，不能自拔地反反覆覆想過一遍又重想一遍，他告訴偵查員和偵查佐，他會依計畫前往醫生家繼續訊問醫生的妻子，提醒他們他所交付給他們的任務是跟蹤那個團體中的其他成員，但依目前的情勢來看，這些任務都已經不再有意義，目前他所需要做的，是阻止事情的發生，要不著痕跡地讓偵察既有所進展，卻又有所拖延，一面滿足部長的計畫，又同時阻撓他的計畫，簡單地說，他需要先等等看部長所承諾要提供的協助是哪方面的協助。紅色電話響起時，已經將近三點半了，大隊長從床上一躍而起，穿上印有警徽的拖鞋，跌跌撞撞奔跑到放電話的桌前。還沒來得及坐下，他就已經拿起聽筒說，哪位。電話另一頭的人回答，我是信天翁。您好，信天翁，我是海鷗。聽好，海鷗，我有一些指令要給你，你記下來。是的，信天翁。今天的九點，早上九點，不是晚上，有個人會在邊境的北六號崗哨等你，我們已經事先通知軍方了，所以不會有問題。信天翁，我想這人是來取代我的，這樣理解對嗎。海鷗，你沒有理由這麼想，目前為止你做得很好，我希望一直到這個案子結束之前，你都會持續做得很好。謝謝您，信天翁，那麼您的指令是什麼呢。如我所說，上午九點有個人會在邊境的北六號崗哨等你。是的，信天翁，我已經記下來了。你要把你提到的那張照片交給他，就是有主嫌在裡面的那張團體照，你還要把你所蒐集到而且仍然在你手中的這些人的名單和地址交給他。大隊長感覺一股顫慄從他的脊椎一路下竄。但是我進行中的偵查需要用到那張照片，他大膽發言。海鷗，我認為那張照片沒有你說的那麼必要，事實上，我甚至認為你根本不需要那張照片，因為你和你的下屬已經分別聯繫上這個幫派的所有成員了。信天翁，您是指那個團體，對嗎。幫派就是團體。是的，信天翁，但團體並不一定都是幫派。我不知道你對文字的正確定義這麼講究呢，海鷗，看來你有好好使用字典這東西。信天翁，請原諒我糾正您，我還有一點點暈頭轉向。你剛剛在睡覺嗎。報告信天翁，沒有，我剛剛在想明天該做什麼。那你現在知道明天該做什麼了，那個會在北六號崗哨等你的人大約和你同樣年紀，會打一條藍底白點的領帶，我想邊境的軍隊崗哨應該不會有很多其他人打這樣的領帶。我認識他嗎，信天翁。你不認識他，他不是我們部裡的人。啊。他會用通關密語回應你，他的通關密語是，不，時間永遠都不夠。那我的通關密語呢。時間總會夠用的。很好，信天翁，我會執行您的命令，我會在九點到邊境去和那人會面。現在回去睡覺吧，祝你下半夜睡得香甜，海鷗，我自己是加班加到剛剛，所以我也要回去好好睡覺了。信天翁，我能不能請教您一個問題。當然可以，不過問題要短一點。那張照片和您承諾要給我的協助有關嗎。你挺機靈的嘛，海鷗，什麼都逃不過你的法眼呀，是不是。所以的確是有關的，是嗎。是的，非常有關，但別期望我會告訴你如何有關，如果我告訴你，就破壞了驚奇效果。即使我是直接負責這整起調查的人，也不能告訴我嗎。沒錯。這表示您不信任我嗎，信天翁。海鷗，你在地上畫個方塊，站在方塊裡，在方塊四個邊框所圍住的空間裡，我信任你，在邊框之外，我只信任我自己，你的調查就是那個方塊，你滿足於你的調查以及那個方塊就好。遵命，信天翁。好好睡吧，海鸚，這週結束之前，我會再和你聯絡的。報告信天翁，我會在這裡等您的消息。晚安，海鸚。晚安，信天翁。雖然部長依慣例祝福他睡得好，但這一夜僅存的一點點時間對大隊長而言沒有多大用處，睡眠不肯來，頭腦關上了門和走廊，裡頭由不可一世的一代女皇失眠所統治。他要那張照片做什麼用，他一次又一次自問，他威脅說這週結束前會和他聯絡是什麼意思，這些個別的字眼都沒有威脅意味，但他的語氣，是的，那是威嚇的語氣，大隊長一輩子偵訊過各色人等，已經能夠在音節所組成的錯綜複雜迷宮中找到出路，同時也極善於注意到每一個字眼所製造出的幽暗以及字眼一旦說出後便尾隨其後的陰影。把這週結束之前我會再和你聯絡的這句話大聲說出來，你便會明白，在裡頭添加一滴陰險的顫慄、一股驚恐的腐臭、一縷父權幽靈的霸道，是多麼易如反掌的事。大隊長情願想著以下這樣的自我安慰論調，但我做我的工作，執行我所接獲的命令，沒有理由害怕呀，但在他內心的深處，他知道事實不是這樣，他沒有執行他所接獲的命令，原因很簡單，因為他不相信只因為醫生太太四年前沒有瞎，首都居民有百分之八十三投空白票的這件事就該歸咎於她頭上，彷彿頭一件怪事自動就該為第二件怪事負責。就連他也不相信這事，他想，他只是想找個究責的目標，如果這個目標失敗了，他會再找另一個，再一個，又再一個，一直到終於找對了為止，或者是一直到他所試圖說服的人終於因為厭煩一再的重複而對他所採用的方法與過程不再感興趣了為止。無論是哪一種結果，黨都會是贏家。多虧了分心這把鑰匙，睡眠終於得以打開一扇門，溜進其中一條走廊，帶領大隊長進入夢鄉，夢境中，內政部長之所以要那張照片，是為了在醫生太太的眼裡插上一根針，一面插，一面吟誦巫咒，妳沒瞎，妳會瞎，妳曾擁有白茫茫，今後眼前黑濛濛，我拿根針將妳扎，前扎後扎左右扎。大隊長在醫生太太的尖叫聲與部長的狂笑聲中心跳如鼓、大汗淋漓地驚醒。多可怕的一個夢，他一面咕噥，一面捻亮電燈，頭腦創造出了什麼怪異恐怖的東西呀。時鐘告訴他，現在是七點半。他計算了一下到達北六號崗哨所需的時間，幾乎有點想感謝惡夢好心喚醒他。他吃力地爬下床，腦袋沉重如鉛，腿比腦袋更沉重，腳步踉蹌地走向浴室。沖澡使他稍稍恢復了精力，二十分鐘後他走出浴室，剃好了鬍鬚，準備要上工。他換上一件乾淨襯衫，整理好儀容。他會打一條藍底白點的領帶，他一面想，一面走進廚房，加熱一杯昨晚喝剩的咖啡。偵查員和偵查佐想必還在睡，至少他們什麼動靜也沒有。他不大起勁地嚼食一塊蛋糕，又吃了第二塊，重回浴室去刷牙，然後進到臥房，先把人名和地址抄到另一張紙上，然後把照片及附有地址的名單裝進一個中型信封。回到客廳時，他聽見下屬的寢室裡有聲響，他沒有等他們，也沒有敲門，而是寫了張紙條，我必須早點出門，車我開走了，你們就照我昨天交代的做，集中火力去跟蹤那幾個女的，戴黑眼罩男人的妻子，以及寫信那人的前妻，可以的話就去吃個午飯，我傍晚會回來，你們到時候要回報成果。命令很明確，指示很精準，大隊長艱苦的人生裡如果一切都這樣精準明確就好了。他走出幸運保險公司，搭電梯到停車場，停車場管理員已經在那兒了，大隊長向他道早安，對方也回以同樣的招呼，大隊長好奇這人不知是不是其實住在停車場。這地方似乎沒有明確的上下班時間。現在將近八點半，我還有時間，他想，我不到半小時就可以到達那裡，何況我不應該比那人先到，信天翁說得很清楚，他很明確地說那人會在九點鐘等我，所以我晚一分鐘到也沒關係，晚兩分鐘或三分鐘也沒關係，我想要的話，中午才到也沒關係。他知道事實不是這樣，他只要不比將要和他碰面的人早到就行了。他一面踩踏油門，把車子開上斜坡，一面想，這可能是由於戍守在北六號崗哨的士兵若是看見有人待在分界線的這一側會緊張吧。星期一早晨，路上車子不多，頂多二十分鐘，大隊長就能到達北六號崗哨了。但是北六號崗哨在哪裡呢，他忽然問出聲來。在北側，那是一定的啦，但是六號，六號是什麼鬼地方。部長把北六號說得好像那是天底下最平常不過的東西，好像是首都最知名的景點，或是被炸彈炸毀的電車站，那種無人不知無人不曉的地方，而他居然蠢笨到沒有想過要問一聲，信天翁，那個崗哨在哪裡呀。沙漏上半部的沙轉瞬間就大幅減少了，小小的沙粒匆匆穿過孔洞，每一粒沙都唯恐落後，迫不及待，時間就和人一樣，有時步履遲緩，也有時奔跑如鹿，跳躍如羊，不過如果你細想的話，如鹿如羊也沒有什麼了不起，因為速度最快的動物是獵豹，但誰也沒想過要說誰誰誰奔跑如獵豹或跳躍如獵豹，因為舊的那種比喻來自於美好的中世紀晚期，當時的騎士會騎馬獵鹿，卻不曾有人見過獵豹奔馳或聽說過獵豹的存在。語言是保守主義者，時時把檔案庫背在身上，討厭被更新。大隊長找了個地方停下車，攤開城市地圖放在方向盤上，焦急地在首都北端的邊界尋找北六號崗哨。信天翁曾冷冷描述他所值得獲得的信任僅僅存在於四個邊框所包圍的空間中，如果城市的形狀是像那樣的方塊，是菱形或平行四邊形，尋找起來就相對容易了，但城市的輪廓是不規則形的，在邊緣的無論這一頭或是那一頭，都分不清究竟那裡仍然是北邊，或者應該算是東邊或西邊。大隊長看了看錶，感覺就像偵查佐即將遭到上級長官斥責時一樣恐懼。他沒法兒準時到達了，不可能辦得到。他試圖冷靜下來思考。邏輯上來說，軍事崗哨應該是從北段的最西端開始，以順時鐘方向編號，但是人類的決策何曾是由邏輯來主宰的呢。沙漏在這個時刻明顯地沒有用武之地了。這番理性推論或許是錯的，但話又說回來，人類決策又何曾是由理性所主宰的呢。這不是個容易回答的問題，但是有一支船槳總比沒有船槳要好，何況文獻記載，停泊的船哪兒也去不了，於是大隊長在他自己認為第六號崗哨該在的位置畫了個叉，便動身前往了。由於路上車流量並不多，況且街道上連個警察的影兒也沒有，他心癢難耐地恨不得闖過一個又一個紅燈，也完全沒有抗拒這個誘惑。他並不是高速駕車，而是風馳電掣，腳幾乎完全沒有從油門移開過，需要煞車時，他如同電影裡特技演員飛車追逐，把較為緊張的觀眾嚇得從座位跳起來那樣，以甩尾方式來止住車速。大隊長這輩子從未如此開過車，未來也不會再這麼開了。終於抵達北六號崗哨時，已經超過了九點鐘。前來詢問這位焦躁司機來做什麼的士兵告訴他，這裡其實是北五號崗哨。大隊長大聲咒罵，正準備掉轉車頭離去時，及時止住這個魯莽動作，向士兵詢問北六號崗哨該往哪個方向走。士兵往東方一指，又唯恐對方還有疑慮，嘴上補了短短的兩個字，那邊。幸好有條路約略與邊界平行，路程不過三公里，路線非常明確，甚至連紅綠燈也沒有，車子發動，加速，煞車，神乎其技地轉了個足以獲獎的超炫大彎，吱嘎一聲戛然停止，險些壓到橫畫在路面上的黃線，赫然就到達北六號崗哨了。邊界柵欄旁約三十公尺處，有個中年男子等在那裡。結果他比我年輕多了，大隊長心想。他拿起信封袋，走下車。四下裡一個士兵也沒有，想必軍方接獲命令，在這場會面與遞交物品的儀式進行期間要躲得不見人影，或者要把眼光朝另一方向看。大隊長往那人走去，手裡拿著信封袋，心裡想著，我絕不能找藉口解釋我為何遲到，如果我說，你好，早安，抱歉我遲到了，我花了點時間找路，你一定想不到，信天翁忘記告訴我北六號崗哨在哪裡了，白痴也知道講這麼長串囉哩囉唆的話會被對方解讀為說錯通關密語，然後只可能發生兩種情況，一是那個人會叫士兵來把這個招搖撞騙的破壞分子抓起來，另一種是那人會舉起他自己的槍，高喊一聲打倒空白票，打倒叛亂行為，叛國者去死，然後把他就地處決。大隊長來到邊界柵欄，那人動也沒動，僅是看著他，左手大拇指鉤在皮帶上，右手插在風衣口袋裡，這景象太過自然了，簡直難以相信這是真的。他配有武器，身上帶了槍，大隊長這麼想，並且說，時間總會夠用的。那人沒有微笑，甚至連眼睛也沒眨一下，說，不，時間永遠都不夠。大隊長於是將信封袋交給他，或許他們這時應該互道早安，或是簡短地聊聊這星期一的早晨天氣多好呀，但那人僅說，好，你可以離開了，我會設法把這東西交到對的人手上。大隊長回到車上，掉轉車頭，返回市區。他感到挫折沮喪又忿忿不平，只好藉由想像來安慰自己，他想像若是交給那人一個空信封袋，然後等著看有什麼後果，會是多有意思的一個玩笑。部長想必會火冒三丈，怒髮衝冠，會立即打電話來要他解釋解釋，而他，也就是大隊長，會以天上所有的聖徒及地上所有等著封聖的人為證，發誓那枚信封中確實依照他所接獲的命令，裝有照片以及相關者的名單及地址。信天翁，我的責任在你的使者把槍放下來的那一刻就結束了，是的，我看見他有配槍，他從風衣裡掏出右手來接過信封袋。但信封袋是空的，我親手打開的，部長會這麼尖聲嚷。那不關我的事，信天翁，他會以完全問心無愧的平靜這樣回答。我知道你想幹嘛，部長會咆哮，你要我別碰你的心頭寶貝一根汗毛。她不是我的心頭寶貝，信天翁，她是個沒有犯你所指控的罪的清白人士。別叫我信天翁了，你爸才是信天翁，你媽才是信天翁，我是內政部長。如果內政部長不再是信天翁，那麼大隊長也不再是海鸚了。那麼海鸚很可能也不再是大隊長了。什麼都是有可能的。總而言之，今天再給我一份那張照片，聽到沒有。可是我只有一份。你會有第二份的，有必要的話，還會有更多份。我要怎樣弄到更多份。很簡單，去你的心頭寶貝家找，或是去另外那兩戶人家找，你總不會期待我以為你弄丟的那張照片是天底下唯一的一張吧。大隊長搖搖頭。內政部長不是傻子，交給他一枚空信封沒有意義。如今他已經在市中心了，這裡想當然耳比較熱鬧，只不過並不至於喧囂嘈雜。他看得出來，行經他身邊的人都心懷憂慮，但同時卻又似乎心平氣和。大隊長不理會這明顯的矛盾，他無法以文字說明他所看見的情景，但這並不表示他無法感覺到，不表示他無法以感官察覺這現象。例如那邊的那個男人和那個女人，你看得出他們互有好感，互相喜歡，互相愛慕，你看得出他們十分幸福，你看，他們剛剛微笑了，但他們不僅心懷憂慮，並且，如果我可以這樣說的話，他們清楚且冷靜平和地知道自己心懷憂慮。你可以看得出，大隊長也心懷憂慮，可能就是由於他心懷憂慮，因此走進了這間咖啡廳，去好好吃一頓能夠讓他分心並且忘掉幸運保險與再保險公司裡加熱咖啡和乾硬蛋糕的早餐，他的平靜與憂慮也同樣矛盾，但再多一個矛盾又何妨呢。他點了鮮榨柳橙汁、吐司麵包和一杯真正的拿鐵咖啡。服務生把吐司放在他面前，吐司以老派的方式用餐巾包裹，以免冷卻，他虔誠地對著吐司喃喃低語，願上帝保佑發明你的人。他向服務生要了份報紙，頭版僅刊載國際新聞，沒有什麼與在地人相關的消息，只有一則由外交部長發布的聲明，宣告政府正準備與多個不同的國際機構商討前首都的異常狀況該如何處理，首先要徵詢的是聯合國，最後則是要請教海牙國際法庭，中間還包括了歐盟、經濟合作發展組織、石油輸出國家組織、北大西洋公約組織、世界銀行、國際貨幣基金組織、世界貿易組織、國際原子能總署、國際勞工組織、世界氣象組織，尚有一些其他組織，可能較為次要或仍在洽談中，因此在此略過不提。看來有人想搶走信天翁的糖果，信天翁想必一肚子火，大隊長想。他猶如忽然渴望凝視遠方一般，從報紙中抬起頭來，自言自語說，或許這就是他忽然急著要取得那張照片的原因。他從來不是個願意讓人佔上風的人，很顯然他在準備下一招，這下一招可能是個陰招，陰招中的陰招，他喃喃自語。接著他想起接下來這一整天他都是自由的，愛做什麼就盡可以做什麼。他已經給偵查員和偵查佐分派任務了，雖說是些無用的任務，但終究是派任好了，他倆此刻應當是躲在某扇門外或某棵樹背後，等著看誰會先走出家門，偵查員無疑會希望是戴墨鏡的女孩先步出家門，偵查佐呢，則因為沒有別人可期待，只能滿足於寫信那人的前妻。對偵查員而言，最壞的狀況是戴黑眼罩的老人先出現，原因並不是你想的那樣，不是因為跟蹤一個正妹顯然比跟蹤一個老人要有意思得多，而是由於僅有一隻眼的人所能看見的是一般人的兩倍，因為他們沒有另一隻眼來分散注意力或堅持注視其他事物，這話我們先前也說過了，但真理有必要一再重申，以免這些可憐的事物落入遺忘之中。那麼我要做什麼呢，大隊長想。他喚來服務生，把報紙還給他，結了帳離開。再一次坐上駕駛座時，他看了看手錶，十點半，他想，這時間真好，正是我預定要進行第二次偵訊的時間。他曾認為這時間很好，卻說不上來是哪裡好或對什麼好。若他想要，他可以回到幸運保險公司休息，一直休息到午餐時分，甚至可以睡個覺，他在被迫忍受的那個悽慘夜晚、與內政部長進行的痛苦對話、恐怖惡夢以及信天翁將針釘進醫生太太眼中時醫生太太的尖叫聲中缺失的睡眠可以藉此補回，但對於要把自己關在幽森的四壁之中，他感到難以忍受，在那兒他無事可做，他可不想如他剛剛到達此地時所打算要做的，同時也好似白紙黑字所寫下般毫無疑義必定是大隊長應有的職責，把時間花在檢視庫存的槍砲彈藥。早晨仍保有著些許黎明的光亮，空氣清新，是個適合散步的好天氣。他下了車，開始漫步，一路走到街道的盡頭，左轉後是個廣場，他穿越廣場，走上另一條街，來到另一個廣場，他猶記得四年前，當他仍是眾多盲人中的一個時，曾來過此地，聆聽同樣目盲的人演說，舊日的餘音若仍繚繞，最後的迴響來自近日在這些地點舉辦的政治集會，頭一個廣場是右派政黨的集會，第二個廣場是中間派政黨，至於左派政黨，猶如是歷史宿命一般，只能湊合著使用城市邊緣的一小塊荒地。大隊長走啊走，驀然發現自己不知如何竟來到了醫生和太太居住的街道上，然而他所想著的並不是，這是醫生居住的那條街。他慢下腳步，繼續沿著街道的另一側行走，大約在距離醫生所居住的大樓二十公尺之遙時，那棟大樓的大門突然打開了，醫生太太帶著狗出現在門口。大隊長立即轉身，走向一個商店櫥窗，站在那兒望著櫥窗等待。醫生太太若是往這方向走來，便會在玻璃中看見他的倒影。但是她並沒有過馬路。大隊長刻意望向另一個方向，醫生太太朝與他相反的方向走去，狗走在她身邊，身上並沒有綁牽繩。這時大隊長想到應該要跟蹤她，他想他若是去做偵查佐和偵查員此時此刻正在做的事，也算不上是什麼屈尊降貴，既然他們正跟在其他嫌犯背後穿梭大街小巷，縱使他是大隊長，也有義務做同樣的事。那女人這會兒是要上哪兒去呢，狗說不定只是個幌子，或者說不定她用狗的項圈來傳送祕密訊息，想當年聖伯納狗在頸上掛著小小的白蘭地酒桶，有多少在白雪皚皚的阿爾卑斯山上險些葬送的生命因了這樣微量的酒而獲救，那是多麼美好的年代呀。如果我們要繼續稱醫生太太為嫌犯，大隊長對這位嫌犯的追蹤並沒有持續太久。附近有個僻靜處所，猶如城市中央被人遺忘的小小村落，一個略有些荒廢的公園座落其間，園內有大片的樹蔭，有碎石小徑和花圃，還有鄉村風格的綠色長凳，中央有一汪湖水，湖中有座雕像，是個手捧空水罐俯身向湖面的女子。醫生太太坐下來，打開隨身包包，掏出一本書。狗一直守在一旁，動也不動。醫生太太打開書，開始閱讀，從書頁間抬起眼光說，你儘管去吧。狗於是就跑開，去做那件古早時候人們通常委婉說成是沒有別人能幫牠做的事。大隊長從遠方觀望著，想起了早餐後他問自己的問題，那麼我要做什麼呢。他在樹叢背後躲了約莫五分鐘，幸好狗沒有朝這方向來，那狗可能會認出他，這回對他可能就不只是咆哮而已了。醫生太太並沒有在等人，而是和許許多多其他人一樣，只不過是出來遛遛狗。大隊長直接走向她，碎石在他腳底下喀喀作響，他在幾呎之外停下腳步。醫生太太彷彿不忍釋卷般緩慢地抬起頭注視他。起初她似乎沒認出他是誰，或許是由於她沒預期會在這兒看見他，接著她說，我們本來在等你，但你沒來，狗又迫不及待想要散步，我就決定帶牠來這兒了，不過我先生在家，在我回家之前，我先生可以招呼你，當然啦，除非你趕時間。我沒有趕時間。那麼你就先過去吧，我等狗狗跑一跑，一會兒就回去，人們決定要投空白票畢竟也不是牠的錯。既然情況那麼湊巧，如果妳不介意的話，我想就在這裡，趁著沒有證人的時候跟妳談一談。如果我們還要繼續稱這個談話為偵訊的話，我原本以為偵訊會和第一次一樣，有我先生在場。這不是偵訊，我的筆記本會乖乖放在口袋裡不拿出來，我身上也沒藏著錄音機，何況我必須說，我的記性已經大不如前了，很容易忘記事情，尤其是我不命令我的記憶記錄它聽見的事情時，它就更記不住。我不知道記性也有聽覺呢。有的，它是我們的第二副耳朵，外頭的那副耳朵只負責把聲音傳進來而已。那你現在是想做什麼呢。我說了，我想和妳談談。談什麼。談這個城市發生的事。大隊長，我很感激你昨晚到我們家來，也很感激你告訴我以及我的朋友們，政府裡有人對於醫生太太四年前沒瞎而且現在好像是在暗中策劃反政府行動的這個奇怪現象很感興趣，但是老實說，除非你在這方面還有更多事要告訴我，否則我真的覺得我們沒有什麼談話的必要。內政部長要求我把妳、妳先生和妳朋友的照片交給他，今天早上我才剛剛去邊界的一個軍事崗哨把照片轉交給他。所以你真的是有事要告訴我，但是你認得路，大可以直接到我家去就好，用不著跟蹤我。我沒有跟蹤你，我沒有像和我一起進行偵察的偵查員和偵查佐此刻跟蹤妳的朋友那樣，躲在樹背後或假裝看報紙，等著妳離開家門，不過我命令他們跟蹤妳的朋友，也只是為了讓他們有事可做，如此而已。你是要告訴我，你只是碰巧來到這裡嗎。是的，我走在街上，碰巧看見妳走出家門。我很難相信你跑到我住的街道來只是純粹的巧合。隨妳怎麼說。不過無論如何，如果你要說這是巧合，那也是個愉快的巧合，沒有這個巧合，我就不會知道那張照片現在在你們部長的手中。即使沒碰到妳，我也會在其他的場合告訴妳這件事。那我能不能請問，他要那張照片做什麼用。我也不知道，他沒有告訴我，但我確定不會是什麼好事。所以你不是來對我做第二次偵訊的，醫生太太說。不是，今天不會，明天也不會，永遠都不會，就我個人而言，關於這件事，我所需要知道的都已經知道了。你得要把你的來意解釋清楚，坐下吧，別跟那個拿空水罐的女人一樣站著。狗突然出現了，從某個樹叢背後吠叫，筆直衝向大隊長，大隊長本能地退縮。別怕，醫生太太抓住狗的項圈說，牠不會咬你。妳怎麼知道我怕狗。我不是巫婆，只是你在我們家的時候我觀察到了。有這麼明顯嗎。挺明顯的，安靜，最後兩個字是對狗說的，狗已經停止了吠叫，轉而從喉嚨發出一種低沉而持續的聲響，猶如低音鍵嚴重走音的風琴所發出的聲音，遠比咆哮更具有威脅性。你最好坐下，牠才會知道你沒有要傷害我。大隊長保持著距離，戰戰兢兢地坐下。牠的名字叫安靜嗎。不是，牠叫不變，但對我和我的朋友來說，牠是拭淚狗，我們只是簡稱牠為不變。

為什麼是拭淚狗。因為四年前我哭的時候，這隻狗跑來舔我的臉。妳是說在白盲症的那個時候。是的，在白盲症的那段期間，這隻狗是那段淒慘歲月的第二個奇蹟，先是這個女人在好像有義務瞎掉的時候沒有瞎，接著這條慈悲的狗就跑來喝她的淚水。這是真實發生的事，還是我在作夢。我們夢到的事也真的發生了，大隊長。希望不是每個夢都這樣。你這樣說是有什麼特殊原因嗎。沒有，我只是說說而已。大隊長說的不是實話，他拒絕讓自己說出口的話和這話完全不一樣。希望信天翁不會跑來戳妳的眼睛。狗靠近了些，鼻子幾乎要碰觸到大隊長的膝蓋。牠看著大隊長，眼睛這麼說，別害怕，我不會傷害你，我遇到她的那一天，她也不害怕。這時大隊長緩緩伸出手，摸了摸狗的頭。他感到泫然欲泣，任由淚水沿臉頰流下，或許奇蹟會再度發生。醫生太太把書放進包包，說，我們走吧。去哪裡，大隊長問。如果你沒有什麼要事要做，要不要和我們一起吃個午飯。妳確定嗎。確定什麼。確定要讓我坐上妳的餐桌。是的，我確定。妳不怕我會耍妳。看到你眼睛裡的那些淚水，不，我不怕。

大隊長回到幸運保險公司時，已經超過晚上七點了，他發現他的兩個下屬正在等他。他倆很明顯不是太開心。你們今天過得怎樣啊，有沒有消息可以報告，他用開朗得近乎歡快的語氣問他們，裝出一副興致勃勃的模樣，但我們比誰都知道，他壓根兒不感興趣。這一天過得很糟，至於可以報告的消息，更糟，偵查員回答。我們還不如留在床上睡大覺得好，偵查佐說。什麼意思。我這輩子沒參與過比這個更愚蠢、更沒意義的偵察了，偵查員說。大隊長大可以附和，你還不知道是有多沒意義呢，但他選擇沉默以對。偵查員繼續說，我到達寫信那人的前女人居住的街道時是十點鐘。偵查佐插嘴，抱歉，你不能說前女人。為什麼不能。因為說前女人表示她現在已經不是這個身分了。這樣不對嗎，偵查員問。不對，因為她仍然是女人，只不過不再是他的配偶了[49]。好吧，我應該說，我到達寫信那人的前任配偶居住的街道時是十點鐘。這樣好多了。配偶聽起來既荒謬又做作，你向別人介紹你老婆的時候，肯定不會說這位是我的配偶吧。大隊長打斷這段談話。這個下回再討論，我們直接切入重點吧。偵查員繼續說，重點是，我在那兒一直待到接近中午，那女人一步也沒踏出家門，這我倒也不意外啦，現在整個城市亂成一團，有些公司根本不營業，還有一些則只上半天班，民眾根本不需要早起。真好命，偵查佐說。那她最後到底是有沒有出家門呢，大隊長問，他開始有些不耐煩了。她在準準十二點一刻的時候走出家門。你說準準是有什麼原因嗎。報告長官，沒有，我只是很自然地看了看手錶，那時候剛好就是十二點一刻。繼續說吧。我一面跟蹤她，一面注意來往的計程車，以免她忽然上了其中一輛計程車，我會措手不及，就會像傻子一樣杵在馬路半中央，不過沒多久我就發現，不管她要去的是哪兒，她都打算是要徒步前往。那結果她去了哪兒呢。您會笑的，長官。我想應該不會。她走了半個多小時，步伐快到我幾乎快要跟不上，快到好像在運動一樣，然後忽然之間，我很意外地發現我來到了戴黑眼罩的老人和戴墨鏡的女孩住的那條街上，戴墨鏡的女孩就是那個妓女，您知道的。她不是妓女了，偵查員。她現在或許不是，但以前曾經是，還不都一樣。只有在你腦子裡都一樣，在我腦子裡不一樣，但是你既然是在跟我說話，而我是你的長官，麻煩你用我懂的文字來說話。那我就說前妓女。你就說是戴黑眼罩老人的女人吧，就像你一分鐘前說寫信那人的前女人一樣，你看，我是用你的用語在說話。是的，長官。你發現你到了他們家的街道，然後呢。她走進他們住的那棟大樓，然後就待在那兒了。那你做了什麼，大隊長問偵查佐。我躲在那兒，可是那女人進去之後，我就和偵查員一起商量要怎麼做。然後呢。偵查員說，我們決定盡可能一起行動，萬一必須分開，也討論出繼續進行的辦法。然後呢。因為那時是中午了，我們就利用了一下午休時間。所以說，你們跑去吃午餐了。報告大隊長，不是的，他帶了兩個三明治，給了我一個，我們就用那個當午餐了。大隊長終於露出微笑。你應該獲得一枚獎章，他對偵查佐說。偵查佐壯起膽子回答，報告長官，有些人做得比這樣還少，也獲得獎章了。你絕對想不到你這話說得多有道理。那就把我列入名單中吧。三個人都微微笑了，但只笑了短短的一瞬，大隊長的臉色隨即又陰沉下來。後來呢，他問。他們全都走出來的時候是下午兩點半，想必是一起在那兒吃了午餐，偵查員說，我們不知道老人有沒有車，所以立刻提高警覺，可是結果他沒有開車，說不定是在節省汽油，不過不管怎樣，我們跟在他們後頭，如果這工作一個人做就很輕鬆，您想想兩個人做會怎樣。結果他們去了哪裡。電影院，他們全都去了電影院。你們有沒有檢查電影院有沒有另一扇門，他們可以趁你們不注意的時候偷偷溜出去。有另一扇門，但關起來了，不過為了以防萬一，我要他注意那扇門，注意了半個鐘頭。偵查佐證實，沒有人從那扇門出去。大隊長厭倦了這齣喜劇。還有什麼，把剩下的部分總結一下，他用緊繃的聲音說。偵查員驚詫地望著他說，報告大隊長，關於剩下的，呃，沒有剩下多少了，電影散場後，他們搭上一輛計程車，我們搭上另一輛計程車，用經典的臺詞命令計程車司機說，我們是警察，你跟著前面那輛車走，結果又是一段一點都不拐彎抹角的路程，寫信那人的老婆先下車。在哪裡下車。就在她住的那條街，大隊長，就我們說的，我們沒有什麼新消息可以報告，然後計程車就把剩下的人載回他們家了。然後你們做什麼呢。我就在第一條街待著，偵查佐說。我就在第二條街待著，偵查員說。然後呢。然後就什麼事也沒有了，他們誰也沒再出門，我在那裡待了將近一個小時，最後叫了一輛計程車，經過另一條街去接我同事，然後我們一起回來，事實上，我們兩個剛剛才到。所以這項任務一點意義也沒有，大隊長說。看起來絕對是如此，偵查員說，這整件事情最有趣的一點是一開始還挺順利的，譬如說訊問寫信的那個人就很有意義，甚至還很好玩，那個可憐的傢伙完全不知所措，最後夾著尾巴灰頭土臉，可是那之後不知怎麼搞的，我們就陷入瓶頸了，我是說，我們就把自己弄到瓶頸裡去了，大隊長，您一定知道得比我們多一點，因為您訊問真正的嫌犯訊問了兩次。真正的嫌犯是誰，大隊長問。頭號嫌犯是醫生的老婆，第二號是醫生，就我看來這很明顯，他倆既然有床同享，有罪也就同當。什麼罪。報告大隊長，您和我一樣清楚啊。就當我不清楚，解釋給我聽吧。就是害我們陷入目前狀況的罪。什麼狀況。空白票啦、封城啦、電車站爆炸啦這些狀況。你真的相信自己所說的話嗎，大隊長問。我們來這兒不就是為了這個嗎，來調查並且逮捕罪魁禍首。你指的是醫生的太太。報告長官，是的，就我看來，內政部長在這方面下的指令相當明確。內政部長沒說醫生的太太是罪魁禍首。報告長官，我或許只是個偵查員，可能永遠也不會當上大隊長，但我從做這份工作的經驗學到，有些事情之所以語焉不詳，就是為了表達無法完全說出來的事。下次有大隊長人事缺的時候，我會舉薦你升遷，但是在那之前，基於事實真相，我必須告訴你，關於醫生太太，完全表達出而不是語焉不詳的說法，就是清白無辜。偵查員側眼往偵查佐瞥了一眼，向他求助，但偵查佐像剛剛被催眠般一臉專注，因此他無法期待從偵查佐身上得到任何幫助。偵查員於是小心翼翼地問，您是說，我們要空手而回了嗎。你喜歡的話，我們也可以把手插在口袋裡回去。我們就要這樣去見部長嗎。如果沒有罪魁禍首，我們也沒辦法憑空變出一個來。這是您說的話還是部長說的話。我想應該不是部長說的吧，至少我不記得聽他這樣說過。報告大隊長，打從我進警界以來就沒聽過這話，但我不會再多說了，我不會再開口了。大隊長站起身來，看了看錶，說，去找間餐廳吃晚飯吧，你們沒吃多少午飯，一定餓了，別忘了把發票帶回來給我蓋章。那長官您呢，偵查佐問。我午餐吃很飽，不用了，萬一有點嘴饞，也還有茶和蛋糕可以填填肚子。偵查員說，長官，我對您的敬重促使我必須說出我有多擔心您。擔心什麼。我們只是下屬，最慘也只不過是受一頓責罵，可是您是負責這整項任務成敗的人，看起來您好像已經打定主意要宣告失敗了。宣告一個被告無辜就算是任務失敗嗎。如果規劃的任務目標是要把罪歸咎於一個清白的人頭上，那就是。你不久前還一口咬定說醫生的太太是罪魁禍首，現在又幾乎是捧著聖經信誓旦旦地說她清白了。報告長官，我可以手捧聖經信誓旦旦地這樣說，但絕不在內政部長面前這麼說。那當然，我瞭解，你有家庭、有前途、有人生要顧。是的，長官，您還可以再加上我缺乏勇氣。我們都是凡人，我不會要求太過分，我對你唯一的建議是，好好保護我們這位偵查佐，我有預感你們會需要彼此的。偵查員和偵查佐說，長官，待會兒見。大隊長回答，好好吃頓飯吧，慢慢吃，不用急。門關上了。

大隊長走進廚房去喝杯水，然後走進自己的房間。床沒有整理，地上有一雙髒襪子，一隻在這兒，一隻在那兒，椅子上胡亂掛著一件髒襯衫，浴室的狀態就更不用提了，這是幸運保險與再保險公司遲早需要解決的一個問題，那就是判定若由暫住在這兒的特勤人員找個女人來料理家務、煮飯和打掃，是否合乎特勤工作固有的自由裁量權。大隊長扯了扯床單和床罩，往枕頭槌打了幾下，捲起襯衫和襪子，塞進抽屜裡，房間的慘況稍稍改善了些，不過當然啦，隨便哪個女人都能整理得更好。他看了看鐘，這時間非常好，他很快便將得知結果是不是同樣好。他坐下來，扭亮檯燈，撥打電話。響到第四聲時，有人接起了電話。喂。我是海鸚。我是信天翁。報告信天翁，我來向您報告今天的行動狀況。希望你有令人滿意的成果可以報告，海鸚。那要看您認為怎樣的成果稱為令人滿意，信天翁。海鸚，你給我聽好，我沒時間也沒耐性跟你咬文嚼字，快切入重點。信天翁，我能不能先請問，包裹有沒有抵達目的地。什麼包裹。九點鐘在北六崗哨遞送的那個包裹。喔，有，非常順利地抵達了，那東西會非常有用，你到時候就會知道是多有用了，現在先告訴我你們今天忙了些什麼事。報告信天翁，就是進行了幾場跟監和一場偵訊，實在乏善可陳。海鸚，我們一樣一樣說，跟監行動有什麼成果。報告信天翁，差不多等於是沒有成果。為什麼。報告信天翁，在整場跟監行動中，我們稱為二級嫌犯的那幾個人行為舉止非常正常。那對那幾位一級嫌犯的偵訊進行得如何了呢，我好像記得一級嫌犯是由你負責的，海鸚。實話實說。你說什麼。報告信天翁，我說實話實說。海鸚，這話是什麼意思。報告信天翁，這只是一種發語詞而已。那麻煩你就別扯什麼實話實說了，簡簡單單告訴我，你現在有沒有辦法不要拐彎抹角，不要迂迴其詞，直截了當地證實醫生太太有罪，她的照片現在正在我眼前呢。報告信天翁，她承認殺人案她有罪。你很清楚，因為很多原因，包括缺乏犯罪事證，我們對這件事不感興趣。是的，信天翁。那就切入重點吧，告訴我你有沒有辦法證實醫生太太是投空白票運動的幕後主使者之一，甚至就是整個組織的首腦。報告信天翁，不能，我沒辦法證實。為什麼呢，海鸚。報告信天翁，因為全世界沒有一個警察能找得到一絲絲證據來支持這項指控，我認為我自己是世界上最後一個警察了。海鸚，你好像忘記了，我們說好你會提供必要證據的。報告信天翁，容我斗膽請教，這樣的案件是能夠生出怎樣的證據呢。這不是我的問題，過去不是，現在也不是，我已經把這個問題交由你自行決定了，那時候我還有信心你會成功達成使命。信天翁，恕我直言，就我看來，斷定一個嫌犯在他所被指控的罪名上無罪，就算是最成功地達成使命了。我們別搞那些荒謬的代號了，你是大隊長，我是內政部長。是的，部長。好，為了看看我們能不能終於達成某種共識，我換個方式問我剛才的問題。是的，部長。撇開你個人的信念不談，你要不要證明醫生的太太有罪，要還是不要。報告部長，不要。你權衡過你說這話會有什麼後果嗎。報告部長，我權衡過。很好，我剛剛做了一些決定，你記起來。報告部長，我靜候您的指示。你告訴偵查員和偵查佐，部裡給他們的命令是明天上午要回來，早上九點要到邊境的北六號崗哨報到，有個人會在那兒跟他們會面，把他們帶回部裡來，那人大約和你同年紀，會打一條藍底白點的領帶，你們用的那輛車當然不會再有必要了，所以叫他們把那輛車開過來。是的，部長。至於你。至於我，部長。你就待在首都裡，等候進一步的指示，這新的指示不會隔太久才來。那偵查行動呢。你自己說嫌犯清白，沒有什麼要偵查的。報告部長，我真心這樣想。那你當然就不能抱怨了，你的案子已經結案了。可是那我待在這兒要做什麼呢。不做什麼，什麼也別做，走走路，散散心，去看看電影、看看戲劇、參觀參觀博物館，你樂意的話，還可以請你的新朋友出來吃吃飯，掛在部裡的帳上。部長，我不懂您的意思。我給你的五天偵查期限還沒到，在剩下的期間，你說不定會有不同的體悟。報告部長，我想可能不會。不管怎樣，五天就是五天，我這人說話算話。是的，部長。晚安，大隊長，好好睡吧。晚安，部長。

大隊長放下電話，從椅子站起來，走進浴室。他需要看看剛剛被人用短短幾句話炒了魷魚的人的臉。對方並沒有真的說出要他走路的話，但在每一個字中，甚至包括祝福他睡得好的話中，這個意思都昭然若揭。他並不意外，他清楚知道內政部長是個什麼樣的人，也知道沒有遵守他所接獲的指令，他會被迫付出代價，這指令包含了明確的指令和意在言外的指令，後者和前者同樣清晰，但令他意外的是他在鏡中看見的臉龐平靜祥和，皺紋似乎都消失了，眼眸清澈而光亮，這是屬於五十七歲男人的一張臉，這男人以大隊長為職，剛剛經歷了一場火的試煉，卻猶如洗了一場淨身沐浴般，浴火重生了。是的，沐浴是個好點子。他褪下衣衫，踏進淋浴間，任由水嘩嘩流個不停，管它呢，反正水費部裡會出。他徐徐往身上塗抹肥皂，水再一次沖去了他身上殘存的一切塵埃，這時他的記憶背負著他，回到四年前的某段時光，當時他們全都目不能視，渾身髒汙、肚腹肌餓地在城市裡徘徊，願意不計一切代價來換取一小片走味發霉的麵包，或任何能夠食用或至少能夠咀嚼的東西，好藉由自己的口水來阻絕飢餓。他想像醫生的妻子在雨中引導著她那一小群可憐蟲，六隻迷途的羔羊，六隻摔出鳥巢的幼雛，六隻盲眼的初生小貓，或許某一天在某一條街上，他曾與他們相遇，或許他們曾因為恐懼而驅趕他，或許他曾因為恐懼而驅趕他們，那是個人人為己的年代，搶在別人偷你的東西之前偷他們的東西，在別人揍你之前出手揍他們，根據盲人法則，最可怕的敵人往往就是離你最近的人。但我們並不是只有在沒有雙眼時不知自己要往何處去，他想。熱水嘩嘩灑落在他的頭上和肩上，循著軀體向下流淌，潔淨地咕嘟咕嘟消失在水管中。他跨出淋浴間，用印有警徽的浴巾擦乾身子，拿起掛在掛鉤上的衣服，走進寢室，穿上乾淨內衣。這是他的最後一套乾淨內衣，西裝則必須繼續穿同一件，這項行動僅為期五天，他沒有想到要打包多一點的衣物。他看看錶，將近九點了，於是走進廚房，燒了點開水來泡茶，把一個憂傷的茶包泡進水中，等待著使用說明上建議的分鐘數。蛋糕吃起來像加了糖的花崗岩，他用力咬斷蛋糕，把蛋糕裂解成容易咀嚼的小塊小塊，再慢慢輾碎，並且啜著茶，他喜歡綠茶，卻不得不將就著喝這種陳年到幾乎淡然無味的紅茶，幸運保險與再保險公司屈尊降貴給臨時客人提供的奢侈品已經夠多了，不可能在茶上頭講究。部長的話酸溜溜地迴響在他的耳畔，我給你的五天期限還沒有到，在期滿之前，你去走走路、散散心、看看電影，掛部裡的帳，他想著接下來會發生什麼事，他們會不會把他送回總部，聲稱他無法執行外勤工作，命他坐辦公桌，整理公文，把大隊長降級為低階文書人員，他的未來八成就是這樣了，除非他們要他提早退休，從此忘了他的存在，唯有在他死去的時候會重新提起他的名字，好將他自員工名冊中刪去。他吃完了，把濕漉漉的冰冷茶包扔進垃圾桶，洗了洗杯子，用手刀劃掉桌上的蛋糕屑。做這些事時他極度專心，以防思緒大舉入侵，他先一一問過了思緒身上挾帶了什麼，才一一放它們進場，因為對於思緒，人可是得小心提防的，有些思緒偽裝成一派天真無邪，等到露出邪惡真面目時已然太遲。他再次看了看錶，九點三刻，時間過得可真快呀。他走出廚房，踏進客廳，在沙發上坐下來等待，之後被鑰匙插入門內的聲響吵醒，偵查員和偵查佐走進來，兩人很顯然都吃飽喝足了，但並沒有酒醉到該受責備的程度。他倆道了晚安，偵查員代表兩人對於回來稍晚了些表達歉意。大隊長看一看錶，已經超過十一點了。還不算太晚，他說，但你們兩個明天恐怕得起得比你們預期中要早一點。又有新任務了嗎，偵查員一面把一個包裹放在桌上，一面問。如果這個可以稱為任務的話，那就沒錯，大隊長說完頓了頓，再次瞥了一眼他的錶，繼續說，明天上午九點，你們要帶著所有行李到北六號軍事崗哨去。為什麼，偵查佐問。你們被調離了來這裡進行的偵查行動。這是您做的決定嗎，大隊長，偵查員鐵著臉問。不是，是部長做的決定。為什麼呢。他沒有告訴我，但別擔心，我很確定他對你們個人沒有什麼不滿，他會問你們一大堆問題，但你們會知道該怎麼回答的。大隊長，這樣說的意思是，您不會和我們一起過去嗎，偵查佐問。我不去，我會待在這兒。您要自己一個人繼續偵查嗎。偵查行動結束了。我們沒得到具體的成果。具體或抽象的都沒有。那我不懂您為什麼不和我們一起過去，偵查員說。這是部長的命令，他設定了五天的期限，我要待到五天期滿為止，也就是待到星期四。然後呢。也許他訊問你們的時候會告訴你們。訊問我們什麼事。訊問你們偵查行動是如何進行的，我是如何主持偵查行動的。可是您剛剛說偵查行動結束了。沒錯，但是他可能會想要用其他的方式繼續進行偵查，只不過不要再繼續由我來進行了。我完全摸不著頭緒，偵查佐說。大隊長站起身，走進書房，拿了一張地圖回來，攤在桌上，把包裹往一旁推了推，好騰出空間放地圖。北六崗哨在這裡，他用手指出位置，別跑錯了，部長說等你們的人大約是我這年紀，但其實他比我年輕多了，你們可以認他的領帶，他會打一條藍底白點的領帶，我跟他碰面的時候有通關密語，但你們這次應該不需要，起碼部長沒跟我提到通關密語。我不懂，偵查員說。很清楚啊，偵查佐說，我們就去北六崗哨就對了。不是，我不懂的是為什麼我們要撤離，大隊長卻要留下來。部長一定有他的理由。當部長的人都有他們的理由。可是他們從來都不說理由是什麼。大隊長插嘴，討論這個沒有什麼意義，你們最好的策略就是別問為什麼，他們不太可能向你們解釋，就算解釋了，你們也別相信，因為他們幾乎都不會說實話。他小心翼翼摺起地圖，接著彷彿突然想到似地說，你們把車開過去。您連車子都不留下來用，偵查員問。這城市裡公車和計程車很多，何況走路有益健康。這整件事真是越來越難懂了。親愛的朋友，沒有什麼需要懂的，我接到了命令，就執行命令，你們也必須執行你們接到的命令，你們盡可以去思考去分析，但再怎麼思考分析，也一分一毫都改變不了事實。偵查員把包裹推向他，我們帶了這個給您，他說。這是什麼。他們給我們準備的早餐實在太難吃，我們決定買點不一樣的蛋糕、一點起司、一些高品質的奶油、火腿，還有做三明治的麵包。這些東西你們是要帶走呢，還是留在這兒，大隊長笑嘻嘻地問。大隊長如果同意，明天早晨我們一塊兒吃早餐，然後剩下的就留在這兒了，偵查員也同樣笑嘻嘻地回答。偵查佐也加入他們，大夥兒全都笑了，但三人隨即又正經起來，不知該說什麼好。最後，大隊長說，我要上床了，昨晚我睡得很不好，今天從那個北六號崗哨的事情開始又忙了一天。大隊長，北六號崗哨什麼事情，偵查員問，我們都不知道您去北六號崗哨做什麼。對，我沒告訴你們，我沒機會說，是部長的命令，要我去把那群人的照片交給那個打藍底白點領帶的人，就是明天要跟你們碰面的那個人。部長要那張照片做什麼。用他的話來說，我們到時候就會知道了。感覺很可疑呢。大隊長點點頭，像是表達同意，然後繼續說，後來，我碰巧遇見了醫生的太太，到他們家吃了午飯，最後和部長談了我剛剛告訴你們的那段話。大隊長，我們非常尊敬您，偵查員說，但是有一件事我們永遠不會原諒您，我知道我說出的是我和偵查佐共同的心聲，因為我們討論過了。什麼事。您從不讓我們去那個女人的家。你去過呀。一去到就直接被趕出來了。那倒是，大隊長說。為什麼呢。因為我害怕。害怕什麼，我們又不是洪水猛獸。害怕你們太執著於要不計一切代價找出罪魁禍首，會讓你們看不見真正在你們眼前的人。大隊長，您這麼不信任我們嗎。這不是信不信任的問題，而比較像是我找到了一個寶藏，想要據為己有，不對，不是這樣，不是感覺的問題，我不是那樣想的，我只是擔心那女人的安危，我想愈少人訊問她，她就愈安全。恕我直言，大隊長，偵查佐說，所以用簡單的白話來說，您不信任我們。對，你說得對，我承認，我不信任你們。不用跟我們道歉了，大隊長，偵查員說，我們已經不計較了，何況您擔心是對的，我們很可能會把事情搞砸，很可能會像大象進了瓷器店一樣，把什麼東西都毀掉。大隊長打開包裹，拿出兩片麵包，在當中夾了兩片火腿，帶著歉意地笑了笑。我必須承認我餓了，我只喝了一杯茶，那些該死的蛋糕把我的牙都快咬斷了。偵查佐走進廚房，拿了一瓶啤酒和一個杯子出來。這個拿去吧，大隊長，麵包配這個吃比較好吞。大隊長坐下來，津津有味地吃起火腿三明治，又喝下啤酒，彷彿在洗滌靈魂。吃飽後，他說，好，現在我要上床去了，你們兩個好好睡吧，謝謝你們的晚餐。他往臥房門走去，走著走著又停下腳步轉過身。我會想你們的，他說，然後頓了頓，又說，別忘了我稍早告訴你們的話。哪句話，大隊長，偵查員問。我說我有預感你們會很需要彼此的那句話，別被甜言蜜語或快速升遷的承諾給騙了，這場偵察行動是由我負責的，沒有別人可以給這場行動下結論，只要你們說實話，不接受打著真相名號卻與你們心目中真相相違背的謊言，就不會背叛我。是的，大隊長，偵查員承諾。你們要互相幫忙，大隊長說，接著又說，這是我對你們唯一的期望，唯一的懇求。

49 葡萄牙文中，妻子與女人為同一字（mulher）。

大隊長並沒打算要利用內政部長的闊綽大方。他並沒有去戲院或電影院散心，沒有參觀博物館，唯有吃午餐和晚餐時才離開幸運保險與再保險公司，結帳時也並沒有把帳單帶走，而是和小費一同留在桌上。他沒有再返回醫生的家，也沒有理由再回到他與正式名號為不變的拭淚狗和解的公園，他在那公園裡與那隻狗的女主人眼對著眼、心對著心地討論了罪惡與清白。他並沒有去監看戴墨鏡的女孩與戴黑眼罩的老人在做什麼，或是去窺視第一個盲人的前妻。至於第一個盲人，也就是那封卑劣告發信的作者，同時也是許多麻煩的製造者，大隊長毫不懷疑，若他看見他，絕對會跨越馬路到對面去。其餘的時間，上午和下午的連續許多個小時，他坐在電話旁等待，就連睡覺時，他依然豎著耳朵聆聽。他很確定內政部長終究還是會打電話來的，否則他不明白內政部長為什麼要把派給他的五天偵察期限榨乾到最後一分鐘，正確地說，是榨乾到最後一粒渣滓。部長最順手自然的做法，就是把他召回總部去，命他把所有未結清的帳目結一結，例如辦理提前退休或自行請辭，但經驗告訴他，任何順手自然的方法對一肚子拐的內政部長來說都太簡單了。他記起偵查員的話，用詞平凡卻意味深長。感覺很可疑呢。偵查員這話是說在大隊長告訴他他在北六號軍事崗哨把照片交給那個打藍底白點領帶的人之後，如今他感覺問題的關鍵必定就在那裡，在那張照片，只不過他想不透究竟是如何以及為什麼。這漫長的等待是看得到盡頭的，不像人們為了敘述生動，會形容一個等待漫無止境，他就這麼想著這些事，這些思緒無非就是綿長不絕無可抑遏的睏倦，仍帶著些許提防的神智偶爾會將他從中驚醒，他便將在這綿長的等待與睏倦的思緒中度過剩餘的三天，星期二，星期三，星期四，那是拒絕從午夜接縫處撕去的三頁日曆，撕去後又在他的手指沾附不去，幻化成一團黏膩無形的光陰，又幻化成一堵柔軟的牆，既抗拒他，又將他吸入其中。最後，在星期三夜晚十一點半的時候，部長來電了。他沒有打招呼，沒有道晚安，沒有問大隊長好不好或一個人過得如何，沒有提起他是否訊問了偵查員和偵查佐，是一同訊問或是個別訊問，是溫和的交談或是語帶嚴厲威脅，而僅是彷彿漫無目的般輕描淡寫地順口說道，我想你會很有興趣讀一讀明天的報紙。報告部長，我每天都看報。恭喜你，你顯然消息十分靈通，但我還是強烈建議你千萬不要錯過明天的報紙，你會非常感興趣的。報告部長，我一定會看的。還有電視新聞，無論如何都不要錯過。報告部長，幸運保險公司沒有電視機。真可惜，不過話說回來，我贊成那樣，那樣更好，電視會害你分心，就不能專心做我們派給你的艱鉅偵察研究了，何況你也可以去找找你的新朋友，提議大夥兒聚在一塊兒欣賞欣賞電視節目。大隊長沒有回答，他可以問問星期四之後自己會遭受何種懲處，但他情願什麼也不說，很顯然他的命運掌握在部長手裡，因此部長想宣判的時候自然就會宣判，如果大隊長果真問了，可能也只會得到某種類似於別急呀，你明天就會知道了之類不痛不癢的答覆。大隊長驀然察覺這場通話的沉默時間比一般正常的電話交談要久，這個類型的溝通中，句子與句子間的停頓或歇息時間通常稍微短暫或極其短暫。他沒有回應內政部長居心不良的提議，而內政部長似乎不以為意，他保持著沉默，彷彿是要留時間給對手想出回應來。大隊長小心翼翼地說，部長。脈衝電流載著這個詞沿電話線前去，但電話線的另一端沒有呈現出任何生命的跡象。信天翁已經把電話掛了。大隊長把話筒放回電話上，走出房間，踏進廚房喝了一杯水，這不是他頭一次注意到與內政部長通話會使他乾渴異常，彷彿在整場談話中，他的體內都有火熊熊燃燒，而他迫切地必須去撲滅自己內在的火。他走到客廳的沙發坐下，但並沒有坐很久，過去兩天來那種半醒半睡的狀態消失了，彷彿在部長說出第一個字的同時就消失得無影無蹤，因為事情開始進展得非常迅速了，這裡指的事情是指因為說明或僅僅是下個定義便會花掉過多時間和空間而我們因此往往怠惰地統稱為事情的那一類模糊事物，事情進展迅速，且不到終點不會停止，但是終點是什麼，在哪兒，何時會到，如何到達呢。只有一件事他有把握，那便是他用不著是馬格雷探長[50]、白羅或福爾摩斯，也能知道明天報紙會刊出什麼消息。等待已經結束，內政部長不會再打電話來了，再有什麼新的命令，會透過祕書傳達，或是直接由警政署長下達，短短的五天五夜就足夠他從負責一項艱鉅偵察任務的大隊長變成一個斷了線、被扔進垃圾堆的木偶。這時他想起他還有一個未了的責任。他查了電話簿，核對了地址，撥了電話。醫生太太接起電話。喂。晚安，是我，大隊長，很抱歉這麼晚給妳打電話。沒關係的，我們不會這麼早上床。妳記不記得我們在公園聊天時，我告訴妳內政部長命令我把你們一群人的團體照交給他。我記得。我有充分理由相信那張照片明天會刊登在報紙上，也會出現在電視上。我不會問你為什麼，但我記得你告訴我，部長要那張照片絕對沒安什麼好心。沒錯，但我沒料到他會這樣用那張照片。他是打算要怎麼做呢。要看看明天報上除了刊出那張照片外還寫了什麼，不過我想他們是打算要抹黑妳在大眾心目中的形象。因為四年前我沒有瞎。妳很清楚部長覺得大家都瞎掉的時候妳卻沒有瞎是很可疑的事，現在他認定這件事充分足以證明妳對於現在發生的事有全部或至少部分的責任。你指的是投空白票的事。是的，我指的是投空白票的事。可是這很扯，真的很扯。我從這個工作得知的是，我們認為很扯的事不但不會讓政府官員卻步，他們還會利用這個扯來摧毀理性，磨鈍良知。那你想我們該怎麼辦。躲起來，銷聲匿跡，但是別去妳那些朋友的家，那裡也不會安全的，他們即使現在還沒開始被監控，也很快就會開始了。你說得對，但是如果有人想要保護我們，我們無論如何不會害他置身險境的，例如現在，我就不知道你打電話給我們是不是不智之舉。別擔心，這條線路很安全，事實上國內不會有太多電話線路比這條更安全的了。大隊長。是的。我有個問題想請問，卻又不大敢問。別猶豫了，就問吧。你為什麼要為我們這麼做，為什麼要幫我們。因為我多年前曾經在書上讀到過一段文字，本來已經忘了，但這幾天又想起來。是什麼樣的文字。我們出生的那一刻就好像簽訂了某種終生協議，但是有一天我們會自問，是誰替我簽了這紙協議。真是引人深思的文字，那本書叫什麼名字。我很慚愧，我不記得了。沒關係，就算你什麼都不記得，連書名都不記得，也沒關係的。我連作者的名字也不記得。那些文字以前可能從沒有人說過，至少不是以這個形式說出來，它們很幸運，彼此都沒有失去聯繫，有人把它們凝聚在一起，誰知道呢，如果我們能把一些流落在外的文字聚集起來，這世界說不定會變得更美好一些。我想那些受了冷落的可憐蟲只怕無緣再相聚了。我想也是，但是作夢很便宜，什麼錢也不用花。我們等著看明天的報紙會怎麼說吧。對，我們等著看，我已經做好最壞的準備了。不管立即的結果是怎樣，考慮考慮我說的，躲起來，銷聲匿跡。好的，我會跟我先生討論討論。希望他會說服妳。晚安，謝謝你做的一切。沒有什麼好謝的。保重。大隊長掛上電話後，想著他宣稱這條電話線路很安全，國內不會有幾條線路比這條更安全，這樣是不是很愚蠢，好像這條線路是他自己的財產一樣。他聳聳肩，喃喃自語，有什麼差別呢，沒有什麼東西是安全的，沒有什麼人是安全的。

他睡得不好，夢見他拿著捕蝶網追逐聚集如雲的一團文字，這些文字四散奔逃，他懇求著，求求你們不要跑，停下來，等等我。這些文字突然之間停了下來，聚攏成一團，層層堆疊，像一窩蜜蜂在等待一個可以一擁而上的蜂箱，而他歡呼一聲，拿著捕蝶網撲上去，卻發現捕捉到的是一份報紙。那是個惡夢，但起碼比信天翁又來挖醫生太太的眼睛要好些。他醒得很早，草草梳洗一下就下樓去了。他不再從停車場出入，不再走騎士之門，而是從又稱為步兵之門的平民門戶出入，警衛若是在警衛室裡，他便向他點點頭，警衛若在外頭，他就和他聊個幾句，但他——這裡指的是大隊長，不是警衛——僅僅算是暫時借調到此，大可以不用與警衛寒暄。街燈仍亮著，商店還要兩個小時才會開始營業。他尋找報亭，也找到了一個，是什麼報都販售的那種大型報亭。他站在報亭旁等待，幸好這天沒有下雨。街燈滅了，有短暫的幾剎那，城市陷入最後的黑暗中，但在眼睛適應了這種變化後，黑暗消失了，清晨的淡藍曙光降臨街頭。貨車來了，卸下一綑綑報紙，又繼續送貨去。賣報的小販打開一綑綑報紙，根據報紙的數量擺放，從左到右，從多到少。大隊長走上前去。早安，他說，我所有的報紙都要各買一份。小販把他買的報紙裝進塑膠袋時，大隊長看了看那一排排的報紙，發現幾乎所有的報紙都在頭版的頭條標題下方刊載了那張照片，唯有最後的兩份例外。說真的，一早來了這樣關注時事又財力雄厚的客人，報亭這天一開市就大開紅盤，我們可以有把握地說，接下來這一整天報亭依舊會生意興隆，除了最右側兩排的報紙只會售出與平常相同的份數外，其他的報紙都會被一搶而空。大隊長已經不在報亭旁了，他奔跑著去搭上一輛附近街角攔到的計程車，告知司機幸運保險公司的地址，向司機道歉路程太短，此時此刻正戰戰兢兢從袋子裡取出他的報紙並攤開來。團體照中，醫生太太的臉被用箭頭標出，並放大在一個圓圈裡。標題用紅色和黑色的字體寫著，藏鏡人終於曝光。該女四年前躲過盲症。空白票疑雲水落石出。警方偵察初獲成果。車子在鵝卵石路面上顛顛簸簸，在稀微的晨光與搖晃的車身中，大隊長看不清下方文章中較小的字體。不到五分鐘，計程車已經把他載到了大樓的門口，大隊長付了車資，把零錢留在司機的掌中，匆匆進入大樓，沒和警衛寒暄便疾風一般快步走進電梯，情緒激動到腳尖幾乎要不耐煩地在地上點啊點，快呀，快呀，但這臺機械終其一生都在把人載上載下，聆聽過各式各樣的對話、未完的獨白、五音不全的曲調、少許無可抑遏的嘆息、若干心煩意亂的喃喃自語，如今它裝作事不關己，如同命運，上樓要一定的時間，下樓也要一定的時間，如果你真那樣急，那就走樓梯吧。大隊長終於把鑰匙插入幸運保險公司的大門，扭開電燈，直直走向他曾經把城市地圖攤在上面，也曾經與如今已離去的兩名下屬共進最後早餐的桌子。他顫抖著雙手，開始閱讀刊載了那張照片的四份報紙上的文章，強迫自己一字一字不要跳行地慢慢閱讀。所有的文章都傳達相同的訊息，唯有用字遣詞與行文風格略有不同，把幾篇文章求取一個平均數，很可能與內政部寫手所起草的原稿大致相符。原稿的內容大體上是這樣的。我們的首都意外長出了一顆惡性腫瘤，以市民大量投空白票的反常且難解的形式呈現，如諸位讀者所知，空白票的數量遠遠超過了所有民主政黨得票數的總和，正當我們以為政府要將縮減與割除腫瘤的工作交給能將萬事萬物摧折殆盡的時間來處理時，編輯臺剛剛獲知了一項令人驚喜的消息。我們的警方憑著出色的偵查才能與鍥而不捨的精神，找出了極有可能是條蟲首腦的人物，這隻條蟲盤捲的身軀使多數達投票年齡市民的公民良知徹底癱瘓並陷入危險的萎縮狀態。負責偵查的警方人員包括一位偵查大隊長、一位偵查員及一位偵查佐，基於安全考量，我們不能公布此三人的姓名。根據可靠證人指出，四年前當恐怖傳染病將我們的家園變成盲人國度時，有一名嫁給眼科醫生的婦人是當年倖免於難的唯一人士，這是奇蹟中的奇蹟，如今警方認為該婦人係此次盲症的罪魁禍首，幸而此次盲症侵襲的範圍較小，僅侷限於舊日的首都，這個盲症將反常墮落與貪贓腐敗的危險細菌帶進了我們的政治生活與民主系統。唯有諸如人類史上最重大罪犯那樣的邪惡心靈才構思得出如此的惡行，根據可靠消息來源指出，總統曾將此等惡行精彩描繪為在吃水線下向宏偉民主船艦發射的魚雷，此等惡行也的確正是這樣的魚雷。由於種種跡象都顯示這位醫生太太有罪，倘使這項事實毫無疑義地得到了證實，那麼尊重法治的市民將要求司法對她處以最嚴格的懲治。人生多麼奇妙呀，以她四年前的稀有狀況，這位婦人原可成為科學界寶貴的研究案例，從而在眼科臨床史上贏得尊榮的地位，如今她卻成為了國家與國民的公敵，遭到各界的憎恨咒罵。我們忍不住要說，她當初還不如瞎了的好。

最後一句話明顯地語帶威脅，聽來像個司法判決，就好像是說你還不如根本別出生的好。大隊長的第一反應是要打電話給醫生太太，問她看了報沒有，盡可能安慰安慰她，但他想到，她的電話被竊聽的機率在一夜之間增加到了百分之百，這個想法遏止了他打電話的衝動。至於幸運保險公司的電話，紅色和灰色的電話，想當然耳也是直接與政府的私密網絡相連通的。他翻閱了另兩份報紙，那兩份報紙對這個話題隻字未提。現在我該怎麼辦，他出聲說出這話。他回頭去看那篇文章，重新閱讀了一次，發現他們並沒有說明照片中的人物是些什麼人，尤其沒點出醫生和醫生太太，這很怪。這時他才看到了圖說，圖說是這麼寫的，箭頭所指者為嫌犯。雖然沒有得到確切的證實，但在盲症流行期間，醫生太太似乎保護照顧著這群人。根據官方消息來源指稱，有關這些人身分的查詢已經進行到最後階段，明天就將對外公布。大隊長喃喃自語，他們可能是想要查出那個小男孩住在哪裡，好像這樣對他們會有幫助似地。接著他又想，乍看之下，刊登這張照片而沒有輔以其他的配套措施似乎毫無道理，因為正如同我自己所建議的，照片中的所有人大可以趁機躲起來，銷聲匿跡，但是話又說回來，內政部長愛作秀，成功的人肉搜索可以加大他在政府以及黨內的政治分量及影響力，至於其他的配套措施，這幾個人的住家想必已經遭到二十四小時的嚴密監控，內政部有充分的時間可以把探員混進城裡，啟動這樣一個行動。這一切想法的確都沒錯，但沒有哪段思緒回答了他的問題，現在我該怎麼辦。由於這天是星期四，他可以打電話到部裡，詢問他會遭到什麼樣的懲處，但這麼做毫無必要，因為他很確定內政部長不會接他的電話，只會有某個祕書要他和警政署長連繫，信天翁與海鸚直接對話的日子已經結束了，大隊長。現在我該怎麼辦，他又問了一次。就待在這兒待到腐爛發臭，到有一天終於有人記起，派人前來收屍，還是設法逃出這城市，但邊防駐軍想必已經接獲嚴格命令，絕對不准我通過了，現在我該怎麼辦。他再看了照片一眼，醫生和醫生太太站在中央，戴墨鏡的女孩和戴黑眼罩的老人站在左側，寫信那人以及他的妻子站在右側，斜眼的男孩像足球球員一樣跪在前方，狗坐在女主人的腳邊。他又讀了一次圖說。這些人的身分明天將對外公布。將對外公布。明天。明天。明天。就在這一刻，有個行動計畫赫然湧現，佔據了他全部的思緒，但下一刻，謹慎便立即抗議這麼做簡直瘋狂至極。謹慎說，不要吵醒沉睡的巨龍才是明智抉擇，在巨龍清醒時靠近牠是愚蠢的行為。大隊長從椅子站起來，在屋裡踱步，繞了兩圈，回到攤著報紙的桌旁，再看一眼白圓圈裡醫生太太的頭像，那白圓圈如今看來已經像根絞繩了。此時此刻，城市裡一半的居民正在看報，另一半則坐在電視機前，聆聽新聞主播播報今日頭條，或是收聽廣播，播音員正宣布這名婦人的姓名明天將公諸於世，不只是姓名，連住址也將昭告天下，好讓全民得知邪惡在哪裡築了巢穴。大隊長找出打字機，拿到桌上，摺起報紙推到一旁，坐下來開始埋頭工作。他用的紙上印著幸運保險與再保險公司的抬頭，明天或至少後天，這紙必將被檢察官拿來當成他第二項罪名的證據，這第二項罪名，即是將公家信紙用於私人用途，信件的機密性及其不軌的意圖則又加重了這項罪行的情節。大隊長所打字繕寫的不是別的，就是這五天來詳實的活動紀錄，從週六清晨他和兩名助手暗中突破了城市的封鎖，一直寫到今天他撰寫這份紀錄的此時此刻。幸運保險公司當然有影印機，但雖說最新的影印技術可以把文件複製得維妙維肖，就連鷹眼也看不出正本與副本的差別，大隊長仍然感覺，讓其中一人收到正本而另一人僅收到區區影本似乎不大禮貌。大隊長屬於仍活在世上吃著飯的人當中第二老的世代，因此仍保有對形式的尊重，也就是說，在寫完第一封信之後，他小心翼翼把同樣的內容繕打到另一張乾淨的信紙上。這當然也仍然是一種副本，但形式不同。寫完信後，他把信紙摺起來，各放進一枚印有公司名稱的信封中，封上開口，分別寫上地址。雖說信件當然是由人工遞送，但收件人光是從這謹慎優雅的做法便能瞭解，這兩封來自幸運保險與再保險公司的信件至關重大，值得強力關注。

大隊長準備要再次出門了。他把兩封信裝進外套的內側口袋，雖說外頭是這個季節所能夠期待的最溫和天氣，只要打開窗，望望頭頂幾縷緩緩飄移的稀疏白雲，就能知道天氣有多美好，但他還是穿上了雨衣。他這麼做可能有另一個強而有力的原因，因為雨衣，尤其是有腰帶的風衣式雨衣，是古典時期偵探的識別標誌，至少從瑞蒙．錢德勒[51]首度創造了馬羅[52]這個角色後便是如此，以至於除了死亡之外，偵探小說讀者最能夠輕易掌握的知識便是，只要看到有個壓低帽簷、豎起雨衣領子的人走過，便可以立即宣稱剛剛過去的那個銳利眼光從帽簷和衣領間射出的人是亨佛萊．鮑嘉[53]。這位大隊長並沒有戴帽子，裸露出腦袋，這是由現代時尚所決定的，現代時尚討厭如畫美景，這種時尚就像俗語所說的，管他活的死的，先開槍再說。他走出電梯，經過警衛室，警衛向他揮了揮手，如今他來到街上，準備要實行他這天早晨的三項目標，也就是吃一頓不太早的早餐、到醫生太太住的那條街走走，然後把兩封信投遞到各自的地址去。他在一家咖啡廳完成了第一項目標，喝了一杯拿鐵咖啡，吃了幾片塗奶油的吐司麵包，麵包並沒有前幾天吃的那樣鬆軟滑順，但這也不意外，人生就是這樣，有時順境有時逆境，而無論是供應端還是消費端，堅貞擁戴奶油吐司的人已經很少了。請原諒這個口袋裡裝著炸彈的人腦袋裡裝著這些有關美食的瑣碎無聊思緒。他吃飽飯，付了帳，如今正大踏步走向他的第二項目標。他花了近二十分鐘才到達目的地，來到那條街時，他放慢腳步，裝出一副僅是隨意逛逛的神氣，他知道如果附近有警察正在進行監視，可能會認出他來，但是他不在乎。如果其中哪個員警認出了他，告訴了他的直屬長官，如果這位直屬長官又上報給他的直屬長官，那位直屬長官再上報給警政署長，警政署長又上報給內政部長，你可以打包票信天翁必定會用他最尖銳刺耳的鳴聲怒吼，不要拿我已經知道的事情來吵我，告訴我我不知道的事，例如那個該死的大隊長是要去做什麼。街上比平日更擁擠一些，醫生太太的住家大樓門外有小群小群的人潮聚集，這些人是附近的居民，被好奇心驅使而來，好奇心有的單純些，有的不懷好意，人人手中都拿著報紙，來到這個被指控的女人住家外，這個女人他們多多少少見過，有的還偶爾互相寒暄過一、兩句，當然難免還有一些眼睛碰巧接受過她那眼科醫生丈夫的專業醫療。大隊長已經看出執行監控的員警在哪裡了，其中一個混入最大的一叢人群中，第二個偽裝出一副散漫神氣，倚在牆上閱讀一本運動雜誌，彷彿在文字的世界裡，再沒有什麼比運動更重要的事了。他所閱讀的之所以是雜誌而不是報紙，這很容易解釋，雜誌除了能提供足夠的保護外，對監視人員視野占據的面積較小，若是忽然有必要跟蹤某人，也可以迅速塞進口袋中。警察很清楚這類的事，他們在幼兒園就學到這些事了。這裡的警察對於沿街走來的大隊長和他們所效力的政府部門間的緊張關係一無所知，還以為他不過是行動小組的一員，前來檢視一切是否都依計畫進行。這並不奇怪，雖說部裡某些階層間流傳著耳語，指稱部長對大隊長的工作成果有所不滿，證據便是他將大隊長的兩名助手召回，獨留大隊長一個人放大假，或者也有些人說是留守待命，但這類耳語還沒有流傳到這些員警所屬的基層。趁還沒有忘記之前，我們得要說明，上述的那些耳語對於大隊長來到首都是從事何種任務瞭解得並不明確，這證明無論偵查員和偵查佐此時身在何處，都守口如瓶。這些員警走到大隊長身邊，賊頭賊腦地透過嘴角輕聲對大隊長說，沒有什麼可報告的。這景象十分有趣，卻一丁點兒也不好笑。大隊長點點頭，仰頭看看四樓的窗戶，一面走開，一面心想，明天他們的姓名與地址公布時，這裡的人會比現在多得多。再往前一些，他看見一輛計程車，於是揮手招了它，坐上車，道了早安，從口袋裡拿出信封，念出信封上的地址，詢問司機，哪個地址離這裡比較近。第二個。那麻煩載我到那裡去。駕駛座隔壁的座位放著一份摺疊起的報紙，以血紅字體刊登著驚心動魄的標題，藏鏡人終於曝光。大隊長恨不得問問司機他對今天報上刊載的聳動新聞有何看法，但唯恐自己的語氣會顯得太過好奇，而透露出自己的職業來，因此放棄了這個念頭。他想，過分意識到自己的職業病就會有這種後果。結果是司機自己先提起這個話題。你怎麼想我不知道啦，但我覺得有個女人沒瞎的這條新聞只不過是他們瞎掰來增加報紙銷量的胡扯八道罷了，我是說，當時我瞎了，我們大家都瞎了，怎麼可能會有一個女人沒瞎，只有傻子才會相信。那他們說投空白票的那一大堆人都是她幕後主使的，你怎麼看呢。那又是一堆鬼話了，女人就是女人，不會去搞這種事的，我是說，如果是個男的，那還有點可能，女人，啐。是呀，我們就看看事情會如何發展下去吧。等他們把這個故事榨乾了，就會又想出一個新的來，都是這樣的，你絕對想不到手握方向盤可以得知多少東西，喔，我再告訴你另一件事。說吧。後照鏡跟大家想的不一樣，後照鏡不是只用來注意後方來車而已，還可以用來觀看乘客的靈魂，我打賭你從來沒想到過吧。沒有，完全沒想過，你真是嚇到我了。就我說的啊，這個方向盤可以教你很多事。獲知了這樣的驚人事實，大隊長覺得這番談話還是告一段落好了。直到司機停下車來說，到了，他才敢開口問起這後照鏡與靈魂的事是否適用於所有的車和所有的司機，這位司機卻十分斬釘截鐵。不是的，只適用於計程車，先生，只適用於計程車。

大隊長走進大樓，來到櫃檯前說，早安，我代表幸運保險與再保險公司，想要和社長談一談。如果您是來談保險的，跟行政人員談談就可以了。原則上確實是這樣，但我來貴社不是只為了簡單的技術性問題，我要談的事情很重要，必須要和社長本人談。社長不在，我想中午以前應該都不會進來。那您認為我該和誰談呢，誰最適合談這種事。也許可以和總編輯談吧。這樣的話，您能不能幫我通報一聲，我是幸運保險與再保險公司的代表。請問貴姓大名。就說幸運就可以了。啊，我明白了，公司的名字就是您的名字。沒錯。櫃檯人員打了電話，向對方說明狀況，掛上電話後，她說，一會兒就會有人下來了，幸運先生。幾分鐘後，來了一名女子。我是總編輯的祕書，麻煩跟我來好嗎。他跟著那名女子穿過一條走廊，感到平靜安詳，但突然之間，毫無預警地，他體悟到自己將要採取多麼大膽的行動，一時之間透不過氣來，猶如當胸挨了一拳。還來得及回頭，可以找個藉口，噢，糟糕，我有一份很重要的文件忘記帶了，我和總編輯談一定要有那份文件。但這不是事實，那份文件好好地在他的外套內袋裡，酒已經倒出來了，大隊長，你除了喝下肚以外別無選擇。祕書把他帶進一間裝潢樸素的小房間，裡頭有幾張破舊沙發，這些沙發來到這裡彷彿只是為了在經歷漫長壽命之後，能在平和安穩中度過餘生。房間中央有張桌子，上頭擱著幾份報紙，此外還有一座書籍擺放凌亂的書架。請坐，總編輯正在忙，他請您稍候片刻。沒問題，我可以等，大隊長說。這是第二個機會，如果他走出房間，沿著走入這陷阱的原路走出去，就安全了，就好像是從後照鏡看見了自己的靈魂一般，斷定這靈魂是個蠢蛋，斷定靈魂不該趴趴走，不該把人拖進可怕的災難中，而應該要安分守己，保護主人遠離災難，因為靈魂只要離開了肉體，幾乎都會迷路的，靈魂根本不知自己該往哪兒去，人不是只有手握計程車方向盤才能學到這些東西。大隊長沒有走，酒已經倒出來了，他不能走。總編輯走進來。抱歉讓您久等了，我正好在忙一件事，一時抽不出身來。用不著道歉，您願意見我我就已經很感激了。那麼幸運先生，我可以在哪方面給您幫上忙呢，不過我聽同仁說，您的業務似乎交給行政部門處理就可以了。大隊長舉起手伸進口袋，拿出第一枚信封。我想請您讀一讀信封內的這封信。現在嗎，總編輯問。是的，麻煩您了，但是我要先告訴您，我的名字不叫幸運。那麼您貴姓大名呢。您看了信就會知道了。總編輯撕開信封，展開其中的信紙，開始閱讀。讀了幾行後，他困惑地抬起眼，望向面前的男子，彷彿詢問他停在這裡是否較為明智。大隊長比手勢示意他讀下去，總編輯一直到讀完之前都沒有再抬起頭來，彷彿是每讀一字便更加深陷其中，猶如在見過居住於幽深海底的駭人生物後，便無法再以總編輯平日的面貌回到水面來。終於抬起頭望向大隊長時，他極度心煩意亂，說，恕我無禮，您究竟是誰。信上的署名就是我的名字。是的，我看到這個名字了，但名字不過是文字，並不能說明這個人是誰。我比較希望不要告訴您，但我非常瞭解您有必要知道。那麼就請告訴我吧。但是您要先承諾會刊登這封信。社長不在，我無權做這個承諾。櫃檯小姐告訴我，社長要下午才會進來。是的，沒錯，大約四點才會進來。好的，那我就晚點再來，但我希望您知道，我身上帶著另一封一模一樣的信，貴報若是沒興趣，我會把信投遞到另一個地址去。我猜想另一封信是寫給另一家報社的吧。是的，但是並不會交給刊登了那張照片的任何一家報社。這我瞭解，但是刊登您所描述的事實無可避免會冒一些風險，您也無法保證另一家報社會願意冒這樣的風險。是的，我無法保證，我是押注在兩匹馬上，但是有可能兩頭都落空。我感覺您若是賭贏了，所冒的風險可能更大。就和您決定刊登所冒的風險一樣大。大隊長站了起來。我四點一刻會再來一趟。您的信先還給您，既然我們還沒有達成協議，我就沒有理由扣著這封信。這樣我就不用開口要求您還我了，多謝。總編輯用內線電話打給祕書。麻煩妳送這位先生出去，他說，還有，記住，他四點一刻會再來一趟，妳要去迎接他，並且帶他到社長室去。是的，總編輯。大隊長說，那麼就待會兒見了。是的，待會兒見。兩人握手道別。祕書替大隊長開了門，說，幸運先生，麻煩跟我來。走進走廊後，她又說，我這樣說您可別見怪，我還是頭一次遇見有人姓幸運的，我甚至從來不知道世界上有這個姓。現在妳知道了。名字叫幸運真是好。為什麼好。因為很幸運哪。這真是世界上最好的答案了。他倆來到櫃檯，祕書說，我們約定的時間到時，我會在這裡等您。謝謝妳。再見，幸運先生。再見。

大隊長看看錶，現在還不到下午一點，這個時間吃午餐太早了，何況他並不餓，早上的咖啡和奶油吐司仍在他胃裡。他招了一輛計程車，要求司機載他到星期一他碰見醫生太太的那個公園，人沒有理由一定要做他原本決定要做的事。他原本並沒打算再去那公園，但如今他來了。之後他打算要用走的，就如同偵查大隊長默默執行巡邏勤務那樣，要看看街上聚集的人潮是有多擁擠，說不定還和在場執勤的兩位員警交換交換專業意見。他穿過花園，停下腳步注視那座手持空水瓶女子的雕像。他們把我扔在這裡，她似乎在這麼說，現在我除了盯著這灘死水之外毫無用處，製作我的石材曾經是白的，這個水罐裡曾經有泉水日夜流淌，從沒有人告訴我這樣多的水是打哪兒來的，我就只是在這兒倒這個水罐，現在水罐裡一滴水也流不出了，也沒有人來告訴我水為什麼停了。大隊長嘟囔，親愛的，這就像人生啊，我們也不知道人生為什麼開始，為什麼結束。他把右手的手指浸入水中，又舉到唇邊。他並沒有想到這樣的動作會有什麼意義，然而無論誰從遠處看，都會發誓他親吻了那泥濘池塘裡混濁的水，池塘因為滿布淤土而呈現綠色，如人生般不潔。時鐘並沒有向前走太多，他還有時間在樹蔭下坐一坐，但他沒有坐，而是重新走了一次上回和醫生太太一同走過的路線，回到了街上，街上的景象與方才完全不同了，不再是小叢小叢的人群，而是萬頭攢動，車流都為之堵塞，彷彿附近區域所有的人都走出家門來到這裡，來一睹預告將出現的鬼魂，大隊長幾乎無法從人群中穿過。他招手把那兩名員警喚到一棟建築物的門口，問他們他不在的時候是否發生了什麼事。他們告訴他，沒有人離開，窗戶始終緊閉，但有兩個他們不認識的人，一男一女，來到公寓的四樓，詢問裡面的人是否需要什麼，裡頭的人回答不用，並且感謝他們的好意。就這樣而已嗎，大隊長問。就我們所知，就這樣而已，其中一名員警說，今天的行動報告一定很好寫。員警的這番話剛好及時斬斷了大隊長想像力的翅膀，那翅膀剛才伸展開來，載著他上了階梯，他在樓上按了門鈴，說，是我，接著走進門去向屋內的人報告最新狀況，告訴他們他寫了那幾封信，並且和報社的總編輯談過了，醫生的太太會說，留下來吃頓便飯吧，他便會留下來與他們共進午餐，整個世界將太平無事。是的，太平無事，那兩名員警會在報告中寫道，有位大隊長加入了我們，他上到四樓去，一個小時後才下來，他沒有告訴我們他在上頭做了什麼，但我們看得出他吃了午餐。大隊長事實上到其他地方去吃了午餐，但吃得不多，對店家端到他面前的菜色絲毫沒有投以注意，三點時，他再度坐在公園中凝視那座雕像，女子手中的水罐歪斜，猶如等待著泉水奇蹟般重新出現。三點半，他從坐著的長椅站起，走回報社。他有充裕的時間，不需搭計程車，在計程車裡，他縱使不願，也仍會不由自主地去注視後照鏡，他對自己的靈魂早已經瞭如指掌，唯恐會在鏡中看見他不喜歡看見的東西。回到報社時，還不到四點一刻，祕書已經在櫃檯了。社長在等您，她說。她沒有再加上幸運先生的稱呼，可能是已經得知那不是他的真名，對於自己一片真心卻受了欺瞞，可能心有不滿。他們走上和先前同樣的走廊，但這回一路走到底，轉了個彎，右側的第二扇門上掛著小小的牌匾，寫著社長。祕書小心翼翼敲了敲門，裡頭有人回答，請進。祕書先走進去，扶著門好讓大隊長進去。謝謝妳，我們暫時不需要妳了，總編輯對祕書說，祕書便立即離開了。社長，您願意和我談，我真是不勝感激，大隊長開口。總編輯已經向我描述了大致的狀況，我要坦白告訴您，我可以預知，要把那段內容傳揚出去，難度非常高，但雖然如此，我仍然非常有興趣閱讀那一整份文件。那就請您過目了，社長，大隊長把信封交給他。請坐，社長說，麻煩給我幾分鐘的時間好嗎。他並沒有像總編輯一樣埋頭苦讀，但抬起頭時明顯地困惑且憂慮。您是誰呀，社長不知總編輯問過一樣的問題，也問了一次。如果貴報同意刊登這份文件的內容，您就會得知我是誰，若是您不願意刊登，我就將那封信收回，除了感謝您讓我占用這樣多時間之外，二話不說便會離開。社長知道您有一封完全相同的信，打算要投給另一家報社，總編輯說。一點也沒錯，大隊長說，那封信就在我身上，我們今天若是不能達成協議，我今天就會投遞到另一家報社，因為這個內容務必在明天刊登。為什麼。因為明天可能還來得及阻止一件冤案的發生。您是指醫生太太的冤案。是的，社長，他們正無所不用其極地要把她變成國家目前政治局勢的代罪羔羊。但這毫無道理。這話您不用告訴我，去告訴政府，告訴內政部長，告訴那些聽命刊登新聞的同業。社長和總編輯交換了一下眼神後說，您可以想像，依照目前的狀況，我們不可能原原本本地刊登您這篇內容這樣詳盡的聲明。為什麼。別忘了，我們現在仍處於封城狀態，政府對媒體的審查一刻也沒有放鬆，尤其是像我們這樣的報紙媒體。刊登這個內容，報社馬上就會被查封，總編輯說。所以我們毫無辦法嗎，大隊長問。我們可以試試看，但不能保證會成功。怎麼試，大隊長問。社長和總編輯又短暫地交換了幾下眼神後，社長說，您這會兒該告訴我們您的身分了，沒錯，信上確實有個署名，但我們無從得知那會不會是假名，誰知道您會不會是警方派來的密探，設了陷阱要來測試我們呢，當然我們並不是說您一定是密探，但我必須很明白地告訴您，您若是不立即表明身分，我們的談話就不能繼續下去了。大隊長伸手到口袋中，掏出皮夾。拿去吧，他把警察識別證遞給社長。社長的神情轉瞬間從半信半疑變成了驚詫錯愕。什麼，您是個偵查大隊長，他說。他把識別證遞給總編輯，總編輯也驚愕地重複，偵查大隊長。是的，大隊長平靜地回應，我想我們可以繼續談話了。您不介意我好奇的話，社長說，我想請問您為什麼會採取這樣的動作。因為私人的因素。告訴我其中一個私人因素，這樣我才能說服自己相信我不是在作夢。當我們出生，當我們進入這世界時，就好像為未來的一生簽訂了一紙協議，但或許有一天我們會自問，是誰替我簽了這紙協議，我便自問了，答案便是這張紙。您知道您會遭遇什麼樣的命運吧。是的，我有充分的時間思考過這個問題了。接著是一陣靜默，大隊長打斷了這個靜默。您說您可以試試看。我們想到了一個取巧的辦法，社長說，他示意總編輯接手說下去。我們想的方法是，總編輯說，用完全不同的文字，並且去除掉毫無品味的修辭，刊登今天其他報社刊登的那則消息，然後在最後的段落把您今天給我們的消息穿插進去，這做起來不容易，但在我看來也不是完全做不到，就是需要一點技巧和一點運氣。我們指望新聞審查局的公務員心思渙散或甚至發懶，社長補充，希望他會想，這則新聞他已經知道內容了，就懶得一直看到最後。成功的機率有多少呢，大隊長問。坦白說，機率不高，總編輯承認，但我們不能要求太多，有一點小小的可能性就要滿足了。那萬一內政部問起你們的消息來源呢。我們一開始當然會堅持依照職業倫理，這個應該要保密，不過在封城狀態下，這招可能沒什麼用。那萬一他們逼你們非說不可呢，萬一他們威脅你們呢。那樣的話，我們雖然百般不願，也只好供出消息來源，我們會受罰，這是一定的，但最慘的後果會落在您頭上，社長說。很好，大隊長說，既然我們都知道可能會有什麼後果了，那麼就放手做吧，如果祈禱有用，我會祈禱讀者不會像我們期望的審查局人員那樣，我的意思是說，我祈禱讀者會看完整篇文章。同意，社長和總編輯異口同聲地說。

大隊長離開時是五點多一點。有人剛巧在報社門口下了計程車，大隊長大可以乘機搭上那輛車，但他情願走路。說也奇怪，他感到如釋重負，腳步輕盈，彷彿有人從他的重要器官裡移除了某種一直在啃嚙他的異物，喉頭的一根骨頭，胃裡的一枚釘子，肝裡的一種毒素。明天整副牌都將攤在桌上，躲貓貓的遊戲即將結束，假定那篇文章見了天日，又或者文章遭到封殺，但消息傳到了內政部長的耳裡，部長立即會知道這是誰搞的鬼，大隊長對這結果一絲懷疑也沒有。想像力似乎不打算就此歇息，甚至還踏出了令人不安的一步，但大隊長對她使出了鎖喉功，他說，親愛的女士呀，今天是今天，明天會如何就明天再說了。他的腿突然重如千斤，神經猶如緊繃過久的橡皮筋一般頹軟疲乏，感覺自己迫切地需要閉上眼睛睡上一覺，他決定回到幸運保險公司。我要招我看見的第一輛計程車，他想。但他走了好一段路程，經過的計程車全都載著客，其中有一輛甚至沒聽見他召喚，最後，在他的腿幾乎已無力再往前挪動時，一艘小小的救生艇救起了這個行將滅頂的海上遇難者。電梯仁慈地將他載到十四樓，門毫無抵抗地開啟了，沙發如親密友人般迎接著他，幾分鐘後，大隊長便伸長了腿躺臥熟睡，或者一如過去人們在仍然相信正義存在的年代裡所說的那樣，如正義之士那般心安理得地熟睡了。幸運保險公司的寧靜氣氛完全不負其名號以及這名號所承載的屬性，大隊長窩在幸運保險公司母親一般的懷抱中，酣睡了整整一個小時，醒來時他感到精神煥發，至少他自己是這樣感覺的。伸懶腰時，他摸摸外套內袋中的第二枚信封，也就是他還沒有寄出的那一封。也許把雞蛋都放在同一個籃子裡是不對的，他想，卻又隨即體認到他不可能再重複一次剛才的對話了，他無法直接從一家報社前往另一家報社，去述說同一套故事，故事這樣重複述說，真實性就減低了。過去的事就讓它過去，沒有必要再想了。他走進臥房，看見答錄機閃著燈，有人打電話來留了言。他按下按鍵，接線生的說話聲先響起，接著是警政署長的聲音。請注意，明天上午九點，我重複一次，是上午九點，不是晚上九點，和你共事過的偵查員和偵查佐會在北六號崗哨等你，我必須要告訴你，你的任務不僅僅由於負責人在技術上以及智識上力有未逮而失敗，內政部長及我本人都認為你留在首都非常不恰當，我唯一要補充的是，偵查員和偵查佐負有將你帶到我面前的正式責任，若是你抗拒，他們則奉命要逮捕你。大隊長盯著答錄機，站定不動，接著猶如與早已遠去的人道別一般，他緩緩伸出手，按下留言刪除鍵。之後他走進廚房，將信封從口袋裡掏出，用酒精浸溼，摺成倒V字型，放在水槽中，點火燒了。一股水柱將灰燼沖進排水管。做完這事後，他回到客廳，點亮所有的燈，開始專注地閱讀所有的報紙，尤其仔細地閱讀他某種程度上算是把命運交給了他們的那份報。晚餐時間到時，他走去察看冰箱中有沒有什麼東西可以勉強湊合出一套晚餐，但很快便放棄了。物以稀為貴，但這裡的稀有卻並不意味新鮮或質優。他們應該在這裡裝配一臺新的冰箱，他想，這臺已經傾盡它所能給予的一切了。他走出門去，在他所看見的第一家餐廳快速地吃了晚餐，又回到幸運保險公司。明天他還得早起呢。

50 Maigret，比利時作家西默農（Georges Simenon, 1903-1989）所塑造的虛構偵探。

51 Raymond Chandler，1988-1959，美國偵探小說作家。

52 Marlowe，全名Philip Marlowe，錢德勒偵探小說中的主角。

53 Humphrey Bogart，1899-1957，美國演員，曾演出《北非諜影》（*Casablanca*）等片。

電話響起時，大隊長是醒著的。他沒有爬起來接電話，他很肯定必定是警政署長辦公室的某個人打來提醒他，他奉命必須要在上午九點，注意，是上午九點，不是晚上九點，要到北六號軍事崗哨報到。他們多半不會再打來了，原因很容易理解，因為警察在職業生涯中大量運用我們稱之為演繹或邏輯推理的心智歷程，誰知道呢，說不定他們在私生活中也同樣運用這個歷程。倘使他沒接電話，他們會說，那是因為他已經上路了。他們錯得多離譜呀。大隊長現在的確已經下了床，的確已經走進浴室，進行了解放及清洗的動作，的確更了衣準備出門，但不是為了要招他所看見的第一輛計程車，對滿懷期待從後照鏡看著他的司機說，載我到北六號。北六號，抱歉，我不知道北六號在哪裡，這條路一定是新蓋的。不是路，是一個軍事崗哨，你如果有地圖，我可以幫你指出來在哪裡。不，這樣的對話不會發生，現在不會發生，未來也永遠不會發生。大隊長出門是要去買報紙，這是他前一天早睡的原因，早睡不是為了好好休息，以便準時赴北六號崗哨之約。路燈仍亮著，報攤的小販才剛剛拉起鐵門，正開始擺放本週的雜誌，擺放完畢後，猶如一種神奇徵兆，路燈滅時，派送報紙的貨車也來了。大隊長走上前去，報攤老闆正在把報紙依照我們早已熟悉的順序擺放，但這天，平時銷路較不好的其中一家報紙與發行量大的報紙數量幾乎相同，大隊長覺得這是個好兆頭，但這種充滿希望的愉悅感受隨即被一股強烈的驚駭取而代之，排頭幾份報紙的標題十分不祥，令人毛骨悚然，且全都以鮮明的紅色字體印刷。凶手。此女殺過人。女嫌另有一案。四年前的血案。位在排尾的是大隊長前一天造訪過的報紙，這份報紙的標題詢問，此案是否另有內情。這標題模稜兩可，可能是這樣的意思，可能是那樣的意思，也可能是完全相反的意思，但大隊長情願相信，那是引導他踩著踉蹌步伐走出陰暗幽谷的一盞小小明燈。每種報紙都來一份，他說。報攤老闆心想，他似乎撈到了一個未來會一直上門的好顧客，笑嘻嘻地把報紙裝在塑膠袋裡，遞給大隊長。大隊長四處尋找計程車，徒勞無功地等了將近五分鐘，決定要徒步返回幸運保險公司，如我們所知，幸運保險公司距離此地並不遠，但他提著一個塞滿了文字的塑膠袋，負荷沉重，就連把全世界駝在一個人的背上也會比這負荷輕一些。幸運的是，他抄了一條捷徑，走進一條狹窄的街道，看見了一家樣式古拙、樸實無華的咖啡廳，是那種由於老闆沒什麼別的事可做而因此開得很早的咖啡廳，客人上門不為別的，只為確認一切事物都仍在原來的地方，米蛋糕[54]散發著永恆的滋味。大隊長在一張桌旁坐下，點了一杯拿鐵，詢問他們是否供應吐司麵包，當然是要塗奶油的啦，人造奶油他連聞也不想聞到。咖啡送來了，滋味差強人意，吐司則像是直接來自鍊金術士之手，這術士之所以沒能找到點金石，是由於他始終沒能通過腐化的這一關[55]。大隊長還沒來得及坐穩，就迫不及待打開他這天最感興趣的一份報紙，而他只消迅速瞥上一眼，就知他們的取巧辦法成功了，審查員確認這是他已知的事，反而陰溝裡翻船，上了當，他很顯然壓根兒沒想到過，人對於自以為知道的事應該更加倍謹慎，因為在已知的背後藏著的是成串綿長無盡的未知，而最後一項未知可能終將證實是個無可解決的問題。然而抱持美好幻想是沒有意義的，這份報不可能一整天都在報攤出售，他已經可以想像內政部長揮舞著這份報，激憤怒吼，立刻去把這狗屎東西全部給我抄回來，然後去查出是誰走漏的消息。最後一句話是自動接上去的，因為這個造反作亂的行為只可能出於一個源頭，內政部長對這點心知肚明。就在這時，大隊長決定要造訪盡可能多的報攤，好得知這份報紙的銷量是大還是小，並且看看買這份報的民眾神情如何，看看他們是直接閱讀這篇報導，還是被拉拉雜雜的花邊消息所吸引。他快速瞥了一眼銷量最大的四份報紙。蠱惑大眾的工作仍持續著，手法拙劣，卻有效，二加二等於四，永遠都等於四[56]，如果昨天這麼做，今天必然就會那麼做，如果有誰膽敢質疑這一件事不必然會導引到另一件事，那便是與法制及秩序為敵。他滿懷感激地付了帳，離開咖啡店，從他自己買報的報攤開始審視，滿足地發現他所關注的那疊報紙高度已經降低了不少。很有意思，不是嗎，他對賣報小販說，這報紙賣得真不錯。顯然有廣播電臺提到了這份報紙刊登的一篇文章。魚幫水，水幫魚[57]呀，大隊長語帶神祕地說。是呀，您說得對，小販回答，但他一點兒也不理解大隊長是在說什麼。為了不浪費時間去尋找另外的報攤，大隊長詢問每一個報攤的老闆最近的另一個報攤在哪裡。或許由於大隊長儀表堂堂，報攤老闆都給了他他所要的資訊，但每一個報攤老闆都恨不得問他，別的報攤是有什麼我沒有的東西嗎。時間一鐘點一鐘點地過去，偵查員和偵查佐在北六號崗哨等得不耐煩了，向警政署長辦公室請示接下來該如何，警政署長回報內政部長，內政部長將情況報告總理，總理回答，這不是我的問題，你的問題你自己解決。接著，預期中的事情發生了，大隊長到達第十個報攤時，找不到那份報了。他裝作要買報紙，向報攤老闆詢問，報攤老闆說，您來晚了，五分鐘前他們來把全部的報紙都收走了。收走了，為什麼收走。他們從所有的報攤收走那份報紙。收走。就是沒收的意思啦。但為什麼要沒收呢，那份報紙有什麼問題嗎。是有關那個搞陰謀的女人的事，您看看這些報紙，現在看來她好像殺過一個人。您能不能給我一份呢，那樣就幫了我一個大忙呢。不行，我手上沒有了，就算有，也不能賣給您。為什麼。我怎麼知道您會不會是警察出來釣魚，看我會不會上鉤呢。您說得對，確實是要小心為上，大隊長說，接著便走開了。他不想回到幸運保險與再保險公司去聽早上的電話留言，答錄機裡無疑還有更多留言，質問他上哪兒去了，為什麼不接電話，為什麼違抗命令，沒有在九點鐘到達北六號崗哨，但事實是他沒有地方可以去，醫生太太的家門外現在想必是人山人海，人人口裡叫囂著，有的是聲援，有的是撻伐，很可能全部都是聲援的，反對的應該是少數，可能只是不想面臨受辱或更嚴重的風險。他也不能去刊登文章的那間報社，那報社門口若是沒有便衣刑警，至少附近也一定有，他甚至不能打電話，因為所有的電話線路想必都遭到竊聽了，想到這裡時，他終於體認到，幸運保險與再保險公司必定也一直遭受著監控，所有的旅館飯店必定也已經預先接獲警告，這城市裡誰也不許收容他，縱使有心也不能收容。他想像警方會去造訪那間報社，會軟硬兼施地逼迫社長透露他們所刊登的顛覆性消息來源，說不定社長還會軟弱到交出那封印有幸運保險公司抬頭、由叛逃的大隊長親筆簽署的信。他感到疲累，雙腿沉重，天氣雖然並不特別熱，他卻汗流浹背。他不能如此漫無目的地在街上閒逛，消磨時間，突然之間，他強烈渴望到那有拿水瓶女子雕像的公園去，坐在池塘邊，用指尖摸摸綠色的湖水，再拿起來湊到嘴邊。但是然後要做什麼呢，他問。沒有什麼可做，只能重回迷宮般錯綜的街道，迷路，回頭，走了又走，雖不餓卻也吃飯，只為了讓身體能繼續撐下去，到電影院去消磨兩個小時，看一場火星仍住著小綠人的時代人類到火星的探險，藉此來分心，然後走出電影院，被午後明亮陽光刺得眨巴著眼，考慮再看另一場電影，用搭乘尼莫船長[57]的潛水艇潛入海底兩萬哩來再虛耗兩個小時，最後完全放棄了這個點子，因為城市裡發生了奇怪的事，男男女女都在分發小片小片的紙張，拿到紙的人停下腳步來閱讀，然後迅速塞進口袋裡，他們剛剛也發了一張給大隊長，那是被扣押的那份報上的文章影本，就是標題為此案是否另有內情的那篇文章，那篇在字裡行間悄悄述說了過去五天來事件真實經過的文章，大隊長再也克制不住了，當場如個孩子般抽抽噎噎哭泣起來，一個與他年紀相仿的婦人走上前來詢問他是否安好，是否需要幫助，他所唯一能做的便是搖著頭回答，沒事，他很好，不用擔心，謝謝。由於機遇並不總是使壞，偶然也會做做好事，這棟大樓高樓層的不知什麼人扔下了一疊紙，又一疊紙，又一疊紙，底下的人們舉起手臂來接，紙張飄落下來，如鴿子般滑翔，其中一張在大隊長的肩上停留了一會兒，才又滑落地上。事情終究還有轉機，這城市自己接手掌控了情勢，啟動了數百臺影印機，有成群結隊活潑歡快的男孩女孩把一張張紙片塞進家家戶戶的信箱，或一一登門投遞，有人問他們是不是在打什麼廣告，他們回答，是的，先生，這是最棒的廣告。這些愉快的事件給大隊長注入了新的靈魂，猶如施展魔法，是白魔法而不是黑魔法，他的疲憊一掃而空，渾身煥然一新，以煥然一新的身軀走在路上，用煥然一新的腦袋來思考，原本晦澀難解的事這會兒都清楚了，曾經堅若磐石的結論如今一觸即潰，他修正先前的看法，轉而相信幸運保險與再保險公司既然是個祕密基地，自然極不可能受到監控，畢竟在那兒派駐員警站崗會引起人們對那地方的意義與重要性起疑，但話又說回來，那也不是什麼太了不得的問題，他們只消把幸運保險公司搬遷到其他地方，問題就解決了。這個新的負面結論在大隊長的心靈蒙上了晦暗如暴風的陰影，但接下來的結論雖然也並不完全令人安心，卻至少解決了嚴重的住宿問題，也就是不知今晚該在哪兒過夜的問題。這問題可以用簡短的幾個字來說明。內政部長室與警政署長室對於這名公務員片面切斷與他們的所有聯繫感到不滿自是合情合理，但這並不表示他們對於他此刻身在何處以及若是亟須聯繫可在何處找到他不再感興趣。大隊長若是決定要消失在城市中，如流竄逃亡的人常做的那般隱身在幽深暗巷中，他們要找他可就得要大費周章，尤其萬一他在顛覆分子間建立了聯繫網絡，那就更難如登天了，但是話又說回來，建立聯繫網絡是個複雜的行動，不是六天左右可以完成的，而我們在此地就只有駐紮這麼多天。因此他們並不會看守幸運保險公司的兩個入口，反而是會門戶洞開，好讓倦鳥歸巢的生物本能把狼帶回狼窩，把海鸚帶回岩洞。因此，只要他們不在夜半驚醒他，用精緻的萬能鑰匙打開前門，用三把槍指著他，逼迫他投降，大隊長仍能享用那展開雙臂歡迎他的熟悉的床。如我們先前所曾說的，人生中總有些愁雲慘霧的時刻，左邊大雨傾盆，右邊飛沙走石，大隊長如今便面臨這樣的時刻，是該如流浪漢那般在公園的樹下，在拿水瓶的女子面前餐風露宿，或是要在幸運保險與再保險公司陳舊的毛毯與皺巴巴的床單之間睡得安穩舒適，他不得不做個抉擇。結果這說明並不似我們先前所承諾的那樣簡短，但希望您能瞭解，我們不能不經考慮便貿然將各種可能的變數拋諸腦後，必須要詳細公正地分析林林總總互相矛盾的風險與安全因素，才能得到我們打從一開始便可以得到的結論，那便是若要躲避相約在薩馬拉[59]的會面，逃到巴格達是沒有用的[60]。將方方面面的因素都考慮思量了一番後，大隊長決定別浪費時間將各項變數都分析至最後一毫克、最後一個可能性和最後一個假說，於是搭計程車到幸運保險公司，一天已經告終，陰影使前方步道沁涼，水落入池子裡的聲音愈來愈響，驟然明晰得令行經的路人吃驚。街上一張紙片也不存了，但大隊長明顯地感覺到些許憂慮，而的確有足夠的原因讓他憂慮。根據他自己的推理以及許久以來他所累積對警察辦案招數的理解，他歸納後認為並沒有什麼危機潛伏在幸運保險公司等待他，今晚也並不會有人來攻擊他，但這不代表薩馬拉不在它該在的地方。這想法促使大隊長握住了手槍，心想，為了以防萬一，我就利用電梯上樓的時間把槍上膛。計程車停下來。到了，司機說。這時大隊長看見擋風玻璃上貼著那篇文章的一張影本。儘管他害怕，但一切的焦慮驚恐都值得了。大廳空無一人，警衛不在崗位上，這是最適合犯案的場景，一刀刺向心口，屍體倒在石板地上，發出窒悶的砰咚聲，門關上，掛著偽造車牌的車輛駛近又駛離，載著殺手遠去，沒有什麼比殺人與被殺更容易的了。他不需要按電梯，電梯就在這裡，此刻正向上升去，以便在十四樓卸下它的重擔，電梯內部有一連串清晰可辨的喀答聲，顯示有一把槍已經做好了射擊的準備。走廊上不見人影，這個時間，所有的辦公室都已經下班了。鑰匙輕易就插進了鑰匙孔裡，幾乎沒發出什麼聲響，門就打開了。大隊長用背把門頂開，捻亮燈光，走進每一個房間，打開每一座可以藏人的衣櫥，查看每一張床底，拉開每一道窗簾。什麼人也沒有。他微微感到愚蠢，像個虛張聲勢的英雄對著空氣揮舞著槍，但是俗話說得好，不怕一萬，只怕萬一，這點幸運保險公司一定最清楚了，因為保險就是要以防萬一的，而幸運保險公司不單單做保險，還做再保險。臥室裡，答錄機的燈在閃動，數字顯示有兩通來電，其中一通可能是偵查員打來警告他要小心，另一通可能是信天翁的祕書打來的，也可能兩通都是警政署長打來的，雖說大隊長並不是由他派任的，但他可能對於自己信賴的人竟然背叛他感到絕望，同時也憂心自己的未來。大隊長拿出記載了那一群人姓名地址的紙條，他先前自己在紙條上添加了醫生家的電話，這會兒他撥打那號碼。沒有人接聽。他又撥了一次，接著再撥了第三次，但猶如打信號一般，他讓鈴聲響了三聲，掛斷，又再撥了第四次，這回有人接聽了。喂，醫生太太粗聲粗氣地說。是我，大隊長。喔，你好，我們在等你來電。你們好嗎。很糟糕，才不過二十四小時，他們已經把我變成頭號全民公敵了。相信我，我對於我在其中參與的部分真的很抱歉。報上的那篇報導文章不是你寫的嗎。不是，我沒做到那個程度。有一份報紙今天登了一篇文章，被影印成幾千份發送給大眾，那篇文章也許可以把這整個荒謬的狀況做一點澄清。也許吧。你聽起來好像不是很抱希望。喔，我當然抱著希望，可是這要花時間的，這問題一時半刻解決不了。我們不能一直這樣生活下去，這樣躲在屋子裡，好像坐牢一樣。我只能說我盡力了。所以說，你不會再來看我們了嗎。我的任務已經結束了，他們下令要把我召回去。希望將來有一天我們還會再見面，如果還可能有愉快日子的話，希望我們會在愉快一點的時候見面。他們好像在半途迷路了。誰迷路了。愉快的日子。你這樣害我比原來更灰心了。有些人即使被擊倒了，還是站得挺挺的，妳就是那種人。現在我倒是很希望有誰能扶我一把，幫忙我站起來。很遺憾我幫不上忙。我想你已經幫很多了，比你所以為的更多。這只是妳自己的想法罷了，別忘了妳是在和警察說話啊。我沒忘，但老實說，我已經不把你當警察看了。謝謝妳，現在我只能向妳道別了，後會有期。後會有期。多保重。你也是。晚安。晚安。大隊長放下電話。他還有一個漫漫長夜要面對，除了睡覺外，沒有其他方法可以度過，除非失眠也陪同他上了床。他們明天可能會來抓他。他沒有聽從命令到北六號崗哨去報到，所以他們會來抓他，他剛剛刪除的留言說的可能就是這個，他們可能是打電話來警告他，明天早上七點會有人來逮捕他，他如果意圖抗拒，後果將無可挽回。他們當然不需要用萬用鑰匙來開門，他們會有自己的鑰匙。大隊長胡思亂想起來，他有一整個火藥庫的武器可以用，隨時可以擊發，他可以奮戰到最後一個彈匣，或者，這麼說吧，可以奮戰到堡壘被投擲第一罐催淚彈為止。大隊長胡思亂想著。他在床上坐下來，向後倒去，閉上眼睛，祈求睡眠快來。他想，我知道夜晚還沒真的到來，天上仍有光亮，但我想要睡得像石頭一樣，不要有夢境來搗亂，而是如同封鎖在一顆黑石頭裡一般地沉睡，至少，拜託至少至少，讓我睡到早晨，在他們七點來把我吵醒之前不要醒來。睡眠聽見他如此淒楚的呼喚，急匆匆兼程趕來，待了幾刻鐘，而後離開了一會兒，好讓他更衣上床，又一秒也不耽擱地隨即回來，陪在他身邊一整晚，把所有夢境都驅趕到遙遠的鬼魅之地，水與火在那鬼魅之地交融，夢境在那兒誕生且繁衍。

大隊長睡醒時是早上九點，他並沒有哭泣，這表示入侵者並沒有使用催淚彈，他的手腕上沒有手銬，腦袋旁也並沒有槍枝指著他，恐懼多麼常進入我們的生活來給我們製造痛苦，事後卻證實它毫無根據，毫無存在的理由。大隊長爬起來，如平日一般梳洗、修面、整理儀容，走出門，決定要到前一天他吃早餐的那家咖啡廳去。他在途中買了報紙，報攤老闆以一副舊識的熟稔口吻說，我還以為您今天不來了。少了一份，大隊長說。那份報今天沒出，經銷商也不知道他們什麼時候會再出，也許下星期吧，看來他們是吃了一張大罰單。為什麼呢。因為那篇文章啊，就是有人影印了一大堆的那篇。喔，我瞭解了。您的袋子，今天只有五份報，所以您今天能讀的東西變少了。大隊長謝過他，便出發去尋找咖啡廳。他已經不記得那條街在哪兒了，而他每踏一步，食慾就增加一分，想起前一天的吐司，他就齒頰生津，我們得要原諒這個乍看之下像個貪食狂的人，這和他的年齡及地位一點都不相稱，但我們不能忘了，昨夜他是空著肚子上床的。他終於找到了那條街和那間咖啡店，如今他坐在桌旁，等待上菜的當兒，他瀏覽了一下報紙，報紙的標題有些是黑的，有些是紅的，我們便可以粗略地知悉報導內容分別是什麼。國家公敵再次意圖顛覆。是誰啟動影印機。假新聞的危險性。是誰出資影印文稿。大隊長慢條斯理地吃，細細品嚐每一口麵包、每一個碎屑的滋味，就連咖啡也比前一天香醇了。打從昨天開始，他的精神就一直感覺自己有必要到那有碧綠湖水和持水瓶女子的公園一趟，這會兒吃飽了，身體重新有了活力，精神便提醒他，你這樣希冀到那裡去，卻沒去。那我就現在去吧，大隊長回答。他付了帳，收起報紙，便出發了。他可以叫輛計程車，卻情願走路，反正他沒有什麼別的事可做，走路也是消磨時間的一種方法。來到公園時，他走到曾和醫生太太談話並且與拭淚狗正式認識時坐的那張長椅坐下來。從那椅上，他可以看見水塘以及手持水瓶作勢朝湖中倒水的女子。樹下仍有些涼意，大隊長用雨衣的下襬裹住雙腿，舒舒適適安頓下來，發出了一聲滿足的嘆息。打著藍底白點領帶的人走到他背後，朝他的腦袋開了一槍。

兩個鐘頭後，內政部長開了一場記者會。他身穿白襯衫，打一條黑領帶，臉上帶著深沉悲哀、極度遺憾的神情。桌上放置了滿滿的麥克風，唯一的另一樣裝飾是一杯水。一如往常，國旗若有所思地懸掛在他背後。午安，各位女士先生，部長說，我今天請各位來到這裡，是要向各位宣布一項不幸的消息，由我指派負責對陰謀網絡進行調查的大隊長過世了，如各位所知，這個陰謀網絡的頭子身分已經曝光。很不幸，大隊長不是自然死亡，而是遭到預謀的蓄意殺害，殺手僅用一顆子彈便達成目的，顯示這無疑是惡行最重大的職業殺手所為。不用說，種種跡象都顯示這是顛覆分子最新一起的犯罪行動，這些顛覆分子潛藏在我們不幸的前首都中，持續破壞民主體制的穩定與其正常運作，冷血地對抗我國政治、社會與道德的完整性。我想我用不著強調殉職的大隊長今天為我們豎立的最高尊嚴榜樣不僅應該永遠受到我們全面的尊重，更應該獲得我們最崇高的敬意，因為他的犧牲使他自今天這個至為不幸的日子開始，得以光榮入祀忠烈祠，忠烈祠裡供奉著國家的先賢先烈，這些先賢先烈始終從他們所在的遙遠國度看顧著我們。我在這裡代表政府，與我們今天失去的這位不凡偉人的親友同感悲傷並且同聲哀悼，但我們同時也向全體國人保證，政府向陰謀分子的邪惡以及其支持者不負責任作為所發動的戰爭絕不會因此喪失信心。我另外還有兩點要報告，第一是協助已故大隊長進行偵查的偵查員和偵查佐已經在大隊長的請求下退出任務，以保全性命，另一點要報告的是，有關我們今天很遺憾剛剛失去的這位正直人士，這位公僕的表率，政府將審酌一切法律，盡快特別破例追贈本國用以彰顯為國家帶來無上榮光的子弟最高的頭銜。各位女士先生，今天對所有善良人士而言都是悲傷的一天，但責任迫使我們必須振臂高呼，大家不要氣餒，振作起來吧。有個記者舉手要發問，但內政部長已經走了，唯有那杯他碰也不曾碰過的水留在桌上，麥克風錄下了為死者的默哀，麥克風背後，國旗仍持續不懈地沉思著。之後的兩個小時間，內政部長與他最親近的幕僚忙著擬定馬上將實施的行動計畫，主要內容基本上在於派遣數量龐大的警察祕密返回前首都，這些警察暫時將以便衣方式執勤，不會配戴任何顯示其所屬單位的外在標誌。這等於是默認將警力撤出前首都是個重大錯誤。但亡羊補牢，為時未晚，內政部長說。就在這一刻，一位祕書前來告知內政部長，總理要立即召見他。內政部長咕噥著說，總理什麼時候不好挑，偏偏要在這節骨眼來召見我，但他別無選擇，只能乖乖聽命。他把行動計畫部署細節的最後修訂工作交給幕僚，便動身赴約去了。前後都有衛兵護衛的車將他載到內閣辦公室所在大樓，這花了十分鐘的時間，又五分鐘過後，他進了總理辦公室。午安，總理。午安，請坐。您來電的時候，我正在擬定一項計畫，要修正我們將警力撤出首都的決定，我可能明天就能將計畫呈報給您。不用了。為什麼呢，總理。因為你沒時間了。計畫就快完成了呢，就只差最後一點點微調修正了。你沒聽懂我的話，我說你沒有時間，意思是明天你就不是內政部長了。什麼。這驚呼莽撞而無禮地衝口而出。你聽見我的話了，我沒有必要再重複一次。可是總理。我們就別浪費時間做無謂的談話了，你的職責到此為止。總理，容我說一句，用這樣奇怪而武斷的方式回報我對國家的貢獻，真是太殘酷、太不公平了，這樣野蠻地開除我，是的，野蠻，我不會收回這個詞，這樣野蠻地開除我，一定要有個理由，希望您能給我一個理由。你在這場危機中的貢獻是一連串的錯誤，是哪些錯誤我都懶得列舉了，我瞭解情急之際法理難顧，也瞭解為達目的可以不擇手段，但前提是目的必須要達成，情急的需求也要獲得滿足，但你既沒達成目的，也沒滿足需求，現在還搞死了一個大隊長。他是被我們的敵人殺死的。你少跟我扯那套天方夜譚了，我混這行混夠久了，你那種騙小孩的故事騙不倒我，你說的敵人會有千百種理由想要把他奉為英雄，卻毫無半個理由會想置他於死地。沒有別的辦法了，總理，那人已經變成危險分子了。他的帳我們可以以後再來算，用不著急在一時，他的死是一個無可原諒的愚蠢錯誤，現在我們已經滿頭包了，街上又跑出示威遊行來。報告總理，根據我得到的情資，那些示威沒什麼大不了的。你的情資一文不值，半數的人民都上街了，另外半數要不了多久也會加入他們。總理，我相信未來會證明我是對的。如果現在證明你是錯的，未來對你也沒多大用處，我們的談話就到此為止吧，不送了。但我還要跟繼任者交接啊。我會派人去處理的，你就別操心了。問題是要找誰繼任呢。我來繼任就好了，反正我已經是總理兼司法部長了，再多當一個部長有什麼大不了的，這樣大家都是一家人了，豈不挺好的，放心吧，就包在我身上了。

54 bolo de arroz，葡萄牙人早餐常吃的一種米製糕點。

55 中世紀煉金術士相信透過特定的方法、儀式與藥物，能將賤金屬提煉成貴金屬，而若能取得點金石（philosopher's stone，又作「哲人石」或「賢者之石」），便能加快金屬的轉化。提煉點金石須經四步驟，分別為黑化（nigredo）、白化（albedo）、黃化（citrinitas）、紅化（rubedo），其中黑化為一種腐化過程。亦即，腐化為提煉點金石的第一步驟。

56 葡文中，二加二等於四指確定不會錯的事。

57 此處原文為Uma mão lava a outra e as duas lavam o rosto. 直譯為「一隻手洗另一隻手，兩隻手洗臉」，此為葡萄牙諺語，意指兩隻手互相合作，表達互助之意。此處指報紙和廣播電臺互相拉抬閱聽率。

58 capitao nemo，英文為Captain Nemo，法文captaine Nemo，法國科幻小說家凡爾納（Jules Gabriel Verne）作品《海底兩萬哩》中的人物。

59 Samarra，又作薩邁拉，伊拉克的一座城市，距離巴格達一百二十五公里。

60 英國小說家兼劇作家毛姆（William Somerset Maugham，1874-1965）在最後一部劇作《謝佩》（*Sheppey*）中敘述一則古老的阿拉伯寓言，故事描述一名巴格達商人的僕人在市集遇見死神，因恐懼而向主人商借馬匹，逃往薩馬拉，稍晚商人遇見死神，詢問死神何以威脅自己的僕人，死神回答：「我不是威脅他，而只是很意外，我今晚和他約在薩馬拉，卻竟然在巴格達看見他。」

同一天的上午十點，兩名便衣刑警上到四樓，按了門鈴。醫生太太打開門問，你們是誰，要做什麼。我們是警察，奉命要帶您先生去問話，不要跟我們說他不在，這棟大樓已經被監控了，我們知道他在家。你們沒有理由約談他，一直到目前為止，被控有罪的人都是我。這我們不管，我們接到嚴格的命令，要帶醫生而不是醫生太太回去，所以如果您不希望我們強行進入的話，就麻煩去請他出來，還有把您的狗管住，我們不想傷到牠。女人關上門，不久又打開，這回她的丈夫在她身邊。你們有什麼事。要帶您去問話，我們已經跟尊夫人說過了，我們可不想整天在這兒重複一樣的話。你們有什麼憑證還是拘捕令之類的嗎。這整個城市都封鎖了，不需要拘捕令，至於憑證嘛，這是我們的識別證，這算不算。我能不能先換個衣服。我們當中的一個要跟著你去換。你們是怕我逃跑或自殺嗎。我們只是聽命行事而已。其中一個警察進屋了，並沒有耽擱很久。不管你們把我先生帶到哪裡去，我都要跟他一起去，女人說。我說過了，您哪裡都不能去，您要待在這裡，否則別怪我對您不客氣。你已經夠不客氣，不可能再更不客氣了。相信我，我可以的，您無法想像我可以多不客氣。接著他對醫生說，您必須要上銬，請把手伸出來。拜託，別給我戴上那種東西，我向您保證我不會逃跑。不用管什麼保證不保證的了，手伸出來吧，對嘛，這樣才對，這樣才安全。女人擁抱並親吻丈夫，流下淚來。他們不讓我跟你一起去。別擔心，我今晚就會回來了，妳等著看好了。盡快回來呀。我會的，親愛的，我會盡快回來的。電梯開始下降。

十一點鐘，打藍底白點領帶的人來到醫生太太和醫生住家大樓後方大樓的屋頂平臺。他帶著一只四四方方的漆面木頭箱子，裡頭裝著一把拆解成零件的武器，那是一把配備有望遠式瞄準鏡的自動步槍，但他並沒有要使用望遠式瞄準鏡，因為距離這樣近，沒有哪個高明的槍手會失準的。他也不打算要使用消音器，但此時此刻，他不用消音器是為了道德上的理由，打藍底白點領帶的男人認為使用這樣的裝置對死者大不敬。如今槍已經組裝起來，也上了膛，每一個零件都各就各位，成為執行其預定任務的完美工具。打藍底白點領帶的男人選定了射擊位置，開始等待。他是個有耐心的人，已經從事這項工作多年，向來表現不俗。醫生太太遲早會到陽臺上來的。不過為了預防等待的時間過長，打藍底白點領帶的人隨身帶了另一項武器，是一只普通的彈弓，用來投擲石頭，特別是拿來打破窗戶用的那種彈弓。沒有哪個人聽見玻璃碎裂的聲音，不會急匆匆跑出來查看是誰這樣幼稚愚蠢搞破壞的。一個鐘頭過去了，醫生太太仍然沒有出現，她一直在哭泣，可憐的傢伙，但現在她要出去透透氣了，她沒有打開朝向街邊的窗戶，因為那兒有圍觀的群眾，她較喜歡屋子的後側，打從電視問世以來，屋子的後側就清靜得多。女人走到欄杆旁，手放在欄杆上，感覺金屬的冰涼。我們無法問她是否聽見了兩聲連續的槍響，因為她已經躺在地上死去，鮮血流淌，滴落到下方的陽臺。狗奔跑出來，嗅聞並舔舐女主人的臉，接著伸長脖子，發出一聲駭人的嚎叫，又一記槍響把這嚎叫聲戛然終止。之後有個盲人問，你有沒有聽見什麼聲音。三記槍響，另一個盲人回答。但還有一隻狗在嚎叫。已經不叫了，一定就是那個第三槍把牠止住的。很好，我最討厭聽到狗嚎叫。

推薦跋

看見了，然後呢？

賀景濱　作家

小說，作為能包容各種文體的敘事藝術，其實也有很無力的時候，尤其是碰到性與政治時。從來，性就是只能做不能說的禁忌，政治更是謊話連篇的權術。米蘭・昆德拉說過，小說是道德判斷止步之地，但即便過了二十世紀，能在這兩個領域嶄露頭角的作家，仍然屈指可數，例如蘭陵笑笑生、例如D・H・勞倫斯、喬治・歐威爾和賈西亞・馬奎斯。

依這個角度看，喬賽・薩拉馬戈足以列入不世出的作家，毫無懸念。從二十五歲出版第一部作品，他默默寫了數十年，直到六十歲才以《修道院紀事》贏得注目。小說家不像詩人可以早熟，一般傑作大多在三十到六十歲間完成。他老人家卻在六十歲以後迎來大爆發，陸續完成了《里斯本圍城史》、《耶穌基督的福音》、《盲目》等膾炙人口的作品。他在書中大膽挑戰國家敘事、責問宗教權威、諷刺失能政府，也為他贏來了諾貝爾文學獎。

但他並不止步於《盲目》（葡萄牙原書名：關於失明的散文）的成就，身為無政府主義的共產黨員，九年後，他推出了續集《看見》（葡萄牙原書名：關於清晰的散文），也就是你手上這本《投票記》。

馬克・吐溫說，喜劇，是悲劇加上時間。《投票記》的前半部就是齣荒腔走板的政治喜劇。「投票日這種天氣真是太糟了。」小說以令人提心吊膽的首都市長選舉開頭，突如其來的滂沱大雨讓投票所空空蕩蕩，直到下午四點，市民忽然傾巢而出，內政部只好將投票截止時間一延再延，計票結束時已過午夜（像不像上次的臺北市長選舉），但有效票數不到百分之二十五，「廢票極少，沒有投票的也極少，其餘的超過總投票數的百分之七十，都是空白票。」

這下怎麼辦？為了讓政權取得合法性的基礎，總理不得不上電視公告，投票將在下週日再辦。不料這次的結果更糟，「投票缺席率，零，廢票，零，空白選票，百分之八十三。」這是怎麼回事？接下來該怎麼辦？這是作者拋給讀者的謎團，也是作者交付自己的難題。我們在這個懸念下不知不覺踏入作者創造的世界，也在這裡看到了《盲目》的鏡像版。前作寫的是市民如瘟疫般的集體失明，陷入集體恐懼下的道德困境。續作則是市民重見光明後的集體清醒，卻仿如夢遊般進入無政府主義的烏托邦。「投空白票和前一次的盲目一樣，是一種破壞性的盲目。要不就是一種清晰的視力，司法部長說。」

兩者說是鏡像版，更精準地說，是哈哈鏡版，映照的都是政府的無能和失能。我們上次看到的悲劇是盲人庇護所外，軍隊虎視眈眈的圍堵和格殺；庇護所內，黑社會流氓的食物剝削和強姦暴行。這次，我們看到是荒唐的內閣會議和荒謬的決策過程，從總統、總理到內政部長、國防部長、文化部長，各個心懷鬼胎、暗中算計，卻又馬屁滿嘴，聖上英明。最後的放大絕竟是走為上策，中央政府決定凌晨三點摸黑撤離首都。「那我想我們現在只能繼續盲目地摸索向前了，總統抱怨。」

不料，「歡送」他們離去的，竟是所有市民用提燈、檯燈、聚光燈、手電筒照亮的光之河。「但更糟，糟的多的，是那些窗前完全沒有人，彷彿這些官員的車隊愚蠢地逃離虛無。」

照理，這種意識形態鮮明、政治旗幟大搖大擺的作品，注定會是小說的大災難。讓《投票記》脫穎而出的關鍵，是薩拉馬戈擺脫了寫實主義的桎梏和控訴傳統。我們不要忘了先前諾貝爾獎對《盲目》的頌詞：「他以想像力、同情心和諷刺力支撐的寓言，不斷使我們再次領悟到一個難以捉摸的現實。」當然，還有他對官方真理的「現代懷疑論」。

是的，關鍵在於寓言。薩拉馬戈很聰明地採用結構式的寓言做為小說骨架，因此不用任何口號和教條，就讓我們看到了一個可能的世界。一個可以想像的世界，總是比一個可以實現的世界更動人。

結構式的寓言，比如湯瑪斯・摩爾的《烏托邦》，其實有一個淵源久遠的老祖宗，而且在人類的敘事長河裡從來不曾缺席。現在大家都知道異境化、陌生化（estrangement）的重要性了。但陌生化從來就不是科幻小說的專利，從神話開始，歷經英雄傳奇、靈異、怪談、民間故事、羅曼史、童話、寓言、遊記，直到現代的科幻小說，都屬於這個超自然傳統。它們的共同點是直指一個跟現實經驗不同的世界，跟現實斷裂的世界，從而讓讀者產生嶄新的認知，推斷我們真實的處境。對某個事物的了解，往往會導致對另個事物的無知，這是我們現實經驗的侷限。但在那個異世界裡，不管是作者或讀者，都必須重新建立起自己的價值觀，來表達對世界的希望和恐懼。愛因斯坦說想像力比知識還重要，就是這個道理。

陌生化說來容易，但要讓讀者不知不覺沉浸其中，最重要的還是技藝。薩拉馬戈最讓人佩服的，是在這兩部寓言裡創造了前所未有的敘事腔調。全書但見作者絮絮叨叨娓娓道來，他不只是個說書人，也是個評書人。要形容這種新腔調很難，英國文評家詹姆斯・伍德的點評最一語中的：「他小說的獨特基調，來自他敘述時好像他是一個既聰明又無知的人。」聰明，展現在每一頁綻現的智慧火花；無知，則是他用來諷刺人物的行為和處境。

美國文評家哈洛・卜倫在《天才：一百個模範創意人的馬賽克》裡，甚至說薩拉馬戈是「當今世界上最有天賦的小說家」，以及「即將到期的文學類型的最後巨人之一」。如果你知道伍德和卜倫是站在文學對立面的批評家，就知道這樣的雙重稱譽有多難得了。

不容易啊，馬奎斯說他尋找《百年孤寂》的腔調，一找就找了十多年。直到有天帶著全家開車前往墨西哥阿卡普科的路上，忽然像阿基米德Eureka!一下，立即調頭而返，揮筆寫就。

敘事腔調的好壞，百分百決定了小說的成敗，由此可證。

薩拉馬戈完成《盲目》時已七十三歲。他尋找這個「既聰明又無知」的腔調，花費的時光肯定比馬奎斯多了好幾倍。

腔調決定了文體風格。薩拉馬戈在他自稱為散文的小說中，秀了一手沒有引號沒有括號沒有分號的新文體，有的只是句子，一長串又一長串的子句串聯在一起，甚至可以讓一個句子溢出到一整頁之外。這些奇妙的句子，充斥整部作品，我們試圖引用的話，勢必溢出好幾頁。「誰知道呢，如果我們能把所有流落在外的文字聚集起來，這世界說不定能變得更好一些。」

（作者似乎從頭到尾在暗示，括號只會妨礙句子的行進，就像我現在用的這個括號。）

但在對話佔了一半篇幅的小說裡，不用引號，要如何讓讀者分清是誰在講話呢？

誰知道呢，薩拉馬戈硬是辦到了，而且誰誰誰講了什麼什麼話一清二楚。

不僅標點符號不必要，就連所有的專有名詞也不必要。跟《盲目》一樣，整本小說裡不見任何一個人名或地名。所有的人物不是面目模糊，而是面貌全無，只能以他們的職位身分或角色功能來區分，因為啊，「這個宇宙不僅擁有自己的運作法則，這些法則並且對於人類互相矛盾的夢想和慾望漠不關心，我們除了以文字笨拙地為這些法則命名外，對於這些法則的形成毫無貢獻……」

最諷刺的是，全書唯一有名字的，是一家空殼的保險和再保險股份有限公司，它的名字叫幸運。

幸運，是祕密警察在首都的藏身處所。

還記得《盲目》裡唯一有名字的是誰嗎？

一隻狗。

《投票記》的前半段，除了威權體制的官場現形記，還可看到政府派出的爪耙仔鬼影幢幢，四處打探搜捕投空白票的藏鏡人。一直要到中段，我們才會發現這個故事是《盲目》的續集。轉折點來自一封檢舉信，舉報四年前集體失明事件中一樁被掩蓋的謀殺案。檢舉人的身分雖然微不足道，但這個角色在全書中卻承擔著承先啟後的功能。小說戲曲中總是少不了這樣的訊息傳遞者，奧賽羅、馬克白和哈姆雷特都需要，即使無聊到等待果陀時，也要那個小男孩送來果陀的消息。法國哲學家米榭・塞荷在《荷米斯》書中指出，荷米斯是奧林帕斯眾神之一，是眾神的使者，也是旅人之神。無論悲劇或喜劇，戲劇性的轉折永遠透過訊息使者發生。是他，使故事分岔，也是他，使人與人的連結產生可能。

把謀殺案的凶手和投空白票的教唆者畫上等號，這很扯，但沒錯，就是他了。陷入緊急狀態的國家正需要一隻獻祭的待罪羔羊。一場啼笑皆非的獵巫行動由此祕密展開，我們的主角，內政部長指派的調查大隊長，這時才蹣跚登場。

說他是主角，因為他是全書中唯一的圓形人物。在這部寓言中，所有的人物都是E・M・佛斯特眼中的扁平人物，全都恰如其分地扮演好該有的刻板印象和功能，一如《伊索寓言》中的狐狸和龜兔。唯有這位調查大隊長，在認真執行任務過程中，心境產生了微妙的轉變。最後，當醫生太太問他為何要打電話來通風報信時，他的回答是：「我們出生的那一刻就好像簽訂了某種終生協議，但是有一天我們會自問，是誰替我簽了這紙協議。」

最終，他還是聽從了自己的道德選擇，重簽了協議，走進別人為他設計好的、讓讀者驚愕到措手不及的結局。

那個時刻，也是讀者同情心同理心大爆發的時刻。

如果喜劇是悲劇加上時間，薩拉馬戈用《投票記》坐實了：最深沉的悲劇，是以悲劇結尾的喜劇。

導讀

《投票記》白與黑的荒謬與悲劇

張淑英*

薩拉馬戈（José Saramago，1922-2010）在一九九五年完成小說《盲目》（*Ensaio sobre a Cegueira*）的九年後，再推出被界定為《盲目》續集的《投票記》（*Ensaio sobre a Lucidez*，2004）。兩部作品以「ensaio」（essay）的含義「論說，檢驗，演練」，透過小說寓言，闡述作者長期關注的群體與階級意識、真相、表面、邏輯等思辨議題，再各別以一「暗」（cegueira）、一「明」（lucidez）審視政治、權力、嗔癡、理性與道德的拉鋸抗衡。

所謂一暗，指《盲目》裡某個不知名地方的人民，除了一位眼科醫生太太之外，全數無緣無故地染上「白症」而失明，經過一陣脫序的政策與集體隔離之後，又全數安然無恙的寓言故事。一「明」，則是指《投票記》裡某個城市的公民，在市長選舉的投票日，在完全隱密的投票處，多數人投了「空白票」。從中央到地方不承認此項結果，隔週再舉行一次，結果更嚴重，從前次的百分之七十增加到百分之八十三的投票人全都投了空白票。薩拉馬戈藉著這兩個特殊怪異的現象，在兩部作品象徵的明暗與黑白之間，書寫他慣常的悲觀意識，以及人為操弄的壓霸與悲劇。

使人盲目的「白症」和讓民主制度癱瘓的「空白票」都使用了「白」的象徵。白症和空白票都顯示了類似瘟疫的群體傳染癥狀，造成社會國家遭遇黑暗時代來臨的恐慌，乃是這「二部曲」論述的核心。根據《象徵與詞源學辭典》的解釋，「白」具有多重意義：最原始簡明的意思是空白、光亮；在拉丁文裡還跟「黎明、破曉」（*albus*）的詩性連結。在政治上，相對於左派的紅色，白色被用來指涉右派或君主專制，而有「白色恐怖」之名；白色有企求和平交涉的意圖，然而豎白旗卻被直接詮釋為投降。頗耐人尋味的是光學的實驗結果：黑體加熱到不同溫度釋放出來的輻射光都稱之為「白光」。東方文化裡，京劇臉譜的白色卻代表陰險、奸詐的角色。白話文則是平易、直覺、生活化的表達；閩南語的「白目」則是責備做事不經大腦、思慮不周的用語。這是黑白矛盾與正負意涵時而交錯弔詭的地方，也是《投票記》再三論辯有關語言表達與思維形塑的問題。

《投票記》延續薩拉馬戈創作的特色，所有的人物均為無名氏，對話與旁白一氣呵成，端賴標點符號（逗號和句點）區別與談人，以及對話脈絡去分辨故事的來龍去脈。熟悉薩氏書寫風格的讀者，頗能享受此種閱讀邏輯的挑戰。然而，《投票記》因事涉政治議題，政府部門一一被點名，公職單位與職級一經披露，昭然若揭。即使不對號入座也難脫「此地無銀三百兩」之虞；即使發生在不知名的國度與城市，閱聽大眾自然知曉是指涉葡萄牙和首都里斯本。因此，《投票記》的出版自然引起不少爭議。然而，骨子裡是無政府主義的薩拉馬戈早意識到有此必然反應，小說大筆一揮，雖千萬人吾往矣。他的《投票記》，給所有掌握權力的在上者祭出一面照妖鏡和警訊。更重要的是，我認為薩拉馬戈回顧也回應了杭亭頓的《第三波：二十世紀末的民主化浪潮》的關注，那個以葡萄牙的「康乃馨革命」為首的第三波民主化潮流，讓他鄭重地期待藉著《投票記》的寓言，得以讓葡萄牙再度開啟二十一世紀「第四波民主化」的可能與未來。

《投票記》與《盲目》的連結始於小說第二部分。前半段敘述百分之八十三的空白票，傳達人民踐行民主制度的公民權之外，也對政府展現不信任投票，對整個體制的質疑訴諸無聲的抗議——在暗箱中亮白票。誠如薩拉馬戈所言：「所謂的民主，事實上是一個被『封鎖』、被『監視』的制度。透過選舉，我們可以汰換政府，但是我們無法改變權力結構。」這也是他為何虛構了《投票記》投空白票的寓言，作為對現行民主制度的批判。

前半段是栽贓推諉的官場現形記，總統、總理、國防部長、內政部長、司法部長、文化部長，警政署長，全員到齊，不反省施政的腐敗，而將空白票視為一群顛覆分子的叛變、對國安搞破壞行動。首當其衝的內政部長與國防部長，不惜構陷罪名，尋找代罪羔羊：「案子都沒犯，判決書已經寫好了」；司法部長和文化部長則稍顯理性地斥為無稽。而人民，更早了然於心：「我們認為很扯的事不但不會讓政府官員卻步，他們還會利用這個扯來摧毀理性，磨鈍良知。」薩拉馬戈凸顯了民意如流水、載舟覆舟的順逆特質與韌性：「如果在他們眼中我們是一坨糞，我們就齊心協力繼續當坨糞，因為我們這坨糞一定會潑濺在他們身上的。」

後半段則是連結《盲目》的情節，當權者以投書陳情的一封信和爾後搜尋的一張照片作為栽贓的藉口（而非破案的證據），硬將前半部百分之八十三的「空白人」（brancoso）捏造成是幾年前發生盲症的那一群人所策劃。羅蘭・巴特在《神話學》裡對照片曾有一番解釋：「照片彷彿變成語言的替代品，和社會整體難以言喻的縮影，它構成一種反智的武器，並且意欲悄悄地綁架『政治』（即問題和解答的體系）。」《投票記》後半段與《盲目》的牽纏糾葛，從一張影像和信箋文字，羅織一連串的荒謬、假象和悲劇。

小說第二部分的主要人物為三位警員（一位大隊長，一位偵查員，一位偵查佐），奉命偵查《盲目》第一批七人小組裡的醫生太太，是否為煽動人民投空白票的始作俑者，當權者認為她可以「眾人皆盲我獨明」，也必然有能力蠱惑眾人投下空白票：「做得到那件事的人也會做得到另一件事」；「頭一件事該為第二件事負責」。作者嘲諷政治亂象與荒謬邏輯，如果第一部分政府官員表面的敷衍是偽飾逢迎、爭功塞責，這第二部分就是顢頇無能，揪替死鬼。三位警員是公權力表象下的殉葬品。

醫生太太為首的這個群體，第一位眼盲人成為「背叛」的抓耙仔，因為他的愚蠢和自私（在《盲目》裡自私，在《投票記》裡更小人），陷曾經共患難的朋友置身危險境地。小說刻畫害群之馬的市井小民，更凸顯握有權力的粗糙和蠻橫：如果找不出罪魁禍首，就栽贓，找一位犧牲品了結，或是殺雞儆猴。字裡行間我們看到政治和道德的角力拉鋸戰，大隊長代表的是尋求公理正義的公僕：「我們出生的那一刻就好像簽訂了某種終生協議，但是有一天我們會自問，是誰替我簽了這紙協議。」但難以力抗權力介入的尺度和深度；若政府將人民反制、思辨的空白票視為是深水的魚雷，那麼權力的制止和施壓終究會以暴力終結。

基於偵查空白票案件的爬梳，《投票記》有了偵探小說的氛圍和筆觸。薩拉馬戈在《投票記》裡嘗試偵探小說探案的手法，也以互文的方式，援引幾多名家的作品和警探，作為《投票記》三人小組的對照記。諸如福爾摩斯、白羅、馬羅等等。然而，我們讀到的《投票記》不是約翰・勒卡雷的《鏡子戰爭》，也不是科幻偵探小說文類的諜對諜推理，但是受命於內政部長的大隊長三人小組的偵查行動，卻一樣是悲劇和荒謬共存的事件，偵查是子虛烏有的先射箭再畫靶，但悲劇卻真實發生。

《投票記》也反思公共媒體的功能和制衡角色。這個第四階級（第四權），所謂「無冕王」的權威，在政治力箝制下，終究無法抵禦真冕王的權仗。本應擔任「人民的傳聲筒」，卻淪為政府的「打手」。薩拉馬戈悲觀看待大眾媒體，認為媒體泰半都是「變色龍」，跟著風聲搖曳，隨波逐流，服伺於權勢；不是看門狗，也不是《盲目》的拭淚狗，而是逢迎的哈巴狗或是遭打壓的落水狗。然而，無法改變媒體，但是可以改變記者。薩拉馬戈「反烏托邦」的創作既嘲諷又等待（民主烏托邦）的「理想國」。他忖度，如果有一天，所有的記者都可以像他一樣，過去擔任記者時擁有的「自由、特權、責任」，而他們的頂頭上司都在刊登後才知道報導內容，那是真正民主的開始。《投票記》灰心地期待有更多的大隊長和醫生太太，但是，誰有他們的勇氣和承擔？

＊本文作者為臺大外文系教授暨西班牙皇家學院外籍院士。

大師名作坊192

投票記

作　者—喬賽・薩拉馬戈
譯　者—彭玲嫻
編　輯—張瑋庭
美術設計—廖韡
內頁排版—宸遠彩藝

總編輯—嘉世強
董事長—趙政岷
出版者—時報文化出版企業股份有限公司
108019台北市和平西路三段二四〇號三樓
發行專線—（〇二）二三〇六—六八四二
讀者服務專線—〇八〇〇—二三一—七〇五
（〇二）二三〇四—七一〇三
讀者服務傳真—（〇二）二三〇四—六八五八
郵撥—一九三四四七二四時報文化出版公司
信箱—10899臺北華江橋郵局第九九信箱
時報悅讀網—http://www.readingtimes.com.tw
電子郵件信箱—liter@readingtimes.com.tw
法律顧問—理律法律事務所　陳長文律師、李念祖律師
印刷—勁達印刷有限公司
初版一刷—二〇二二年十月二十八日
初版二刷—二〇二二年十二月十三日
定價—新台幣四二〇元

時報文化出版公司成立於一九七五年，
並於一九九九年股票上櫃公開發行，於二〇〇八年脫離中時集團非屬旺中，
以「尊重智慧與創意的文化事業」為信念。

投票記／喬賽・薩拉馬戈（José Saramago）著；彭玲嫻譯. – 初版. –
臺北市：時報文化, 2022.10
面；　公分. --（大師名作坊；192）
譯自：Ensaio sobre a Lucidez
ISBN 978-626-353-073-7（平裝）

879.57　　111016662

ISBN 978-626-353-073-7